唐达天——

著

双排扣

没有了远方和诗，生活只能苟且，在最绝望的时候，
我只能仰望星空。

我已习惯了黑夜中的踽踽独行，遥望着远处
的灯火，知道天迟早会亮的。

罪恶的种子，只能开出无比凄美的花，结出人世
间最苦涩的果。

作家出版社

目　录

引 子

一个人的命运，是由许多节点组成的。

有的节点，你是无法选择的，比如你的出生抑或性别。倘若你的父亲当年爱上的人不是你的母亲而是别的女人，也许就没有你；或者，那一晚，你的父亲因为种种原因没有与你的母亲同床共爱，你母亲后来生下的人肯定是别人不会是你。生命的玄妙就在于此，冥冥之中，偶然即必然，你只能顺从，无法更改。

当然，有的节点，你是完全可以选择的，尤其当节点中并存着多种可能性的时候，你的选择也有了多种的可能。比如，当你的人生、事业、爱情面临三岔路口时，就有了多种可能的选择，至于走哪条路，怎么走，完全取决于你，如果选择错了，你的人生就会跟着一错再错，如果选择对了，你的生命将是另一道风景。

有人时常抱怨命运的不公，其实，所谓的不公，就是节点上出了问题。不是你上错了时间的列车，就是选错了开去的方向。

《双排扣》中的人物，便是如此。

我无法向读者清晰地描述出他们应该怎么选择或者不应该怎么选择，因为，决定权始终掌握在他们自己的手里，我只想让他们自己来陈述，或许他们会对过于敏感的话题各执一词加以掩饰，但是，这并不妨碍读者透过他们的所作所为做出合乎逻辑的推理和判断。

我权且如此，也只能如此，把时间留给段民贵、林雪、夏风、李建国，让他们一一来讲述吧……

段民贵的自叙

一桩命案引发了种种可能，我选择了别人想不到的后果。

1

当我把生活搞得一塌糊涂不可逆转的时候，才真正懂得了选择人生节点的重要性。表面上看，节点的选择是偶然的，或者说是一刹那的冲动，其实，说到底，真正起决定作用的还是世界观，这是人生的出发点，也是问题的关键所在。

回想起我的许多重大选择，莫不如是。正因为如此，当我发现了那桩被生活埋藏了十多年的秘密后，不但没有对受害者报以足够的同情和悲悯，反而把这一发现当成了要挟别人的利器，当成了转变我生活的重大契机。

一桩十多年前的纵火杀人案，几段被岁月尘封了的往事，竟然有可能会改变我、林雪、夏风三个老同学之间的命运，我几乎为有这样的发现激动得不能自已。

事实上，这一想法起初很朦胧，也很微妙，当它悄然爬上我的心头之后，便一点一点地被放大，在我的脑海里四处蔓延开来后，这才渐渐地有了恶念，最后形成了一个巨大的阴谋。

我这样说，可能有些颠三倒四，让人感觉云山雾罩，为了讲清楚事情的来龙去脉，我还是从那场纵火杀人案说起吧，这样虽说时间跨度拉得长一些，但是，至少能把事情讲清楚。

那还是我们在小学六年级的时候，某天夜里，教师宿舍104平房突发大火，当消防队员赶来救灭大火后，我们的班主任甄初生老师已经被活活烧死在里面了。

这个消息我是早上刚到学校时听到的，我感到很惊奇，也很恐怖。我们几个男生悄悄溜到教职工宿舍旁边想去看个究竟，那是一排平房，前面很空旷，警察用白石灰粉画了一条警戒线，学生们只能站在那条白线外远远地观望，甄老师宿舍的门和窗户被烧成了两个大窟窿，从黑洞里望进去，里面已经变成了焦炭色，什么都看不清，只感到阴森森的好恐怖。你想想，木头门窗都被烧成了灰，砖头墙都被烧焦了，甄老师能不化成灰？

这一事件影响非常大，搞得学校里沸沸扬扬了好几天，后来公安局刑侦队的人也介入了，经过现场勘查，怀疑有人从门外灌进汽油，故意纵火烧死了甄初生。纵火时间大概是夜里四点半。当时我们都在背后议论，甄老师是不是得罪了黑社会的人，才引来了杀身之祸？或者搞了谁的老婆，让人家的老公悄悄给做了？警察对住校老师、甄初生的朋友，还有我们六年级一班的学生进行了一一盘查和询问。

当时，我也被单独叫去进行了问话。

问话的是一位老警察，旁边做记录的是一位小警察。

老警察问："你叫什么名字？"

我说："我叫段民贵。"

老警察笑了一下说："段民贵同学，你不要害怕，有什么就说什么，把你知道的或者听到的说出来。"

我点了点头。

"9月14日，你们班主任老师遇害那天夜里，你在做什么？"

"睡觉。那个时候不睡觉能做什么？"

"有谁证明你在睡觉？"

"我爸爸和妈妈都知道我在睡觉，他们能证明吗？"

"当然可以证明。另外我问你，你们甄老师平时对学生怎么样？好不好？"

"这个嘛……"

"不要有任何顾虑，有啥说啥。"

"他对女生好，经常叫女生到他房间里去补课。"

"哦？还有这事？比如说，他经常叫哪几个女生过去补课？"

"他叫得多了，叫过赵小云、林雪、吴春花、魏彩云、田华华。"

"这些女生中，他叫得最多的是哪位？"

"好像都差不多，今天叫这个，过几天又叫那个。"

"一般他是什么时候叫的？"

"都是下午五点钟放学后叫去补课的。"

"你知道甄老师一般要补课补多久吗？"

"这个我不知道，他又没有给我补过课。"

"听说在火灾前两天，甄老师还批评过你，这是真的吗？"

"真的。"

"是什么原因批评了你？"

"在上早自习的时候，我的同桌吴春花的胳膊肘越过了桌子中间的红线，我捣了吴春花一把，吴春花说我是小气鬼，刚越过了一点点就捣她。我说，你不小气怎么不让我占你的地儿。吴春花说，等我不在的时候，你爱怎么占就占去，谁稀罕？我说，算你狠，等着瞧。其实我也就是这么说说而已，并不会把吴春花怎么样，没想到就在这个时候，班主任甄老师出现在了我的面前，甄老师说，段民贵，你站起来！我就站了起来，全班同学齐刷刷盯着我看。甄老师批评说，等着瞧，瞧什么？小小年纪就会威胁人了？你给我站墙根去。老师惩罚我们学生时都让我们站墙根。我站到了墙根下，甄老师还在批评我，看你这个样子，一身痞子气，以后不许威胁女同学。我说，老师，我没有威胁吴春花。甄老师批评说，刚才我都听到了，你还说没有威胁？不接受批评，你就给我站着，站到下课。甄老师就是为这件事批评了我。明明是我和吴春花同时犯错，他只责罚我，不批评吴春花，你说他是不是偏心眼？"

老警察不置可否地笑了笑，又问："你恨甄老师吗？"

"当然恨，他为人不公正。"

"甄老师还批评过谁？"

"他批评过的男生多了，比如陈小东迟到他批评过，比如王北川上课吃东西他批评过，还比如苏小雷考试作弊被撕了卷子，还罚过站。"

"如果甄老师是被人放火烧死的，你会怀疑谁？"

我摇了摇头："我谁都没有怀疑过，虽然我们班的好多男生挨过他的训，对他也有意见，可是，也没有恨到让他去死，更不可能放火烧死他。我们班的同学还在私下悄悄议论过，是不是甄老师搞了谁的老婆，被女方的男人知道了，起了杀心？或者是不是得罪了黑社会的人，要了他的命？"

老警察笑了笑，小警察也偷偷笑了。老警察说："你有没有发现甄老师与别的女人有过来住？或者发现他得罪过什么人？"

我摇了摇头："这倒没有。"

老警察说："好吧，你回答得很好，以后要是想起什么需要对我们说的，你就来找我们。我姓李，木子李，叫李建国，他叫宋元，宋朝的宋，元朝的元。"

我们的谈话就这么结束了，我"嗯"了一声，就走了。

2

走出了谈话室，我很高兴。在学校里，我从来没有得到过老师的表扬，也没有得到过同学们的表扬，刚才得到了警察叔叔的表扬，觉得自己很了不起，也很光荣。

就在我出门之后，想起了另外一件事，这或许与破案有关，我想回头告诉警察叔叔，可我又想了想，觉得还是算了，别说了，甄初生也不是什么好东西，死了就死了，虽然死法有些残忍，但我没有必要为了他的死再去牵连其他人。

我所说的其他人，其实就是同班同学夏风。当然，我始终没有怀疑过夏风会杀甄老师。一是，甄老师和他无冤无仇，也没有像教训我那样批评过他，他没有理由去杀人；二是，我也没有看到夏风纵火，或者有纵火的迹象。所以，我没有理由去怀疑他。

我所说的有可能会牵连夏风，主要是我在刘师傅家的东风牌大卡车旁边发现过一枚纽扣。刘师傅也住在我们棚户区，离我家不远，离夏风家也不远。夏风上学时不一定经过刘师傅家，而我上学时，必定要经过刘师傅家。9月14日，也就是甄老师被烧死的那天早上，我上学时看到了那辆大卡车，我在绕过大卡车行走的时候，突然看到了卡车旁边有一个金黄色的东西，捡起来一看，原来是枚纽扣。纽扣上雕着一条飞龙，我觉得这个纽扣很熟悉，想了一会儿，终于想起来了，这个纽扣是夏风的。夏风有一件蓝色的列宁装，上面就钉着这样的双排扣。我把双排扣装到了衣服口袋里，准备见了夏风交给他。可是，来到学校，就听到了甄老师被活活烧死在屋里的消息，我们被校园纵火案搞得很紧张，也很刺激，本来要给夏风还双排扣的事也就被我彻底给忘了。

刚才警察叔叔和我谈完话后，我又想起了那枚双排扣。想起来后，我又想起了另外一件事，双排扣是我早上路过刘师傅的大卡车时捡到的，中午放学回家路过，我没有看到卡车，说明刘师傅跑车去了。下午放学路过，卡车堵住了路，说明刘师傅回来了，我只得绕车而行。就在我刚绕到刘师傅家门口时，听到刘师傅在院里破口大骂，意思是有人昨天夜里偷了他的汽油，害得他车开到半道差点回不来了。我顺路听了这么一句，根本没有理会，更没有把它放到心里去。可是，与警察叔叔谈完话后，我又不得不想起了夏风落在汽车旁边的双排扣，以及刘师傅丢失汽油的事，然后，又把这两件事与甄老师宿舍被灌进汽油引发大火的事联系起来，我就吓出了一身冷汗，如果按这个思路捋下去，是不是夏风偷了刘师傅汽车的油，然后又用这些油烧死了甄老师？这个推理实在太可怕了，也太不靠谱了，仅凭一个双排扣怎么能证明夏风偷了刘师傅的汽油？证明甄老师就是夏风杀的？现在还没有完全确定双排扣是夏风的，即便确定是夏风丢的，那又能说明什么？也不能把他牵扯到刘师傅丢失汽油的事儿上去，更不能牵扯到纵火案上去。再说了，甄老师根本没有批评过夏风，他凭什么要去烧死甄老师？我对甄老师有恨，我都没有烧死甄老师的想法，夏风更不会有那个想法。既然谁都没有那个想法，我就不能把这些乱七八糟的想法告诉警察了。

　　警察叔叔忙了一阵，找了有关老师和同学们问过话后，也走了。从此，学校又恢复了正常。校长在学生大会上说，甄老师因为不注意安全用火，引发了火灾，大家要引以为戒，提高防火意识。校长的话再明白不过了，其实没有人故意纵火，是他甄老师自己不注意安全，才引发了火灾事故。

　　有一天，在放学的路上，我遇到了夏风。我家与夏风的家不远，我们同行了一段路后，才分开走的。我看到了夏风正穿着那件双排扣的列宁服，那件衣服上真的缺少了一枚扣子，那种扣子，与我捡到的一模一样。我想还给他，就问他，你衣服上怎么掉了一枚扣子？他说，可能打球的时候剐掉了。我想给他来个惊喜，掏了半天口袋，却没有找到，我不知道什么时候扣子被我弄丢了。夏风问我，你在翻腾什么，是不是什么东西丢失了？我说我在找钥匙，是不是落在了教室。结果在我身上，我没有找到那个扣子，只好向夏风撒了个谎。夏风平时对我挺好的，有一次，在回家的路上我遭到外校同学的欺负，夏风还出手帮了我。幸亏关于双排扣的事我没有告诉警察叔叔，否则，让夏风知道我怀疑他，那我真就对不起朋友了。

3

我真要感谢那场大火，感谢甄初生为这场大火做了牺牲品，也要感谢那枚双排扣，幸亏我没有还给夏风，否则，十多年后的今天，我根本就没有翻盘的可能，更没有理由以此为把柄去要挟林雪。

当一想到要从夏风手中夺回林雪，我的浑身就像打了鸡血一样亢奋。我知道，亢奋来自于我内心的自私与欲望，它就像一个恶魔，迫使我抛开道德良知，可以厚颜无耻不择手段地去达到个人目的。

我不知道这种欲望来自何时，是始于少年时的那次春梦，还是始于大学校园里林雪转身离去的背影？

其实，在学生阶段，我一直很自卑。小学毕业后，林雪考进了重点中学，我考上的却是普通中学，从那时起，自卑就一直伴随着我。尤其高考后，林雪和夏风都考上了大学，落了榜的我，就像落了汤的鸡，我感到与他们的差距一下拉大了，对未来我几乎心灰意冷绝望透顶。

就在那年，我怀着一颗无比自卑的心，跟着父亲起早贪黑地做起了批发水果蔬菜的小生意。

年复一年，峰回路转，在生意场上打拼了多年后，我终于独自创办了一家小小的贸易公司，专门搞经销。我的父亲说我有经商的头脑，我也觉得我念书不行，经商还可以。所谓的经销，就是倒买倒卖，什么东西销路好，我就卖什么。我把我们西州市的黑瓜籽、枸杞低价收购来，高价卖到南方去，再把南方的水果收购来，发到西州，从中赚个差价。一年来回折腾上几次，就可以挣到公务员几年的工资了。口袋中有了几个钱，腰杆子一下硬了，人也越来越自信了，觉得上大学有什么了不起，大学毕业了还不照样找工作？有了工作还不照样天天去上班？一月下来又能挣几个钱？哪像我这么自由自在？哪像我这样来钱快，又挣得多？

人是需要比较的，一比较，我的幸福感马上就提升了。按说，我已经到了成家的年龄了，个人条件也算不错，找个像样的姑娘不成问题，可是，我还是没有找，问题不在别人，而是我的心里已经装了一个人，就无法再接受别的姑娘了。那个占据了我心灵的人，就是我第一次梦遗中出现的人。事过十多年了，我还依然清楚地记得当时的情景。那是一个日落的黄昏，余晖照在开满油菜花的田野上，整个大地金色一片，朦朦胧胧中，我看到了一个美丽的少女，在田野上行走着，样子美极了。我想看看她到底是谁，就快步追了过去，就在我追上女孩的时候，旁边开过了一辆大卡车，我看到开车的就是邻居刘师傅，眼看大卡车要刷着那个女孩时，我向前一步拉了女孩一把，女孩顺势倒在了我的怀里，我和她的身体紧紧贴在了一起，我才看清女孩就是我们班的同学林雪。刹那间，我的身体就像触电一样酥麻了起来，感到有一种前所未有的力量从我的身体喷泄而出，我感到美妙极了，我多么希望这种美妙持续得久一些。

可是，就在这时，我醒了，下身热乎乎地湿了一大片。我以为我撒尿了，拉灯一看，并不是尿，而是黏糊糊的排泄物。我这才明白过来，我遗精了。这是我第一次遗精，感觉新鲜、奇妙，而且痛快。那是我小学快毕业的那年，应该是十三岁。

次日上学，我就忍不住偷偷地看林雪，想从她的脸上发现有没有异样。偷看之后，我并没有发现她与平日有什么区别，她还是那么冰清玉洁，那么不苟言笑。在做课间操的时候，我故意跟在了她身后出门，我从她的身上嗅到了梦中的气息，心就怦怦怦地乱跳了起来，脸上也感到火辣辣地一片发烧，我紧张得几乎有些不能自已。就在这时，我被后面的同学推了一下，我撞了一下林雪，马上不好意思地说了一声对不起，林雪没有吱声。不知是她没有听到，还是听到了不愿意回答。

林雪是在五年级的时候插入我们班的，听同学们悄悄议论说，林雪是从南方转学来的。她爸爸妈妈在南方打工，她出生后一直生活在南方，后来爸爸妈妈回到了西州，她就转入了我们区三小。同学们都说她长得漂亮，说她可以当我们区三小的校花。我觉得她不但可以当区三小的校花，当全市所有小学的校花都不过分。那时，我只觉得她漂亮，对她的其他方面没有特别的印象，直到后来班上举行联欢会，林雪表演了文艺节目后，我才对她有了深刻的印象。

我清楚地记得，当时林雪给我们唱了一首粤语歌曲，她没有向我们透露歌名，可那个声音好像是从天外飘来的，清纯如天籁，歌词虽然我们都不懂，可听起来是那么悦耳，那么有味道。就在那时，我对粤语有了一种极大的好奇，心想等将来长大了，一定要到广东去看看，要听听他们说粤语，听听他们用粤语唱歌。直到后来，我在省城的一家音响店里再次听到了那个声音，才知道那是天后王菲唱的《容易受伤的女人》。我买下那张碟片，在家里听，开车的时候也听，每次听着，就仿佛回到了我的童年，回到了林雪给我们唱歌的那次联欢会上。那天林雪唱完后，一下子爆发了雷鸣般的掌声，掌声鼓得林雪的小脸儿上焕发出了红扑扑的光芒。林雪向大家致谢后，大家还不依，要求她给大家跳个舞。林雪客气地说，她的舞跳得不好，请大家多多原谅。说完，放开音响，就给大家跳了一段。其实她的舞跳得也非常好，要比班上的其他女生跳得好多了。

也许就是从那时起，林雪彻底地走进了我的心，每次见到她，我就忍不住偷偷地看她一眼，闲下了，也会想起她，想起她的歌，想起她的舞。正因为如此，才在梦中拉了她一把，导致了我的第一次遗精。凡是人生第一次，不管是好是坏，它将无一例外地在人生的年轮里重重刻下一道印痕，或绚烂，或隐痛。比如第一次入学，第一次打人，第一次偷东西，第一次做好事，第一次遗精，第一次接吻，第一次谈恋爱……

小学一毕业，我们的差距一下拉大了，强烈的自卑感让我觉得再也没脸见她了。事实上，我就是想见她，也不那么容易了，不在同一所学校，见面几乎不大可能。即便是偶遇了，又能怎样？我本来就觉得矮她一等，见了面，除了多看她一眼，又能说些什么？

当然，这种差别并不影响我照常做梦，照常遗精。有时候，我会在梦中重复我第一次梦遗的情景，但是，更多的时候，是乱七八糟的梦，根本没有什么头绪，也没有具体的对象，就呼啦啦地一泄千里了。醒来了就想着要找个理由去找找她，哪怕是看一眼，就一眼，也觉得是幸福的。可是，等到天亮后，想法就改变了，觉得自己太自不量力了，你都混成这个样子了，还有脸去见她？

直到她到了大三，我也在商海里摸爬滚打了好几年，腰包鼓了起来，气也壮了许多，才鼓起勇气，到省城她所在的学院里去看她。

4

　　十年了，我再没有见过林雪，人生不相见，动如参与商。现在的她，恐怕早就出落成了一个大美女了。我鼓了好几次勇气，构思了好几个理由，带着一篮子精品水果，惴惴不安地跨进了商学院。

　　我至少问了十个人，才问到了她所在的商贸管理系，问到了她所在的班，然后，又托人带了话，我就坐在了她们女生宿舍大楼下面的石椅上，忐忑不安地等着她来。

　　那是初秋的季节，树叶还没到飘零的时候，微风拂来，我感到有一种浓浓的书香味，那是我渴望的气味。因为一个人，爱上一座城，我也因为心里有她，才敬畏这个地方，敬畏这里的每一个人。

　　我的目光一直盯着女生宿舍楼口看，每走出来一个女生，我就能很快地判断出她是不是林雪，尽管我十年再没见过她的面，但是，我能凭感觉判断出是不是她。自从带话的进了楼后，从楼里先后走出过十多个女生，都被我一一排除了。事实证明，我的排除十分准确，她们出了楼，径直朝她们要去的方向走了，根本不像找人的样子。就在这时，我看到了一位身着白色衬衣、下身穿着牛仔裤的女生出了门，我一看那苗条的身材，那与众不同的气质，就断定了是她，一定是林雪。果然，她出门后没有急着走，而是在周围看了看，我立刻起身向她招了招手，她这才向我姗姗而来。她的长发被微风轻轻一拂，立刻有了一种玉树临风的感觉，尤其从她那张清秀的脸庞上，我很快就捕捉到了童年的影子。我情不自禁地大叫了一声：

　　"林雪，你好！"

　　"你是……"她走到近处，疑惑地看着我说。她真的变了，变得越发漂亮，高挑的身材，一袭长发，浑身上下散发着一种让人无法抗拒的魅力。

"我叫段民贵，是你小学的同学，现在在西州做商贸，这次来省城办点事，顺便过来看看你，希望你不要见外。"这些话都是我提前想好的台词，我不知反复演练了多少遍，当着她的面说出来后，虽然有点紧张，但还算流利。说完，我才感觉我的面部表情放松了许多。

林雪这才礼貌地点了点说："谢谢你！"

"不用谢，都是老同学嘛，十年不见了，过来看看也是应该的。"为了缓和气氛，我尽量把话说得轻松些。

"你叫段民贵？"她疑惑地看了我一眼。

"是，我是段民贵，小学时和吴春花是同桌。现在成立了一个小公司，做一些土特产生意。"

"噢，想起来了，你就是段民贵。"她点了点头，由衷地笑了一下说。她笑的时候，两个嘴角轻轻地往上一提，不经意间绽出两个笑靥，露出一口白牙，人就显得更加地妩媚动人。然而，她的笑还没等到完全绽放开来，就又收住了，轻轻感叹了一声说："时间过得好快呀，已经十年了，真快！"

"十年的变化真大，你不光越来越漂亮了，而且又上了大学，真为我们全班同学争了光。"我不失时机地赞美她说。

"哪里？考上大学的又不是我一人。"她不好意思地说。

"好像夏风也上了大学，在师大，你们有没有联系过？"

她犹豫了一下，才说："谁都忙，联系得很少。其实，你也挺优秀的，我们现在还一事无成，你已经当上老板了，真不简单。"

被她这么一夸，我的心不由得飘了起来，就有了一种说不出来的高兴，趁机说："也算不了什么真正的老板，就是瞎倒腾，这几年也挣了一些钱。你现在上大学，一年的开销也不算小吧？经济上如果有什么需要我帮忙的，尽管开口，别的没有，钱还是有一些，我会全力以赴帮你的。"我说的都是实话，只要她需要我帮忙，我肯定会不遗余力。

她感激地看着我说："谢谢老同学的关心，我还过得去，如果真有什么需要你帮忙的，我会请你帮的。"

就在这时，有人叫了一声："林雪，快来。"

她回头看了一眼，说："你先走，我马上就来了。"

我一看她有事，就急忙说："要不，你先忙去，晚上我请你吃饭，校门口有好多家餐馆，很方便的。"

她说："谢谢你，不用客气，学校有规定，不允许我们随便外出的。"

我进一步说："你要觉得不方便，把你的同学也叫上。"

她摆了摆手，说："不用客气，真的不用客气。同学在叫我，我得忙去了。"

我马上拿起了放在石椅上的水果篮："这是给你带来的，你带上，来看老同学，一点小心意，别拒绝。"

她说："你太客气了，我心领了，水果就别……"

我怕她拒绝，只好故作轻松地说："没事的，谁让我们是老同学。"说着，硬把水果篮递到了她手中。

她羞赧地一笑，说："谢谢啦，段民贵同学。"说完，一扭头，就向回去的方向走了。

我一直目送着她，看她长发一飘一飘的，很有节奏感，即便是背影，也是那么美。我希望她能回头看我一眼，哪怕就一眼，给我留下一点希望，但是，她没有回头，就这样渐渐消失在了我的视线里。

她的决绝，让我刚刚燃起来的希望之火倏然熄灭了。我本将心向明月，奈何明月照沟渠！我知道，她骨子里很清高，我在她的眼里，只是一个小商小贩而已，我们之间，有着无法逾越的鸿沟，那就是不相等的学历。

不过，还好，我总算见了她一面，总算真切地看到了她灿烂的笑容，总算让她亲口叫出了我的名字，并且还说了一声谢谢。十年不曾见，见了，能有这个效果也不错。

我只有这样来安慰自己。

从省城回来后，我有了一个大胆的想法，我要扩大业务范围，要做大事，挣大钱，我要用我的实力来说话，有朝一日，让她林雪对我刮目相看。

5

有时候，爱情的力量是相当巨大的，即便是单相思，同样会给人带来无穷的动力。一年后，林雪毕业后到我们西州宏大集团公司来上班，我的商贸公司也做得风生水起了。在这期间，我再没有见过林雪，却见到了夏风。

夏风大学毕业后，被分到市一中当老师。

我见到夏风的时候，他正在校园操场上跟一帮人踢球。夏风在小学的时候体育就很好，无论是打球，还是跑步，都很出众。他长了一副好身板，长胳膊长腿，很协调，而且速度快很敏捷，天生是一个搞体育的料。他的文化课成绩本来也不错，因为喜欢体育，就放弃了别的专业。他上大学的时候，我去看过他一次，并且请他到附近的餐馆里好好吃喝了一顿，也算是报答了一下他当年出手救我之恩。就在那次见面的时候，我告诉了夏风，说我见了一次林雪，她好像并不在意过去的同学之情。夏风不置可否地笑了笑说，可以理解，她在区三小时间短，总共才待了一年多，好多人恐怕她都没有认下。我问夏风，你们都在省城读大学，有没有联系过？夏风犹

016

豫了一下说，老乡聚会上见过一两次，我们过去不太熟，联系得也不多。经他这么一说，我的内心似乎平衡了许多。记得当时我们还聊了一阵往事，聊到了我们小学同学，还聊到了被活活烧死的甄初生老师。夏风冷笑了一下说，甄初生这个名字也真怪，听起来还以为是"真畜生"。我借着酒劲，忍不住哈哈大笑了起来，笑完才说，有意思，真有意思。夏风却端起酒杯说，来，喝吧，别谈他了，吃饭的时候说到他，有些恶心。我也附和说，是的，不说了，有点倒胃口。说着举杯相碰，一饮而尽。那次见了夏风之后，我觉得他还是过去的那个样子，话不多，对人不冷也不热，总之，他给人的感觉是冷峻。

我这次找他，当然不是为了叙旧，我的主要目的就是想通过他聊一聊林雪。我们这帮同学中，与林雪有过接触的人不多，只有他，相对来说多一点。我之所以这么做，还是对林雪有些放不下，我觉得我虽然没有她那么有知识，没有她的学历高，但是我已经有了属于自己的公司，还有车，有房，在同龄人中应该算混得不错。我觉得我已经有资格追求她了，所以，在追求之前，我有必要再多了解一些有关林雪的情况，这样才好知彼知己，对症下药。

我一直等到他们比赛结束。

夏风看到了我，从赛场上一边擦着汗，一边朝我走过来，有点漫不经心地说：

"段老板找我有事儿？"

"什么段老板？见外了，见外了。分到西州也不给我打一声招呼，我好给你接风。"我假装亲热地在他肩头上拍了拍。不拍不知道，一拍，才知道这家伙真的很结实，手拍上去感觉他浑身都是力量。

"接什么风？准备安顿顺当了再联系你，没想到你就找上门来了。"他接了我的话说。

"这样吧，晚上我请客，咱俩好好喝两盅，去'西部风情'，那里的手抓羊肉做得不错。你去洗一下，我在外面等着你，完了坐我的车一起走。"

"买车了？是哪一辆？"夏风看着停放在操场旁边的几辆小车问。

"就是那辆黑色的奥迪。"我顺手指了指说。

"行啊，公司成立了，豪车开上了，现在成了名副其实的大老板。"

"哪里哪里，做生意，还得装个门面，这样来来往往也方便些。"我嘴上说得很谦虚，心里却自傲地想，你考上大学又能怎样？在这个金钱为主的社会里，没有钱，你就是有再高的学历在我面前还不是矮人一等？

我带着夏风来到"西部风情"，吃喝了一阵后，我想从夏风的口中得知一些有关林雪的消息，就有意把话题引到林雪上说：

"听说林雪也分到我们西州了，好像在宏大商贸公司上班。"

"你见过她了？"夏风轻描淡写地问。

"没，没有。她自小骨子里有一种傲气，让人敬而远之，很难接近。什么时候有空了，你约上她，我们一起吃个饭。"我试探着说。

"既然敬而远之，何必约她呢？"

"这个嘛，嗨，毕竟同学一场，约上吃个饭，也是应该的。"

"来，喝酒。"夏风端起杯。

我也端起杯，碰了一下，喝了杯中酒，夏风还是没有说约不约。

"她是不是有男朋友了？"我忍不住又问了一句。

"肯定有了，像她这样出众的女孩，追她的人肯定很多，说不准上大学时她就谈上了。"

"也是，说得也是。像她这么出色的人，怎么会没有人追？"听夏风这么一说，我就像坐着飞机降落一样，心一下沉了下来。

大概夏风也看出我的情绪突然有些低落，没有多久，我们就草草结束了。

我觉得我不能再等了，无论林雪有没有男朋友，我都要找个机会向她表明心迹。机会不是等来的，是靠自己争取来的。

次日，晚上快下班时，我的车停在了宏大集团公司的大楼底下，我要等着她，就像当年在大学校园里一样。所不同的是，当年的我只是一个小公司的小老板，而今的我，公司已经拥有上千万的资产，有了属于自己的房子和车，追我的姑娘排着队，我完全有底气向她表明我的心迹，也有资格说出我的爱。

我伸手看了看手表，时针快要指向六点钟，下班时间到了。我从后视镜中照了照自己，用手理了理头发，整理了一下西装领带，才下了车。我把自己打扮成了高富帅的模样，假装出社会精英的样子，我要从实力上征服她，征服那个傲气十足的林雪。

下班的人陆陆续续出门了，我的眼睛盯着每一个出门的人。我明显地感觉到，有好几个姿色不错的女人故意摆出一副倾国倾城的样子向我微微一笑，可是，我的心却不为她们所动，看都不正眼看她们一眼，我要把最温暖的目光投向我所等待的人。

她终于来了。她穿着一件米色的风衣，从台阶上款款而下的时候，更显得风姿绰约，气质不凡。来到近处，我主动迎了上去说：

"你好，林雪。我是段民贵，真庆幸我们又见面了。"

我以为她会哇地惊叫一声，然后高兴地说，原来是你呀段民贵。但是，她没有，她只微微一笑说：

"你好，老同学，你怎么在这里？"

"我在这里等你。听说你分到了宏大公司了，想请你吃个饭，如果可以，就请上车。"我想证明一下我与昔日有所不同了，有点炫耀地趁机打开了奥迪车门，做了一个请的手势。

"谢谢你，我说好了与家人一起吃饭。真是不好意思，请你谅解。"虽然和颜悦色地说着这些话，但是，她的骨子里，还是那么高冷，有种拒人于千里之外的感觉。

"也好，那就请上车，我送你回家。"多年来，我在商场上已经练就了厚颜无耻，既然她要回家，我就送她回家。

"谢谢你，我已经习惯了坐公交车，很方便的。"

"那我尊重你。今天你有安排，那我明天请你，如果你明天没有时间，我就后天来接你。就是想与你吃一顿饭，说说话，不会把你怎么样。"她越是拒绝我，我就越发地死缠烂打。

她终于笑了一下，说："段民贵，没想到你这么固执。那好，明天中午，十二点，就在马路对面那家麦田咖啡厅，可以吗？"

我高兴地说："好，明天中午，不见不散。"

分手后，我上了车，一边开着车，一边不断地重复着她的话：

"段民贵，没想到你这么固执。"

"段民贵，没想到你这么固执。"

……

我像个疯子一样，一连重复了好多遍，每重复一遍，我的心里就多了一分温暖，人也多了一分自信。

在这个女人比脸男人比钱的时代，要想追到你喜欢的人，必须要豁出脸面，千万不要认为对方拒绝了你就伤了你的自尊了，你要记住，你的自尊根本不算什么，尤其在你爱的人面前它就是一个屁，只要抱得美人归，别的都是浮云。

第二天，我在中午十二点之前来到了麦田咖啡厅，在二楼靠窗订了一个卡座。坐在那里，正好可以从窗户看到宏大公司的门口。这个地方真是太好了，如果哪天我需要监视林雪的话，这是一个极佳的位置。

下班了，她出来了。她今天换了一套深蓝色的职业西装，雪白的衬衣下面，围着一条红蓝相间的小围巾，看上去既像白领，又像空姐。漂亮的女人，无论穿什么都漂亮。看她过了马路，径直朝麦田咖啡厅走了过来，我兴奋地下了楼，刚走出咖啡厅，林雪已经到了眼前。我热情地说，我订在了二楼的卡座，隔着窗户看到你来了，就来迎你。说着，很绅士地做了一个请的手势。林雪微微一笑说，你太客气了。说着，就跟我上了楼。

　　入座各点了一份牛排，一杯咖啡，服务员走后，林雪看着我，似笑非笑地说：

　　"说吧，你这么死缠硬磨请我，绝对不是仅仅吃一顿饭这么简单，肯定有话要对我说，我给你这个机会。"

　　没想到我还没有来得及张口，就被她窥到了我内心的秘密。面对冰雪聪明的她，我早已树立起来的信心顷刻之间就土崩瓦解了。我只好打着哈哈说：

　　"你真是洞若观火，没想到我的这点小心思，让你一眼就看穿了。"

　　"过奖了，我只是凭着女性的感觉，总觉得你有话要对我说。"

　　"是的，你说得没有错，我是有话要对你说。"我想，这样直来直去也没有什么不好，就索性来个瓦罐里倒核桃，把心里所有的话统统说出来："林雪，也许我要说的话你已经猜到了，我喜欢你！在小学的时候，我就默默喜欢上了你，那种喜欢，不带有任何杂质，是纯纯的喜欢。可是，那个时候，你实在太优秀了，在我们男生心目中，你就是女神，我们有爱不敢说，同时，那个年龄段，也不是说爱的时候，我只能把它默默地藏在心底。直到你上到大三，我才鼓起勇气，借着上省城办事为理由，去看望了你一次。那时候，我多么希望我能在经济上帮你一把，让你愉快地度过大学时光，也算尽尽朋友之谊，可是，我被你拒绝了。我知道，你我之间，不光隔着大学的这道高墙，还隔着许多的东西，所以，我得努力，要尽量缩小这种差距。通过这几年的打拼，虽然我还不能算作成功，但我总算有了属于自己的公司，有了房有了车，还有一两千万的资产，在同龄人中也算说得过去。我这才有了点底气，敢于向你说出我的爱。希望你能给我一个机会，咱们交先个朋友……"

"先生，你们的咖啡。"服务员小姐不合时宜地打断了我的话，这让我很不爽，可我，还是不得不打住了话。

服务员放下咖啡走了，林雪这才接过话头说：

"听了你的话，我很感动。"林雪用调羹轻轻地搅着杯中的咖啡说，"说实话，段民贵，在我们那帮同学中，你很优秀，短短几年，凭着你个人的努力，创办了自己的公司，成了大老板。我相信，在这个物欲横流的时代，追你的女孩肯定不少，没想到你还对我这么念念不忘，真的难能可贵。其实，在我读大三的时候，你来大学里看望我，当时我就看出了你的心事，记得你给我买了一篮子新鲜水果，临别时，你把水果篮硬塞到我的手里。我转身走了，我知道，你一直在后面默默地看着我，可我，却头也没回就走了，你知道这是为什么？"

"为什么？"我不觉有些惊奇，原来她早就知道我在目送着她？

"我没有回头，就是不想给你留下什么幻想，让你把我彻底忘了。隔着我们的，不是大学的高墙，而是缘分。因为那个时候，我已经有了男朋友，我不能欺骗你的情感，这样对你、对我都好。懂吗？"说完，她轻轻呷了一口咖啡。

牛排上来了，冒着丝丝的热气，服务员说，请你们慢用，可我的心一下被堵住了，感觉有好多话要对她说，却不知道从哪里说起。我用刀叉切着牛排，切了一阵，才说：

"说实在的，人生是需要动力的，你回头了，会让我产生动力，你没有回头，同样会让我产生另一种动力。就是那一次，我才下定了决心，一定要好好干出个样子，让你对我刮目相看，也让我有资格向你大声说出我的爱。我知道我现在还远远不够，急于来向你表白，就是怕你另有所属。没承想，你还是名花有主了。"

林雪慢慢咀嚼着牛排，没有吱声。我的这些话估计触动到了她某根神经，才使她突然默不作声了。或者是，她在想着如何应对我的话？沉默了好一会儿，她安慰我说：

"我很感谢你的真诚，也感谢你对我的用情至深，但是，民贵，感情这种东西，是讲究缘分的。你就忘了我吧。凭你在商海中的聪明才智，凭你现在的优越条件，相信能找到比我更好的女孩，我们仍然是老同学，这样，不是也很好吗？"

"他是谁？是外地人，还是我们西州人？"我心有不甘地问。

"你别问了，他是谁并不重要，重要的是，我已经心有所属了。"林雪心平气和地说。

"不管他是谁，只要你一天没有成为他的新娘，我就有一天追求你的权利。"我心有不甘地说。

"这又是何苦呢？段民贵，你想过没有，你有你的权利，可我也有我的权利。如果你的权利是建立在打破别人平静生活的基础上，把你的一厢情愿强加给别人时，只能是适得其反，恐怕到时候我们连老同学都没得做了。"林雪似乎有些生气了。

"难道，你就不能给我一个公平竞争的机会吗？"我几乎用乞求的口吻说。

"这不是给不给的问题，我说过，我已经爱上了别人，不可能对别的男人产生爱了，你应该能明白我的意思，也应该尊重我的选择。"她毋庸置疑地说。

言尽于此，我突然觉得我的心一下被掏空了。

6

说实在的，我对林雪的爱还是很真诚的，我喜欢她，想得到她，这就导致了我在她面前总是谨小慎微毕恭毕敬甚至有些猥琐有些贱馊馊的，那副德行连我自己都感到恶心。我也不想那样，可是没有办法，一见了她，我就觉得像矮了她三分，有种说不出来的自卑。

遭到林雪拒绝之后，我的情绪大受挫折，心情一下子变得乖张起来。

在西州，我好赖也算个老板，算个知名人物，追我的女孩子数不胜数，被我甩到一边哭鼻子的女孩子也有一大把，没想到要风得风要雨得雨的我却在林雪面前如此狼狈。林雪，她太不把我放在眼里了，一种无可名状的怒火不由得在我的胸中燃烧了起来。

爱，有时候能将一个人的人性彻底扭曲，对我这种性格偏执的人来讲尤其如此。

自此以后，我对林雪的爱顷刻间转化成了一种恨，恨不能让她吃饭被噎死，出门被撞死，开灯被电死，睡觉被被子捂死。总之，一切能够诅咒人死的招儿我都默默地诅咒了一遍，诅咒完了还不解恨，觉得让她这样痛痛快快地死了反倒便宜她了，应该让她出场意外，然后痛苦不堪地活着，或者得一场大病，头发脱一大半，脸上生出大块大块的黄斑，或者出一场车祸，砸断她一条腿，变成一个残疾人，这样，她在我面前就再也高傲不起来了。她的男朋友不忍面对她的这副惨相，最终抛弃她。而我，就可以居高临下地看着她苟且偷生的样子，让她明白这一切都是她拒绝我得到的惩罚。

我就这样反反复复地想着，像过电影一样过了一遍又一遍，然后一阵哈哈大笑，笑得我浑身乱颤，笑完了才觉得我这样想是不是太龌龊太变态太神经？

事实上，我也不好确定我到底是个什么样的人。我追林雪是真诚的，但是，这并不意味着我就要为她守身如玉。我早就不是什么纯情男子，更不是一个脱离了低级趣味的人，我不会为了一棵树，就放弃一片森林。我没有那么傻，人生苦短，及时行乐，这才是我的人生坐标。我的身边从来就没有缺过女人，环肥燕瘦，莺歌燕舞，我都经历过了。我以谈恋爱的名义不知糟蹋了多少妙龄女子，玩腻了，我就找个理由给点钱一脚踹开了。当然这些女孩儿中并不都是傻头傻脑的那么好打发，有的一脚踹不开的，我就设计一个圈套让她往里钻，比如找个帅哥引诱她，约她吃饭，等她上钩了，我就假装不经意间发现了，她自觉理亏，不战而退。还有的拿着一张怀孕化验单来威逼我与她结婚，我只好好言相劝，说我还没有做好当爸爸的心理准备，让她先打了胎，过两年正式结婚了再生。我好说歹说等她打完胎了，就立马人脸换成了狗脸，对她不冷不热，让她觉得我是一个不靠谱的人，分手也就成了一种必然。还有一位姑娘很奇葩，我只跟她上了一次床，不到一星期她就找上门来说她怀孕了。我说，我十五岁那年得病去做手术，被庸医一刀割错了地方把我结扎了。女孩子羞赧地一笑说，我在跟你开玩笑哩。我也笑了笑说，我也跟你开玩笑哩。小样儿，不管你是假怀孕还是真怀孕，或者说你肚里的野种是我的还是别人的，想在老子面前耍心眼，你还嫩了点。

我知道我这样毫无保留地说出我的这烂事儿肯定有损我的形象，但是，要是不痛快淋漓地说来我就感到压抑感到憋屈。如果林雪没有拒绝我，这些事我就是烂到肚子里也不会说的。问题是，她已经拒绝了我，我再不说出来别人会不会觉得我段民贵真的就那么窝囊那么不招女人待见？现在你们该知道了，我段民贵不是平处卧的虎，我也有过风花雪月，也是见过世面的人，你林雪算个啥东西？

我就是这样一个德行，内心自私，性格暴戾，凭林雪的一句拒绝，不可能击垮我。她不仁，就别怪我不义，我等着，总有机会，我会让她重新认识我段民贵。

这年秋天，我的生意做得顺风顺水，农民大丰收，我也大丰收，我把他们的农副产品廉价收回来，再高价卖给广东福建的加工行业，几个来回下来，赚得盆满钵满。

冬天的一个晚上，我在二月花大酒店招待完一拨客人，醉意朦胧地出来买单时恰巧碰到了夏风和林雪，看到他们亲密无间的样子，我的头一下子大了，我妒火中烧，他们怎么在一起？我强压着内心的嫉妒和不平，故作轻松地说：

"哟，原来是你们俩好上了，藏得真够深的。"

我真希望他们中的一个能回答我说，他们也是偶然遇到了，根本就没有那回事。然而，夏风却说：

"这有啥好藏的，这只是我们俩的事，没有必要到处宣扬。"

林雪马上支开话题说："好久不见，民贵，你还好吗？"

听到林雪叫了我一声"民贵"，我的心才稍微感到温和了一点。我借着酒劲说：

"还好，我很好的，最近买了套别墅，在绿洲山庄，什么时候有空了请你们二位来府上做客。"

我说这些话的时候，故意装出一副财大气粗居高临下的样子，其实，我的心里在流血。我原以为林雪找的人肯定有背景，不是大老板，至少也是个官二代，没承想却是他，夏风。原来她所说的心有所属，就是归属了夏风？我去！一个体育老师，说到底不过是一个卖苦力的，一个月的工资还不够我的一顿接待费，可她，偏偏放弃了我这个千万富翁，选择了他。妈的，这世上还有没有公理？

我有些疯了，忌妒成疯。

我连着醉了几天，酒醒后，王北川给我打来了电话，说新来了两个俄罗斯的妞儿，让我过去尝尝鲜。我在电话中骂了一句："靠！我都快断气了，还尝什么鲜？"王北川是我小学的同班同学，前些年他开了一家桑拿中心，招来了不少漂亮妞儿，生意做得很红火，搞得我在那种鬼地方花了不少银子，也找到了不少快乐。我曾告诉王北川，进了新货，都要打电话告诉我一声。他果真如此，每次告诉了我，我就痛痛快快地去了。在他的桑拿中心，我享受着皇帝老儿的待遇，看准哪个就点哪个，被我点中的女人，不光有着姣美的容貌、傲人的身材，还有一流的服务技能，每次我都被她们伺候得舒舒服服，然后清清爽爽地走出桑拿中心，感到生活是如此地美好。此刻，王北川一听我情绪不太好，就说："哥们儿，好钢要用在刀刃上，快断气了更得来这里补补气。她们俩今天刚到，还没有上钟哩，你要不来，可不要怪我让你吃了别人的剩菜。"王北川的话太有煽动性了，我禁不住他的诱惑，只好去了。

王北川的洗浴中心在市区南郊，我开车路过林雪的单位时，还是忍不住看了一眼她上班的地方，夜晚的办公大楼只亮着几盏灯，我不知道林雪在哪一间办公室，更不知道此时此刻的她，是在家看电视，还是与夏风在一起。一想起她，我的心里就一阵隐隐的刺痛。爱，本来是让人幸福的，可我为什么得到的却是痛？好多次，在下午下班前，我就莫名其妙地来到了我们去过的麦田咖啡厅，坐在二楼临窗的位置，等待着下班的一刻，看着从宏大公司蜂拥而出的男男女女，不为别的，就是为了能远远地看她一眼。摘不到的星星是最闪亮的，吃不到的葡萄是最甜的，越是得不到，我就越觉得她在我心里的位置越重要。

来到洗浴中心，王北川果然没有骗我，俄罗斯的姑娘身材很魔鬼，床上的功夫也不错，虽然我们语言上无法沟通，但是肢体语言沟通得却很好。沟通完后，我感觉身体轻松了许多，可是内心的伤痛还残留在心里，并没有就此发泄出去。

王北川拉着我去喝茶，喝了几盅后，王北川就像在做售后调查一样，习惯性地问我：

"哥们儿，效果不错吧？"

"还不错。"我有些勉强地说。

"你在电话中说心情不好，怎么了，是不是生意上遇到什么麻烦了？"他见我不太开心，就问起了电话中的事。

"生意算个屁。"我摇了摇头。

"那是什么？说出来让兄弟我参谋参谋。"

"失恋了我。"

"我还当发生了什么。三条腿的驴不好找，两条腿的美女有的是，再找个不就得了？"他打着哈哈说。

"北川，你知道她是谁？她就是我们小学的同班同学林雪，我追她没有追到，谁知道她却与夏风好上了。"

"啊……原来是林雪？"王北川吃惊地啊完后，又摇了摇头说："哥们儿，你没有与她搞成对象就对了，一点儿也不要遗憾，你还记得那个被大火烧死的甄初生吗？"

"当然记得。这和他有什么关系？"

"有，太有了。你知道吗？甄初生那个王八蛋几乎把我们班里长得好看的女生都糟蹋了，你想想看，像林雪那样的校花甄初生能放过？"

"胡说八道，怎么可能？"这真是一个惊天大秘密，让我听得五雷轰顶。但是，我还是极力地否认，我不愿意接受这样的事实。

"嗨，社会上的事儿，没有做不到，只有想不到。我这里可是一个社会大窗口，来我这里的人，你又不是不知道，三教九流，什么样的人都有，什么消息都能传到这里来。上次有两个中年男人在休息室唠嗑，说起暑假请家教的事。甲说，他的女儿明年就升初中，打算请个数学老师来给女儿好好辅导辅导。乙说，你要请，最好请个女老师，别请男老师，不怕一万就怕万一。如果请的男老师是个色狼，对你的女儿造成伤害怎么办？甲说，不至于吧，教书育人的人，毕竟有知识有修养，哪会干出那种缺德事？乙说，还是小心不为错。不瞒你说，当年我的妹妹在区三小上学，就被他们的班主任老师糟蹋了。听我妹妹说，那个畜生班主任经常叫班里长得好看的女生到他办公室去补课，他名义上是补课，实际上是猥亵糟蹋。当时我在部队当兵，不知道这档子事，要是知道了，非把这个畜生老师宰了不可。我回家后，母亲悄悄告诉了我，说我的老父亲准备联合那几个受害学生的家长一起去告那个畜生。我老妈顾虑很大，怕把事情张扬出去对我妹妹不好，老两口正准备单独要找那个畜生老师去算账，没想到那个老畜生就被一场大火活活烧死了。我估计肯定是哪个受害者的家长咽不下这口气，为民除害，放火烧死了那个王八蛋。哥们儿，你知道说这个话的人是谁？他就是吴春花的哥哥吴大龙。你还记得吴春花吧？那个大大咧咧的丫头，人长得还不错，是你的同桌，去年不知道因什么原因自杀了。她要是还活着，恐怕吴大龙也不会向外人说出这种秘密。"

我听得惊呆了，吴春花我当然记得，她还经常跟我吵架，不过她的确是个很不错的女生。如果她还活着，这个惊天秘密永远不可能被吴大龙说出口，我也不会感到如此惊愕。难道林雪果真也被糟蹋了？甄初生也真的是被人放火烧死的？刘师傅丢失了汽油，夏风遗失在汽车旁边的双排扣，这些疑点就像一个个问号，大写在了我的脑海。

"嗨！哥们儿，你怎么啦？"王北川见我发起了呆，就伸出手在我眼前直晃。

"吴春花的哥现在做什么生意？"我拨开了王北川的胖猪蹄。

"他在建材市场做批发，有个门市部，好像叫飞龙建材商行。怎么？你是不是想去核实？我劝你还是算了，核实清楚了又能怎么样？林雪要嫁的人是夏风，又不是你，你操哪门子闲心？"

"小学的时候，你有没有发现，夏风和林雪来往多不多？"

"好像没有看出他俩有过什么来往，不过，他们住得很近，放学的时候，都是同路。我记得有一次放学很晚了，在回家的路上，林雪走在前面，夏风跟在后面不远处，两个人还是保持着距离，好像没有一起走过。"

"假设一下，如果林雪受了甄初生的欺负或者猥亵，告诉了夏风，夏风会不会为了替林雪报仇，偷了一桶汽油，半夜里倒在甄初生的宿舍门口，然后放火烧死了甄初生？"

"你呀，真会想，那怎么可能？夏风为了林雪，会去杀害自己的老师？亏你想得出来，夏风又不是个大傻瓜，哪能干出那种事？"

"如果甄初生真是被人放火烧死的，你会怀疑谁？"

"我怀疑你也不会怀疑夏风，他那时候算是成绩拔尖的学生，甄初生经常表扬他，他怎么会？再说了，即使甄初生真被人放火烧死，可能也是哪个女生的家长，不可能是我们同班同学干的。"

王北川的话一下子扫除了我对夏风的怀疑。他说的不是没有道理，夏风没有杀人动机，林雪也不一定受到了甄初生的糟蹋，而且，从我的心底里，也是非常排斥那样的结果，就说："林雪不像别的女生，她那么孤傲，一副神圣不可侵犯的样子，恐怕甄初生想下手也不敢下，搞不好让林雪捅出去他还得坐牢。"

王北川说："我觉得也是，林雪不像别的女孩，甄初生怕是有贼心也无贼胆。刚才我是为了宽慰你，才那么一说，别往心里去。"

我说："这事儿毕竟关系到林雪的声誉，所以，没有根据的事不要乱说，更不要妄加揣测，传出去对谁都不好。"

"民贵，我真服了你，人家都把你甩了，你还护着她。好好好，我发誓，保证不对任何人说。"

"其实，我还没有和她正式谈过恋爱，根本不存在甩不甩的问题。我只是喜欢她而已，没想到我下手晚了，她与夏风谈上了，只是心里觉得不舒服而已。"

我表面上说得轻描淡写，其实内心是相当痛苦的。王北川当然不知道我是怎么想的，更不知道爱一个人，内心要承受多大的痛苦。爱到一定程度，就会转化成恨。爱有多深，恨就有多深。我既希望她也遭到过甄初生的伤害，又希望她是幸免者。我就在这种矛盾中想找着自己的平衡点，但是，任凭我翻来覆去地怎么颠倒，还是没有找到我心理上的平衡。

我知道，我在心里依然爱着她，这与她是否遭受过甄初生的性侵没有多大的关系。我的思索又回到了最初的问题上，如果林雪真的被甄初生糟蹋了，夏风知道后，会不会杀了甄初生？如果说甄初生是学生家长放火烧死的，又会是谁？他们用的汽油是从哪里来的，是不是刘师傅丢失了的汽油？如果是，夏风遗失在汽车旁边的双排扣又怎么解释？这些疑点让我不由自主地又扯到了夏风身上，因为我希望是他，这样我就有可能抓到机会，搞一次翻盘，从他手中夺回我心爱的女人。

7

欲望就像个魔鬼，驱使我一步步朝着这个目标走了下去。

在很长的一段时间里，我悄悄地干起了警察们干的工作。我的身上随时带着一支钢笔式的微型录音机，需要的时候，我就悄悄打开开关，录下我所要的对话。

我第一个要找的人当然是我那位同桌的哥哥吴大龙。

"怎么，你小子竟然对那件事那么感兴趣，不会有窥隐癖吧？"吴大龙一听到我问起那个事，就不客气地说。

"龙哥，真不是你想的那样。我是想通过这件事，查一下当年到底是哪位无名英雄烧死了那个畜生老师，我想捐点钱给他，也尽尽我的心意。"

"得了吧，小子，等你查清楚了，还没来得及捐钱，恐怕就被公安局盯上了。你要真的对他好，就别瞎折腾了。再说了，我妹妹已经死了，我也不愿意再翻过来调过去拿她的不幸说事。去年这个时候，有位老警察也找上门来向我爸问过这档子事，问过了，不也不了了之了？你的能耐难道比警察还要大？"

"警察也来过？那个警察是不是姓李，叫李建国？"

"你咋知道的？"

"当年来学校调查那个案子的就是他。黑脸，高个子。"

"对，就是他。他都没调查出结果来，你能折腾出个啥？兄弟，你要喝茶，我就给你泡茶，你要问那件事，就此打住。我不知道什么，就是知道也不能告诉你。"

在吴大龙这里碰了钉子后，我并没有气馁，因为他毕竟不是亲历者，况且，谁愿意撕开自己亲人的伤口让别人看？他对朋友说了他妹妹曾经遭受甄初生糟蹋的事，那也只是在特定场合下，而他的妹妹所怀疑的另外几个受害者，他不一定就知道，即使知道，出于对那些受害者的保护，他不肯向外人提说也在情理之中，你若一一去盘问，必然会遭到这些人和她们的家人的强烈反对，也会遭到社会舆论的谴责。

事情到了这一步，我只能在这个前提下做出新的判断，假设在小学的时候夏风就悄悄喜欢上林雪，当他得知林雪受到了甄初生的性骚扰，会不会为林雪报仇，杀了甄初生？这个疑问设定之后，我又开始问自己，如果我当时知道了这种事，林雪向我哭了鼻子，我会为她杀了甄初生吗？我真的难以确定，我或许不会，没有胆量去做。当然，这只是拿现在的我来作推测，在那个懵懂的年龄段，任何可能性都不能排除。或许，我也会产生某种英雄救美的豪气，为了讨好林雪，去杀了畜生不如的甄初生。既然我不能完全肯定自己的行为，那么，夏风的那枚掉在刘师傅汽车旁边的双排扣就成了一个疑点。

8

我买了两瓶酒两条烟，去看望刘师傅。

刘师傅当年与我老爸在同一个厂子里上班，后来下岗了，我爸干起了蔬菜水果批发生意，刘师傅因为在厂里开过车，有一技之长，就自己贷款买了一辆东风大卡车跑运输。当年我们都住在棚户区干打垒的独门小院里，那种地方就是人们常说的贫民区。我们宁可说自己住在棚户区，也不愿意承认是贫民区。一说贫民区，我就想起了画报上印的非洲难民的照片，一个个衣衫褴褛，饿得面黄肌瘦，我们再怎么穷，还没到那个程度。

后来，城市规划，我们那片区域被改造成了商业步行街，棚户区的居民从此翻身得解放，住进了政府专门修建的搬迁房。刘师傅和我的父母同住一栋楼，所不同的是我父母在一口三楼，刘师傅住到了四口四楼。

我拎了这么多东西走进刘师傅家后，刘师傅还以为我走错了门，我说我没有走错，我是专门来看望你老人家的。

刘师傅已经退休了，那辆为他奔波了十多年的东风车也早就退休了，然后被一家废品收购公司收走了，也算有了一个圆满的结局。当我向刘师傅问起当年的事时，刘师傅这才断断续续告诉了我说：

"我说民贵，这都是十多年的事了，噢，对对对，已经十三年了。你是唱的哪一出？问这些做什么？不知是去年几月份，我记不清了，公安局有一位老同志，也问过这件事。对对对，就是那个老警察，姓李，是不是叫李建国我就记不清了，反正他姓李。他也来过，问了和你一样的问题。当时我就说，我汽车中的油的确被贼娃子偷过。我记得清清楚楚的，那天我去开登水泥厂拉水泥，在返回的半道上，没油了。幸好离加油站不远，我才没有被困在路上。本来我是前一天下午加过油的，我计划好的，油箱里的油完全够我去一趟开登的，半道上怎么能没油？我想肯定是昨天夜里被人偷了，否则，不会出现这样的问题。呵呵，警察也问过我，知不知道是谁偷的？我咋知道是谁偷的？我要知道了，非打断他的腿不可，他要用油，可以向我要嘛，我给他一点儿也不是不可以的，这样我心里就有数了，跑车也有计划，他不声不响地偷了油，会误我的大事的，你说是不是？"

我说："是是是。"我马上给刘师傅递了一支烟，又为他点了火。

刘师傅美美地吸了一口，接着又说："嗨，有时候说来还真的很奇怪，事情都过去了好多年了，我都差不多忘记这事儿了，没承想，后来有人说他看到偷汽油的人了。你还记得我们棚户区的那个王秃子吧？哦，记得就好。没错，他手脚不干净，有偷盗的毛病，那年偷了电信局的电缆，被公安逮去后，还被判了好几年徒刑。不不不，你理解错了，不是他偷的汽油，是他看到了偷汽油的人了。他是谁？你不要急嘛，慢慢听我说。王秃子那天夜里也是去偷东西的，他偷的是附近工地上的钢筋，他背着钢筋回家的时候，在巷子里看到了一个半大男孩正提着一个塑料桶悄悄溜走了。一老一少两个小偷儿遇到了，谁也怕被对方认出自己，就都悄悄溜走了。第二天晚上，王秃子听到我的汽油被人偷了，在自家的小院里叫骂，他本想来告诉我，又怕别人问起他半夜三更不睡觉在街上去干啥，这样反倒暴露了他自己没有干好事。再说了，他只看到了一个人影儿，究竟是谁他也没有看清楚，所以就没有告诉我。后来，他偷盗电信局光缆的事犯了，被公安局抓进去判了刑，直到几年前他放出来后，我们谝闲传时说起了陈年旧事，他才讲到他看到了偷我汽油的人，是一个小男孩，黑洞马虎的，他也没有看清楚那个男孩到底是谁。去年，那个老警察来了，他又问起了丢失汽油的事，我就一五一十都告诉给了他。就一小桶汽油嘛，最多十斤重，还没有一瓶烧酒值钱，我都根本不当回事了，你们还查个啥？以后不要查了，也不要问了，否则，让人听到了还以为我老刘头成了老糊涂了，十多年前丢了一点汽油还要抓住不放。你说，民贵，是不是这个理儿？"

我说："是是是，是这个理儿。"

出了刘师傅的家，我又找到了王秃子。

王秃子已经彻底秃了头，肉头肉脑的样子反倒像个有福之人。我把他叫到了一个小酒馆里，先让他吃饭喝酒，吃饱了，喝高兴了，我才向他问起了当年的事。

"当时我看到好像是个半大的男孩，究竟是谁家的娃我还真没有看清楚。"

"王叔，你再想想，他穿什么衣服？"

"衣服？我的好大侄儿，这都多少年过去了，早都忘了。再说了，黑灯瞎火的，我只看见一个人影儿，像个半大娃，别的，根本就没看清楚。"

"我可以提醒一下，他是不是穿着一件蓝色的上衣？"

"这我真的想不起来了。上次来了个老警察，也问我这个，说让我好好想，我想了很久，还是没有想起什么。"

"好，王叔，再喝，喝了这杯酒说不准就想起来了。"

"欸，对了，那个娃好像是朝南走的，估计他的家在南边。"

"你能确定吗？"我一听说是朝南走的，立刻明白，那个偷了汽油的人肯定直接去了区三小。

"没问题，这个我能确定。"王秃子说。

我估计在王秃子这里问不出新东西了，就匆匆买单走了，留下了一桌子的酒肉让王秃子一个人慢慢享用。

经过一圈儿的调查摸底，我发现我所到之处，老警察已经盘查过了，看来老警察始终没有放弃这个案子。毫无疑问，在这个案子上老警察肯定比我了解得更深刻更全面，估计除了不知道双排扣之外，其他方面肯定比我知道得多。至于那个双排扣，我已经找到了。原来是我落在床上，被我的母亲发现后收藏到了她的针线匣中。直到后来我上了中学，上衣纽扣丢失了，母亲在她的针线匣中翻找相对应的纽扣时，我才突然发现了那枚双排扣，就把它拣出来保存了下来，时至今日，它还在我保险箱里。我本是为了怀旧，想做个留念，没想到它现在却成了我的证据。

我在想，我有没有必要与老警察做一次面对面的交谈？

这个问题在我的脑海中徘徊了好几天，我终于做出了决定：一、双排扣的事绝不能告诉警察，他们要知道了，事情的发展就不会受我的控制，说不准还会牵连到林雪，如果那样，毁了林雪的声誉，我岂不是竹篮打水一场空？二、没有必要与警察见面。警察知道的，他肯定不会告诉我，我知道的又怎么能告诉他？既然谁都不可能把自己知道的秘密告诉对方，见面又有什么意义？三、也是最重要的，我与警察的目的完全不同，警察的目的是办案，要查个水落石出。我查证的目的不是治谁的罪，把谁告上法庭，我的目的很单一……

事实上，就目前的情况来看，只要我把已经掌握到的这几个关键点连接起来，一个完整的纵火杀人线索就清晰了：那天夜里，刘师傅家东风大卡车丢失了汽油，王秃子发现一个半大男娃拎着一个塑料桶向区三小的方向去了，然后，那个男孩从我们常常进入的城墙豁口处进入，将汽油倒进甄初生宿舍的门内，点着火，一场火灾就此发生，甄初生被活活烧死了。次日早上，我上学路过刘师傅的大卡车，在旁边捡到了夏风的双排扣，那应该是夏风偷油时落在那里的。如果这些都能确定，唯一让我不能确定的是，夏风烧死甄初生的理由又是什么？除非是夏风真的爱上了林雪，知道甄初生那个畜生糟蹋了林雪，他为了报仇雪恨，才放火烧了甄初生。如果这样推下去，一切才有了合理的解释。当然，还有一件事也是不能忽视的，在夏风读到大三那年，我去省城看过他一次，两人谈起甄初生时，记得夏风说，甄初生这个名字也真怪，听起来还以为是"真畜生"，他还说，吃饭的时候不说他了，恶心。我当时禁不住哈哈一笑，但是现在想起来，那应该是夏风发自肺腑之言，而夏风在不经意间说出的这句话，是不是可以表明，他早就恨上甄初生了？

如果这种推理能成立的话，我根本不需要凭借任何外力，更不需要把事情扩大化，只要寻求一个有利的时机，设一个严丝合缝的局，就可以逼迫林雪就范，然后让夏风乖乖地出局。

可是，当我最后下决心的时候，还是有些底气不足，总觉得说服力不够。仅凭一枚纽扣，怎么就能认定一定是夏风偷了汽油？我要是连自己都说服不了，又怎么能吓唬林雪？既然要做饭，就一定把它做熟，如果做成夹生饭，我的整个计划就会随之泡汤，不但林雪得不到，反而会落下一个诬人清白的坏名声。

我的思绪又一次回到了那个偷汽油的男孩身上，怎样才能证明那个男孩就一定是夏风？想了好几天，突然想到了一个主意。电视剧中的坏人不是常常收买假证人做假证词吗？这样的桥段他们能用，我为何不能用？当这个恶念一经产生，我立刻兴奋得不能自已。对，王秃子，如果在这件事上让王秃子再加一点料，就完全可以坐实夏风，拿下林雪。

我又单独叫了王秃子吃饭，还是在上次那家餐馆里，要了间包间，点了一桌子好菜。

我频频地举起酒杯，亲切地一口一声"王叔"地叫着，不一会儿的工夫，就把王秃子喝高兴了。

我觉得应该到时候了，又端起酒杯，对王秃子说："来，王叔，侄儿再敬你一杯。"

王秃子赶紧端起杯子，碰了一下说："谢谢大侄儿，在你们那一批娃中，还是你最有出息。"

喝了杯中酒，我就打开包儿，从中掏出一沓钱，一万元，放到他面前说："王叔，这点小意思，算侄儿孝敬你老的，留着你买酒喝去吧。"

王秃子兴奋得眯起了一双小眼，激动地说："大侄儿，你这是啥意思？"

我微笑着，看着他把手伸到钱上，然后抓到手里，才说："没啥意思，只是请王叔帮个小忙，如果有人再问起偷汽油的事，你就说，那个偷汽油的小男孩穿着一件蓝色的上衣，好像是夏成东的娃子夏风。"

王秃子听完后尴尬地笑了起来，伸过手，想把手里的钱放到桌子上，可又舍不得放下。就说："这个，不是诬陷人吗？"

我怕王秃子打退堂鼓，就说："王叔，那只不过是一点汽油，还不够咱爷儿俩今天的一顿饭钱，就说是夏风偷的，能算得上是诬陷吗？再说了，恐怕也不会再有人来问你，我是说，如果有人再问你，你就那么说，如果没有人问，你什么都不需要说，钱你照样花去。"

王秃子刚把手里的钱攥紧了，接着又松开说："可是，去年那个李警官来问过我，我说没有看清楚他是谁，只看到是一个半大娃。如果他再问我，我突然改口说是夏成东的娃，那我不是做伪证吗？"

"你呀，就那么一句话，看把你吓的。李警官不可能再问你的。如果再问，你就说你是怕坏了夏家的名声，当时没有说实话。"

"这个……这个……"

我看王秃子有些犹豫，就趁热打铁说："一句话就值这么多的钱，这样的买卖你哪里去找？王叔，这样吧，如果没有人问，就算了，如果有人问，你照我这么说，我再给你加钱。"

王秃子的小眼睛突然亮了一下问："加多少？"

我竖起了两根手指头。

他眼睛又一亮："两千？"

我说："不，两万。"

王秃子一下子笑得眼睛眯成了一条缝，眼缝中像是夹着一枚硬币，亮亮地生出了一道光。我见过无数爱钱的，却没见过像他这么爱钱的，竟然能从眼缝中生出硬币一样的光。他生怕我反悔，马上将手中的钱塞进口袋中，说："成！成！"

我微微笑了一下，心里总算舒了一口气。收买假证人，出示假证词，又不是我段民贵的创意，别人做得，我为何不能？商场如此，情场如此，在利益的争夺中，最后的赢家并不是谁捷足先登，往往是谁能后发制人。

我知道征服林雪难度很大，她有一种渗进骨子中的傲气，这是她的优点，也是她的软肋。既然她傲，我就必须让她明白，她曾经所受的伤害和耻辱，并不仅是夏风一个人知道，我也知道，我就是想用这一点来击溃她，然后再以夏风的事加以要挟。如果她能放弃夏风跟了我，一切皆好，她若做不到，我只能翻出历史的旧账，让她臭名远扬，让夏风走进地狱。我得不到的，宁可毁了，也不能让别人得到。

　　至此，我才发现，我的这种狠毒，或者恶念，其实早就渗透在我的血液里，潜伏在我的骨子中，只是没有合适的机会，一旦遇到了时机，恶念就会马上膨胀放大，变成恶行。

9

　　我做好了一切准备工作后，给林雪打了一个电话。电话响了半天，她才接通。

　　"有事吗？老同学。"她的声音，仍然有一种置人于千里之外的冷漠。

　　"有，是关于你和夏风的秘密，想听吗？"我用毋庸置疑的口吻说。

　　"我们，有什么秘密？"过了好长时间，她才说。

　　"你们有什么秘密，就是什么秘密。我的意思想必你应该明白，电话中不能讲，被人听到了对你不好，尤其对夏风不好。"我故弄玄虚地卖了一个关子，就是想引起她的重视。

　　"那好，约个地方，我去。"

　　"好，晚上六点半，你直接来金龙大酒店美食城 8 号房。"

　　"好！"她毫不犹豫地答应了下来。

　　挂了机，我猜想林雪，此刻的她，一定心慌意乱。尽管她的回答很果断，甚至有些决绝，但是我从她传给我的气息中，已经嗅到了她的担心和惧怕。

　　六点半，她终于出现在了美食城 8 号房，站在了我的面前。她还是那么冰清玉洁，有一种不容任何人侵犯的高贵。

　　我站起了身，做了一个请的手势，把她让到了我对面的座位上。随后，我摁了一下桌子上的按钮，服务员推着餐车走了进来，一边上着菜，一边报着菜名："先生，你点的菜上来了，这是海参燕窝汤，这是石斑鱼，这是大龙虾，这是小牛排，这是小青菜，还有两瓶法国红葡萄酒。先生，需要给你们斟上酒吗？"

"斟上。"我说。

服务员斟上了两半杯酒，客气地说了一声："先生、小姐，请你们慢用，有什么需要随时呼叫我们。"

"好吧。"我说着做了让她离去的手势，服务员离去后，随手关上了门。

"既然有话要对我说，就根本用不着这么耍排场。"林雪不无揶揄地说。

"为了我们的第二次聚餐，碰一下。"对她的揶揄我一点儿都不生气，我只管举起杯，朝她晃了晃说。

她端起杯子，伸过胳膊，象征性地与我碰了一下，呷了一小口。

"请吧，老同学，我特意为你点的，不知合不合你的口味？"

"我是来听你讲秘密的，不是来吃晚餐的。秘密？我和夏风能有什么秘密？无非就是两情相悦，趁着年轻谈了场恋爱，能有什么秘密让你这位大老板这么上心？"听得出来，她有气又发不出来，言辞中不免充满了怨怼。

"别着急，先吃一些，吃完了再说。"我仍然装出一副胸有成竹的样子。

"没有胃口。有啥事就痛痛快快地说吧，说完了我还有别的事。"说完，她端起水杯喝了两口。

本来，我是想调节一下氛围，慢慢地、春风化雨般地把那件事说出来，可她这种咄咄逼人的姿态，让我有些不悦。我用手指不断地转动着杯子，正想着从哪里开头为好。

"你要不说，我就走了。"她忽地一下站了起来。

"坐，坐下！"我朝下压了压手，示意她坐了下来。

她很不情愿地坐了下来。看着她那不屑与我为伍的样子，心里不免有些愠怒，就直截了当地说：

"如果我说，十多年前，甄初生是被人用汽油烧死的，你会有什么感觉？"

"是吗？那又怎样？没有感觉，什么都没有。"

"难道你对他的死因一点儿都不感兴趣？"

"十多年前的陈谷子烂芝麻的事，现在拿来当话题，有意思吗？"

"有，太有了。因为我最近才知道，那个甄初生，实际上是真畜生，他打着人民教师的光荣旗号，利用当班主任的便利，对我们班的好几位美少女进行了诱奸和糟蹋。你不觉得这是一个很有意思的话题吗？"

"你把自己的揣测强加到死人身上，还说有意思，段民贵，你能不能别再这么无聊？"

"如果你有点儿耐心，继续听我把话说完，你就不觉得无聊了。吴春花就是其中的一个。"

"又拉出一个不会开口说话的死人，你到底想要说什么？"

她轻蔑地冷笑了一声，端起酒杯，一饮而尽了。我拿过酒瓶，伸手又给她添了些。继续说：

"的确，死人是不会开口说话的，但是，死人在死之前，也就是在甄初生糟蹋完她后，吴春花已经告诉她的父母，说她被甄初生糟蹋了。这样，事情就有了可信性。没有一个少女会拿自己的清白说事的，也没有任何父母会拿着自己的女儿的名誉说事的。吴春花的父母知道了这件事后，从吴春花的口中得知班上还有几个女生同样受到甄初生残忍的糟蹋，她的父亲为了把甄初生这个畜牲送到公安局，想联合另外几个受害女生的家长，一起去告发甄初生糟蹋幼女的事。可是有的家长根本不知道有这么一回事，有的家长怕这样一折腾会影响到孩子的名誉和前途，就立即阻止了。就在这个时候，甄初生的宿舍发生了火灾，这个王八蛋化成了灰烬，终于得到了应有的惩处。"

我嘴里说着，眼睛却看着林雪，看看她有什么反应。没想到她太冷静了，我从她的表情上很难看出有什么变化，只见她又端起杯子，喝了一口水。就这一个下意识的动作，我窥到了她正是用她的镇定，压抑着内心的波澜。我继续说：

"吴春花如果现在还活着，她的家人为了她的名声，绝对不会把这种丑事说出来的。可是，去年吴春花在新婚之夜自杀了，这又给她的家人带来了二度的打击和伤害，她的哥哥把她的过往当成了前车之鉴，偶尔也会规劝亲友为子女选择家教时应该提防些什么，在这个过程当中，也不免会说出当年的甄初生。"

"这就是你想要给我说的秘密？"她冷笑了一声，有些不屑一顾地反问道。

"当然不止这些，这只不过是开了个头。还是继续说吴春花的父亲吧，他当年找过几个女生的家长，你的父母当时已经离了婚，他们都在南方，你在你的姥姥家，吴春花的父亲可能也找过你的姥姥，不知道你有没有印象？"为了唬住林雪，我不得不凭着我的想象，添油加醋了一番。

"你绕来绕去，绕了半天，就是想诬蔑我吗？"林雪突然端起杯子，"哗"的一下将酒泼在了我的脸上，说："你是不是在说梦话？醒醒吧！"

我拿过餐巾纸，轻轻地擦去了脸上的红酒。我突然感觉我真无耻，可能真是诬陷了她。但是，既然无耻了，就只能无耻到底。我拿起酒瓶，仍然很绅士地为她的杯中添了酒。

"时间长了，想不起来也情可有原。"我继续说，"既然你说我绕来绕去，我不妨再把话头绕到甄初生的死上。甄初生的死因既然是仇杀，那么谁会对他有如此大的仇？这个人自然与甄初生糟蹋的女生有关，按着一般的逻辑推理，他应该是受害者的家长或者直系亲属，但是，他不是，他恰恰与受害者非亲非故，他只是喜欢班里的某个女生，这个女生也喜欢他，因为他知道了这个女生受到了伤害，才起了杀死甄初生的念头。他不是别人，他就是我们的同班同学，也是我曾经的好朋友。"

说到这里，我有意停顿了一下，在细细地观察着林雪的反应。我明显地感觉到她的脸色越来越白了，两手紧紧地抓着酒杯，仿佛怕失去什么。

"于是，在一个月黑风高的夜晚，我的这个同学偷了刘师傅家东风大卡车的汽油，正提着塑料油桶离开大卡车时，被半夜偷东西的王秃子看见了，王秃子看到那个男孩穿着一件蓝色上衣，也认出了他是谁家的孩子。王秃子不想坏了男孩的声誉，一直守着这个秘密。没想到一次酒后，王秃子向我吐露了真言，他还说，那个男孩拎着汽油，一直朝南走去，也就是朝区三小的方向走去。凌晨四点到五点，甄初生的宿舍发生了火灾，被烧死在里面。当时我们班的好多男生目睹了那一惨状，房门和窗户被烧成了两个黑洞，里面成了一片黑焦炭，警察确认为有人故意纵火，后来还对我们做了调查询问，因为没有找到凶手，校方为了稳定大局，不得不说是甄初生用火不当造成的。这桩纵火案看上去做得天衣无缝，连警察都被骗过了，但是，谁都没有想到，纵火者在偷汽油的时候，因为慌乱，不小心把自己衣服上的双排扣刷下来，落在了汽车油箱旁，幸好被我捡到了，我认出了那是谁的，为了保全他，我没有向警察告发，否则，他恐怕早就进了少年劳教所，哪里还有他的今天？你不妨看看，是否认识它的主人？"

说到这里，我看到林雪的脸色一阵阵发白，我知道我击中了她的要害，就从上衣口袋中掏出了那枚双排扣，金黄色，上面雕着一条飞龙。我用食指和拇指夹着，呈现在了她的眼前，她伸手接了过去，假装不在意地看了一眼，又递还给了我。

　　"我不知道你是从汽车旁边捡来的还是在校园里捡的，不管是单排扣还是双排扣，我不认识，也根本不感兴趣。这下你满意了吧？"她的眼神突然变得很坚冷，这让我感到很意外。她真是一个内心强大的女人。是她与整个事件无关，还是故作高深？我收起了纽扣，继续说：

　　"你不感兴趣也罢，有一个人却非常感兴趣，他就是当年案发后叫我们单独谈过话的那位老警察，叫李建国。在我收集这些证据的时候，我才知道那位老警察也在顺藤摸瓜地暗暗查访着这件事。我猜想，他一定是一个很执着的人，大概是出于职业的习惯，不破了那个案子心有不甘。"

　　我看到她的手指微微地颤抖，目光突然有些慌乱，或者有点闪烁不定。这便是一个信号，她心虚了。她的心理防线的确很坚固，一道一道横在我的眼前，直到此时，我说出了那位老警察，她才真的惊慌了。她顺手端起酒杯，一口喝干了杯中酒。我也端起酒杯，喝干了。我拿过酒瓶，为两只空酒杯加上了酒。这才说：

　　"但是，老警察并不知道王秃子是目击者，更不知道我手里还有一枚双排扣，所以，我断定，他没有我的帮助，就没有人证和物证，这就注定他破不了这个案子，那桩纵火杀人案永远是一个谜。说实在的，我从心底赞赏我的这位小学同学，如果是我，当年要是知道了我心爱的女生遭受了甄初生那个畜牲的蹂躏，也会挺身而出，或者说，我会成为我的那位老同学的帮凶。所以，从我的内心来讲，我不希望他们破了这个案子，如果真破了，我的那位老同学的一生恐怕就此毁了。更让我担心的是，城门失火，殃及池鱼，如果警方从他的犯罪动机上再深查下去，拔起萝卜带起泥，很可能会让我苦苦暗恋了十多年的女神曾被甄初生糟蹋的事儿曝了光，那将会给她的人生带来多大的伤害？那也是我不希望的结果。所以，为了让这个谜，成为一个永远的谜，我才让王秃子不要对任何人讲，才约了你来，共同商讨一下解决的方法。"

"编，你就编吧，仅从一枚不知从哪里捡来的纽扣说起，就能编造出一起纵火杀人案出来，还编造了一个王秃子，你再接着编呀，干脆再编出一个抢劫银行的大案来，再编出一个张麻子或者李拐子来当证人，你岂不可以坐地分赃？"她突然一顿反驳，我温情脉脉制造出来的气氛顷刻间弥漫了硝烟。

"是吗？"我笑了笑，她的辩白听起来很有道理，其实，我已经感觉到了她的心虚。我端起酒杯，向她友好地扬了扬，她也端起了酒杯，我们又一次一饮而尽。我将酒瓶中仅剩的一点酒倒入两只杯中，打开了另一瓶酒。

我们谁都没有再说什么。我估计她在等着我说出我的动机，而我，却想等着她问。大概是因她知道当年的我如果得知她受到了伤害，也会挺身而出，眼睛中那种冷硬的光渐渐消失了，代之而起的是一种柔软，一缕无法释怀的忧伤、无奈。那个曾经用粤语唱《容易受伤的女人》的女孩，眸子里曾是那么的纯净，她原本可以继续保持着那种干净和透明，可是，生活却让它过早地蒙上了忧伤和无奈，看着，让我感慨，也让我心疼。我终于开口了：

"你不问问我的解决方法是什么？"

"解决方式？我不知道你在说什么。"

"你既然不知道，那我就告诉你，我与警方有着截然不同的动机，警方要的是水落石出，然后惩治罪犯，而我要的是你，是想得到你。"

"你真天真，收买了一个王秃子当人证，捏造了一枚纽扣当物证，编造了一个谎言来诬陷夏风，就想唬住我？"她不屑地说。

"如果你真的这么认为，就交给警察让他们去解这个谜吧。"

她听我这么一说，语气马上缓和了下来："民贵，我知道你喜欢我，可是，你又不是不知道，我和夏风很快就要结婚了，你现在提出这样的问题，不觉得过分吗？何况，爱情不是一厢情愿，是双方的两情相悦，你这样做，我理解你的心情，但是却接受不了你的爱。"

"你要是真爱他，最好的选择就是放弃他。"我果断地说。

"如果我不放弃呢？"她突然抓起酒杯，喝了后，有些挑衅般地看着我说。

"如果你不放弃，就会害了他。"我也一口喝了杯中酒。

"不！我绝对不能！"她发了疯般地突然站起来准备要走，身子却有些摇晃。

"那你就等着到监狱里看望他吧！"我继续坐着说。

"你是在威胁我吗？"她用手扶着椅子，转过身来说。

"不是威胁，而是事实。他守护不了你的名声，你也保不了他的安全。老警察一直盯着你们，如果你们真结婚了，会更加坐实了警察的猜测，会一追到底。"

"猜测？猜测又能怎么样？我还猜测是你杀了甄初生。因为我也在那天深夜，看到了你，拎着一个塑料油桶，从刘师傅的汽车旁边过来，吴春花也看到了你，因为那天她来我家住，我们俩偷偷喝了我妈妈带来的咖啡，睡不着，去外面溜达。吴春花还悄悄告诉过我，她喜欢你，你也喜欢她，你知道了她被甄初生糟蹋了，为了报仇，准备去烧死甄初生。这一切，能不能算证据？"她冷笑了一声，情不自禁地端起酒杯一饮而尽后，又坐了下来。

"怎么样？这好办，究竟是猜测，还是事实，我们不妨交给警察，让他来当裁判，如何？"

"我没有你那么无聊。"

"我觉得一点儿也不无聊，因为他关系到我们三个人的前途和命运，你尽可以向警察提供你所掌握的人证和物证，我也能毫不客气地向警察出示双排扣，供出王秃子，到那时，猜测还仅仅是猜测吗？"

"那又怎么样？谁又能证明那个纽扣一定是夏风的？谁能证明你是从汽车那里捡到的？谁又能保证王秃子不是你收买了来搞栽赃陷害的？谁又能保证你不是在贼喊捉贼？你也算个成功人士，别拿无聊当游戏，除了威胁，还有别的吗？"

"好，既然你说我是贼喊捉贼，那我就捉捉让你看，真正的贼是谁。我告诉你，林雪，我得不到的，宁可毁了，也不让别人得到！到时候，他会完蛋，你也会名誉扫地。"

"段民贵，你真让我鄙视，我原以为你是个真正的汉子，还很尊重你，没想到你会是这样一个卑鄙无耻的小人。"她气得脸色发白，手也跟着抖了起来。

"既然你知道我是怎样的一种人，我也知道了你的秘密，而我，仍然不忘初心地对你一片赤诚，你难道就不为我的痴情所动，哪怕一点点？"

"感情是两情相悦的事，如果靠威胁得到，你能幸福吗？如果你还觉得我是你的老同学，今天的事，就当开玩笑，我会敬重你、感激你一辈子。"

"我幸福不幸福那是我的事，我也不需要你感激我一辈子，我只希望你嫁给我。我可以向你保证，只要你嫁我，我永远保守着所有的秘密，让你立马坐享几千万的资产，住别墅，开宝马，过上人上人的生活。夏风能给你的我会给你，夏风给不了你的，我也可以给你，我会让你成为世界上最幸福的女人。林雪，我求求你，嫁给我吧，我会用我的一生，来呵护你，疼爱你。"说着，我掏出一枚钻石戒指，单腿跪在了她面前。

她摇了摇头说："民贵，我求求你了，收起你的东西，放了我吧。我相信你的承诺，我也相信你有经商的才能，但是，我是一个大活人，我有我的追求，我有我的价值观，我不是用来交换的，爱情也不是能用金钱买卖的，希望你尊重他人，也希望你尊重自己。"

　　她的一再拒绝，让我感到了她对我的蔑视，我站起了身，恶狠狠地说："如果，我非要与你来做这笔交易呢？"

　　"你死了这条心吧，龌龊！"她也突然站起身，决绝地转身离开，酒精已经在她身上起了作用，步子有些飘，在快到门前时，身子一软，扶住了门框。

　　我上前一把抱住了她，我从她口中呼出的丝丝香气中，感受到了十三岁梦遗时的真实气味。我不由自主地说："我爱你，林雪！"说着，我的血脉一下偾张了起来，有了一种前所未有的冲动，我强行亲吻了她。

　　她一把推开我，愤怒的子弹从她的眼里直接射向我："我永远都不想再见到你，垃圾！"

　　我被她的目光激怒了，也被"垃圾"两个字激怒了。我知道，今天一旦让她出了这道门，我将会从此失去她。我咬着牙，狠狠地说："双排扣，明天，我就把它交给警察！还有一个证人，王秃子，我也提供给警察。我要是做不到，我他妈的就是真正的垃圾，就是王八蛋！就不是我妈养的！我得不到的女人，夏凤也别想得到！"

　　她被我的话镇住了，也怔住了，看着我那张因失态扭曲的面孔，她一下呆住了，僵硬地靠在门框上，目光忽然间变得异常空洞，然后闭上了眼，两行泪水，从她的眼角默默地流了下来。

　　我进一步说："私了，还是公了，就在你的一念之间，给你一分钟，你看着办！"

　　少顷，她喃喃道："把双排扣交给我，我答应你！"

10

门铃响了。

我看了一眼床上的林雪，她围着被子，弓着双腿，两手抱着头，呆呆地坐在一边。现在，她已经成了我的女人了，不管怎样，我总算得到了她。我并不为我的卑鄙感到可耻，反而有一种窃喜，手段并不重要，目的才是王道。我虽然看不清她的表情，但，我能感觉到她的心里一定很难受。长痛不如短痛，谁的人生都会遇到这样的过程。为了让她彻底断绝对夏风的幻想，也为了让夏风彻底死心，我不得不做出了一件坏上加坏的事，悄悄给夏风发了一条短信："林雪喝多了酒，在金龙大酒店 2015 号。"

门铃肯定是夏风摁的，我上前打开了房门。

夏风一把推开我，冲了进来。林雪倏地抬起了头，我看到了她一脸的泪水，目光中掠过一丝惊慌后，呈现出的却是一种前所未有的绝望和凄美。夏风急急地来到床边说：

"林雪，你怎么啦，他把你怎么啦？"

林雪没有吱声，只摇了摇头。零乱的头发，一脸的泪水，还有穿着睡衣依偎在被子中的种种表象，已经说明了什么。

夏风像头暴怒的狮子，一把揪着我的衣领："说，你把她怎么了？你究竟对她做了什么？"

我面带笑容地说："别别别，你别对我这样。她怎么了难道你看不出来吗？她已经成我的女人了，从今天，从现在，林雪，成我段民贵的女人了，以后，请你别再纠缠她。"我说着，由衷地哈哈大笑了起来。我刚笑到一半，"砰"的一拳，砸在了我的鼻梁上，我眼冒金星，踉跄数步，倒在了墙下。

我的鼻子、嘴角感到一阵生痛，我摸了一把，摸出了一手的血。我站了起来，就用那只沾满了血的手，指着夏风说：

"夏风，当年外校同学打我的时候你救过我，这一拳算是我还给了你。我们两清了。现在，你给我听好了，林雪不是你的私有财产，她在没有成为你老婆之时，每一个人都有追求她的权利。至于我对她做没做手脚并不重要，重要的是她选择谁。所以，希望你尊重她的选择。"

"你这个人渣，要不是你做了手脚，她怎么会……"说着，他又一拳打来，我头一偏，拳头打到我的额头上。

我后退几步，顺手拿起了桌子上的电话说："如果你再不停手，我就报警了。"

夏风早已被愤怒冲昏了头脑，指着我说："报呀，想报警就报！"

"住手！"林雪突然大喝了一声，看我放下了电话，她才说："我的事儿怨不得任何一个人，都是我自己做的主，你们，都给我出去，出去！"

夏风一下呆在了那里。

我看了一眼夏风，以胜利者的姿态自得地笑了。尽管我的脸上还流着血，但是，我的心里却十分高兴，因为我终于得到了我们的校花林雪，那个我少年时就苦苦暗恋的人。

我又一次确信，只要能达到目的，手段可以不择。人们只会看到你的成功，谁会探究成功背后的龌龊！

林雪的自叙

没有了远方和诗，生活只能苟且，在最迷惘的时候，
我只能仰望星空。

1

我背着背包，牵着女儿的手，下了公交车。前面就是我要去的体育广场，我们要到那里集中，然后坐大巴去川县，参加女儿所在的幼儿园举办的夏令营活动。

我们刚刚过了十字路口，迎面走来了夏风。尽管他的穿着与平常人一样，黑色的圆领T恤衫，蓝色的牛仔裤和白色的运动鞋，但还是掩盖不住他那与众不同的气质，那一米八匹的个子、笔挺的身材、矫健有力的外形，仅仅是一种外在，更重要的是，那张棱角分明不染风尘的脸上，有种雕刻般的冷峻，有种狂放不羁的孤傲，这是别人无法企及的地方，是他的骨子里散发出来的迷人魅力。看到他，我一下心慌了起来，本想回避开来，可是，已经来不及了，他主动打了招呼过来：

"你好，好久没见，还好吗？"

我看了他一眼，他的目光仍然那么冷峻，可是他的面色却有些灰暗，人也明显瘦了许多，我不免心里一揪，就关切地说：

"我还可以。你呢？还好吗？看上去很憔悴，是不是生病了？"

"没有。"他摇了摇头，轻描淡写地说，"最近有点失眠，可能

没有休息好。"

"那你，应该到医院去看看，是不是得了什么病。"

"没事的，小毛病。"

我一听他这么说，也就放心了。便问：

"听说你离了婚，现在还是一个人？"

"还是一个人。"他勉强地笑了一下说，"其实，一个人，也挺好的，无牵无挂。"

"说得也是。"我不知道该怎么安慰他，就莫名其妙地说了这么一句。也许，这正是我一直向往的生活。

"你们要去哪里？"他接着问。

"放假了，她们幼儿园在川县组织夏令营活动，要家长陪同，我就陪她去。珊珊，怎么不向夏叔叔问好？"

"夏叔叔好！"珊珊亲切地叫了一声。

"真是个好孩子，长得跟你妈妈小时候一样漂亮。"他蹲下身，在珊珊的小鼻子上刮了一下，然后问："珊珊今年几岁了？"

"六岁了，在幼儿园上大班，妈妈说，明年就送我上小学了。"珊珊高兴地说。

"时间过得真快呀，一转眼，珊珊都六岁了。"他抬起头，不无感叹地说。

"是啊，时间过得真快。"我从他的眼里，看到了一种淡淡的忧伤和无奈。

"你们大概去几天？"

"四天，来去四天。"

"哦，四天。祝你们玩得开心。"

他好像还有什么话要对我说，却没有说，然后又看了我们一眼，摆了摆手，走了。

自从那年在金龙大酒店分手后，这么多年了，女儿珊珊都这么大了，可我，还是不敢回想那一幕，一想起，心里就生出一种说不出来的痛，那是钻心的痛，痛得直流血。有时，不经意间遇到了某件事，听到了某首歌，或者想起了某个敏感词，见到某一个人，都会触景生情，勾起隐藏在我心底的这种痛。比如，现在、此刻，就是这样。

我曾不止一次地在问自己，为了守住那枚双排扣的秘密，我这样做，值吗？可是，当这个疑问在脑海一闪之后，我还是毫不犹豫地做出了肯定的回答，为了他，我值。以我后来对段民贵的了解，他这个人比我想象的还要卑鄙无耻得多，为达到目的，他什么缺德事儿都能做得出来。那天，如果我真拒绝了他，毅然决然地走出那道门，丧心病狂的段民贵一定会捏造出许多事实来栽赃陷害夏风，后果将是不堪设想的。爱情、婚姻固然重要，但它能比一个人的自由和生命更重要吗？所以，我宁可牺牲自己的幸福，没有尊严地活着，也要保住夏风的一世平安。

那次别后，我和夏风再也没有相约过。我没敢约他，是不敢面对他。他没有约我，可能觉得我是个见利忘义的女人，根本不值得他去爱。这样也好，彻底忘了我，彻底恨上我，也许他会活得更好些。

就这样，很多话，很多事，既然不想让对方知道，我只好选择了止于唇齿，湮于岁月。

我与段民贵婚后不多久，夏风很快也结婚了，听说他找了一位同校的老师。我曾默默地为他祈祷，希望他一切安好，可是，没承想过了三年，又听说他俩分手了。我不知道他们真正分手的原因是什么，就结果而言，还是令人遗憾的。我们也会邂逅，就像今天这样，在某个路头或者路尾，几年来曾遇到三次，见了，也只是客气地打声招呼，就各走各的路，仅此而已。我从他的目光中，并没有看到恨，也许，岁月早已将他的恨尘封了起来，也许，他压根儿就没有对我产生过恨。盛满在他目光中的，却是忧伤和无奈，抑或还有一缕温情。

我带着珊珊径直来到体育广场，许多小朋友和家长已经聚集在了那里，又说又笑，珊珊看到了幼儿园的好朋友桃桃，高兴地跑过去会面。看着她们一个个开心的样子，我的心也不由得开朗了起来。

这些年，我活得太压抑了，如果不是珊珊支撑着我的人生，也许我活不到今天。为了她，我必须活着，无论怎样，我不能像我的父母那样丢弃我不管，我要尽一个母亲应有的责任，决不能让女儿重演我的悲剧，受到我曾受到的伤害，哪怕是一点点，也不允许。

车一上高速公路，珊珊就犯困，她的头依偎在我的怀里，渐渐睡着了。过了一会儿，她梦呓般地咕噜了一句，然后吧嗒吧嗒小嘴，像是在吃什么好吃的东西。末了，又安静了下来。我从包中拿出披巾，盖在了她的身上。珊珊长得是有些像我，幼儿园的老师这么说过，刚才夏风还说，珊珊长得跟我小时候一样漂亮。而我小时候究竟是什么样子，我不知道，我只知道，我也有过幸福的童年，虽然有些短暂，但是，留给我的记忆却是美好而久远的。

我的童年是在南方一座四季如春的美丽城市度过的，那座城市的名字叫珠海。当时，我的父母在珠海打工，我出生在珠海，幼儿园和小学也上在珠海。时至今日我还记得我所上的幼儿园叫大地幼儿园，我所上的小学叫北岭小学。那时的我，虽说家境比起别的同学来说并不优越，但是有了父母的关爱，过得还是很幸福。从幼儿园到小学，我都是受老师喜爱的好孩子，我天生爱唱歌，爱跳舞，每次举办文艺活动，我都会成为小朋友们中的主角。

我的厄运其实就是从我的父母离婚后开始的，父亲有了另一个女人，母亲知道后就与父亲闹别扭。那些日子，我一回到家，总是母亲一人，父亲要么很晚了才回来，要么就干脆不回来。父亲在一家日本人开的电器厂里当主管，受人尊重，那家电器厂大部分工人是女的，父亲成天生活在女人成堆的地方，难免会出现一些情感上的偏离。而母亲又很尖酸刻薄，动不动就与父亲吵架，大概吵了一年多，两个人终于吵烦了，只好选择了离婚。

我被判给了母亲，当时母亲在一家制鞋厂打工，收入很低，供不起我越来越高的学杂费。她就把我送到了姥姥家，姥姥在西州市，我的户口所在地也在那里，于是我就成了西州人，与姥姥生活到了一起。那年，我正好十二岁，转到了区三小五年级一班。从此，我的人生便进入了一条黑暗的隧道。我知道隧道的尽头肯定有光亮，但是，那漫长的黑暗却恐惧得令人窒息。

仿佛在梦里，仿佛又是现实，我从甄老师的房间里出来时，就像是从隧道中爬出来的感觉一样。当时的情景我已记得不太清楚了，只记得学校里一片死寂，夕阳拖着黄昏的尾巴，在地平线上弱弱地照着，将我的影子拉得很长很长，我只感到头重脚轻，一阵阵地恶心，来到马路边的树沟里，想吐，可又吐不出来。我拖着疲惫不堪的身子，走出校门之后，才不由得长长舒了一口气。

回家的路让我感觉非常漫长，总感觉有一双眼睛在盯着我，我却不敢回头，我怕碰到他。拐进了通往我家的巷口，我的下身和小腹一阵阵疼痛。我实在走不动了，想坐下来休息休息，可又找不到坐的地方，就用手捂在腹部，蹲下了身子。

"林雪，你怎么了，是不是病了？"就在这时，有人从后面赶过来，轻声地问我。

"没……没什么，可能是走得太急了。"我不用回头，从声音里就听到应该是他，我的同班同学夏风。

"你要病了，我就送你去医院。"

"不，不要，没事的。"

"那我，送你回家吧。"

"嗯！"我应了一声。

夏风家离我住的地方不远，算是邻居。好多次，我都能在回家的路上遇到他。有夏风陪着我，我的心踏实了许多。

我们俩就这样，在小巷走着，谁也没说什么。

走了很久，我突然说："夏风，我想退学，不想上了。"

夏风"啊"了一声，吃惊地问："为什么？"

"不为什么，就是不想上了。"

"你学习那么好，将来一定能考上大学的，为什么不上？"

"能考上大学我也不想上了。"

"你还这么小，不上学要干什么去？"

他的这句话，一下击中了我的要害，泪水就哗的一下涌满了我的双眼。

夏风一看我哭了，有些慌乱，就急忙说："对不起，林雪，我没有欺负你的意思，我就是不想让你退学才这么说的。"

我说："我知道，你是好意，是关心我，可我，还是想退学。"

夏风不知道怎么劝我才好，就说："林雪，算我求你了，别退学。"

听他这么一说，我更加难受了，真想放开嗓门大哭一场。但是，我还是强忍住没有哭出声来，泪水却止不住地往下流。

过了一会儿，他又说："以后，我会保护你的。"

这是我听到他第二次对我说这样的话。

第一次，在我刚转入区三小不久。一次放学回家的路上，我被外校的几个男生截住了，他们说我是区三小的校花，说要带我去玩儿，我不肯，他们就死拉硬扯，我拼命地挣脱他们的拉扯，可又挣脱不了，就被吓哭了，大声喊着救命。就在这时，夏风不知从什么地方突然出现了。夏风说，放手，不许你们欺负女同学。那几个男生流里流气地说，你是她什么人，关你屁事。夏风说，她是我家的邻居，是李奶奶的外孙女。另一个混蛋小子说，哟，我还以为是你媳妇哩，要不是你媳妇，你就别管闲事了。几个男孩一下哈哈大笑了起来。夏风说，你们不要欺人太甚。那男孩说，欺负了你又能怎么样？上去就给了夏风一拳。夏风说，你们要是再不放手，别怪我不客气。那个打了他一拳的小子上来想给第二拳，夏风一个闪身躲过拳头，反过来又给了那小子两拳，一下把他打得趴下了。另外两个一看同伙吃了亏，松开我的手，一窝蜂上去把夏风打倒在了地上。我正为夏风捏着一把汗，不知道怎么救他才好，就只好扯着嗓子喊，救命，救命！没想到夏风突然从地上翻起来，一拳打翻了一个，然后突然掏出了一把水果刀，挥舞着说，你们谁要是不想活了，就过来，我今天就同你们来个鱼死网破。那几个小子一看夏风跟他们玩命了，一下被吓怯了，谁也不敢再靠上前去。就在这时，夏风迅速过来拉起我的手说，走！趁那几个小子还没有清醒过来，我们已经跑出了他们的包围圈。

跑了一阵，我们安全了，夏风这才松开了我的手。我很感激地看着夏风问，刚才，他们要是再打你，你是不是真的要动刀子？夏风笑了一下说，为了保护你，我敢！我真的被他的这句话感动了。就在那一刻，我在想，我要是有他这么一个哥哥该多好呀。可是，我并没有说出口，只是说，夏风，你别犯傻了，不可以随便动刀子的。夏风说，人不犯我，我不犯人，人若犯我，我必犯人。他说这句话的时候，是那样的镇定，镇定得像个大人。然后又对我说："不要怕，以后我会保护你的。"

此刻，当他又说出那句话时，我依然像当初一样感动。这是我有生以来，听到的最为关切的一句话，直抵我的心灵深处，我的泪水一下子夺眶而出，忍不住哭出了声。

夏风一看我哭了，以为我受了什么委屈，就说："谁欺负了你，告诉我，我给你报仇！"

听他这么一说，我哭得更凶了，就摇了摇头说："没，没有人欺负我。"

夏风好像有点不太相信我的话。

我只好又说："是我想我的爸爸妈妈了。"

话一出口，我真的很想爸爸妈妈，如果有他们在身边，该多好！我真想痛痛快快地大哭一场，但是我还是忍住了，我怕我哭得越伤心，夏风会越担心。

夏风好像相信了我说的话，这才松了一口气，安慰我说："想他们了，就打个电话，听听声音就不想了。"

我"嗯"了一声，很乖顺地点了点头。

夏风是我转入区三小后说过最多话的男生。同学们都认为我是南方来的，学习好，人又漂亮，骨子里很高傲，其实，我一点儿都不高傲，我的内心里一直很自卑，因为自卑，才内敛，不愿意多说话。

回到家里，我又认真想了想夏风说的，终于打消了退学的念头。只好硬着头皮先上着，要是实在忍受不住了，再做最后的决定。

第二天清早，我走在上学的路上，突然听到后面有人叫了一声"林雪"。我回头一看，原来是夏风。我停下了脚步，等着他。他小跑着来到了我的身边，涨红着脸，气喘吁吁地说："走，我们一起去上学！"

听他这么一说，我的心里感到了一阵温暖，就"嗯"了一声。就在这时，我突然发现他衣襟上的双排扣少了一枚，而且，他的头发也被烧焦了。我哧地笑了一下说："夏风，你的双排扣少了一个，头发怎么也烧焦了？"

他突然有些惊慌地看了看衣服，又用手捋了捋头发，果然捋下了不少碎焦末，然后红着脸说：

"昨晚点着蜡烛找东西，不小心烧了头发。"

"没关系的，长几天就好了。"

"不，我要回去把烧焦的剪掉。你先去学校吧，不要对人说。"

他说完，一转身，飞快地跑了。

看着他的背影，我突然稍稍有了一种失落感。

到了学校，我听到了一个爆炸性的新闻，我们的班主任甄初生老师被火烧死了。几个围观过现场的男生绘声绘色地讲，说甄老师的房子被烧成了一个黑洞，据说甄老师被烧成了一包黑灰，好吓人的。还有的说，警察也到现场了，怀疑有人放火烧死了甄老师。

听到这些议论，我心里既高兴、刺激，又惊悚、害怕。我说不清究竟怕什么，只感到头皮一阵阵发紧。直到我们出操时，夏风又一次出现在我面前，我的心才安静了下来。夏风剪过了头发，已经看不出头发有烧焦的痕迹了。跑步结束后我们开始做操，大家还在议论着甄老师被烧死的事儿，我听到后面的夏风好像问谁，我们的班主任老师要换谁了？大家的注意力好像又被吸引了去。有人说，王老师好。还有人说，许老师也好，她还当过优秀班主任哩。但是，谁也没有想到，学校给我们派来的班主任是新分来的吕老师。

吕老师很年轻，长得十分漂亮，她一进教室，大家的目光就一下集中到了她的身上。她不仅好看，说话的声音也好听，课也讲得好。很快地，我们都喜欢上了她，尤其是男生，好像都很兴奋。

王北川说："甄老师死得真好，死得光荣，死得其所，如果他不死，吕老师就当不上我们的班主任，吕老师不当班主任，就是我们六年级一班的最大损失。"

苏小雷说："如果甄老师在天有灵，请他安息吧，我们失去了他，活得会更好！"

段民贵接着说："甄老师虽然生得不伟大，死得不光荣，但是，看在他给我们当班主任的情分上，我们还是抽空给他开个欢送会，欢送他到天国当学生去，大家说好不好？"

在他们几个人的起哄下，大家哄堂大笑，气氛非常热烈。我没有像别的同学那样放肆地哈哈大笑，但是，也情不自禁地跟着他们笑了。

就在我们的笑声刚刚落下，校长进来了，校长说："同学们，前几天发生火灾的事大家恐怕都知道了，你们的班主任老师不幸罹难。为了查清事故原因，警察来我们学校要了解一些情况，请同学们不要害怕，也不要惊慌。警察要抽个别同学叫去谈话，问一些情况，你们有一说一，有二说二。大家听清了没有？"

我们一齐说："听清了。"

校长说："第一个叫去谈话的，是班长刘成得同学。刘成得同学谈完，警察会告诉你们下一位是谁，大家听清了没有？"

我们又一齐说："听清了。"

在大家的一片调笑声里，刘成得走出了教室。

2

叫去谈话的同学一个又一个，段民贵、王北川、夏风、吴春花、王大友等好多同学去谈过了话。我是第八个被叫去谈话的。谈话的地点就在校长办公室里，校长不在，只坐着两个警察，一个很年轻，一个老一点。我进去后，那个老一点的警察说：

"你是林雪同学吗？"

"是。"我说。

"我姓李，叫李建国。那位做记录的警察叫宋元。林雪同学，你不要害怕，我们随便谈谈。"

我点了点头。

"听说你是从南方转来的？"

"是的，我爸爸妈妈在南方打工，我是在那边上到小学五年级，今年转来区三小的。"

"哦，我想问问你，你插班后，班主任甄老师平时对你关心不关心？"

"还算关心吧。"

"那你说说，他是怎么关心的？"

"他给我补过几次数学。"

"你能记清吗？大概有几次？"

"记得清楚，上学期，补过三次。这学期补过一次。"

"他在什么地方为你补的课？"

"在他的办公室。"

"就是那个发生火灾的房子里吗？"

"是的，就是那间房子里。"

"是他叫你去的，还是你主动去的？"

"是他叫我去的。"

"你最后一次补课是哪一天？"

"是上周星期三那天。"

"哦，也就是九月十三日。是什么时间补的课？"

"是下午放学后。"

"他只叫了你一个人去补的吗？"

"是。"

"他给你讲了些什么？"

"讲了几个应用选择题。"

"除了讲数学题，他有没有向你说过别的什么事？"

"没，没有！"

"他讲课的时候，离你的身体有多远？"

"隔得不远。"

"他有没有碰过你？"

我怔了一下。老警察一直微笑着问我，可他的目光却是那么的锐利，好像能看透人的一切。他看我有些犹豫，仍然微笑着说：

"不要有什么顾虑，有什么就说什么，我们警察是会为你保守秘密的。"

"没有。他没有碰过我。"

"哦，大概讲了多久？"

"我记不清了，就是半个多小时，最长也不会超过一个课时。"

"你出他办公室，有没有碰到过别的老师或同学？"

"没有。当时同学们都回家了。不过，我在走出校门的时候，看到了门卫的大爷，他在值班室里。"

"他与你打招呼了没有？"

"没有。他又不认识我。"

"你出了学校后再到什么地方去了？"

"没有去别的地方，我直接回了家。"

"那天晚上，你一直在家吗？"

"一直在家，我哪儿也没去过。"

"你几点睡觉的？"

"九点睡的。"

"有谁能证明？"

"我姥姥，她可以证明，我一直睡到了天亮。"

"还有一件事，我想问问你。据我所知，你的学习成绩一直很好，数学成绩也很好。老师补课，应该给差生补，他为什么要给你补？"

"不知道。他叫我去补，我就去了。当然，每个老师总想培养几个尖子学生出来，也可能他是把我当成了尖子学生。"

"那天你在甄老师的房间里有没有闻到过一种特殊味道？"

"什么特殊味道？"

"比如说，汽油味？"

"没有。"我摇了摇头说。

"甄老师遇难，你心里难过吗？"

"班主任突然死了，当然难过。"

"如果有人故意放火烧死了甄老师，你会怀疑谁？"

"你们真觉得是有人放火烧死甄老师的吗？"

"如果，我是说如果。"

"我不知道谁会放火，所以也没有怀疑过任何一个人。"

"还有，你平时与班上的哪位同学关系比较密切？"

"都差不多。"

"我是说，相对而言。"

"这样说来，可能就是我的同桌魏彩云。"

"那么，你和男生哪个相对关系密切些？"

"都差不多，没有密切的。"

"好吧，林雪同学，我们今天的谈话就到此结束，你谈得很好，如果你想起什么需要对我们说的，可以随时来找我们。"

"好的。警察叔叔再见！"

走出办公室，我的心还在怦怦怦地直跳。

刚才我是有些紧张，那个老警察看上去很和蔼，可是他的目光像是能把人看透，我不敢盯着他看，就微微勾了头，只要不看他的眼睛，我就能按我自己的思路来回答问题。我承认，在好几个地方，我没有说出我的内心话。我那样说，主要是想撇清与任何人的关系，我不想把自己牵扯进去，也不想把他人牵扯进去。现在，我什么都不担心，唯一担心的就是最后一个问题。他问我和男生哪个相对关系密切些，我本来想说出夏风的名字，但是，我还是没有说。现在，我担心他们要是向夏风问同样的问题，夏风会怎么回答？他若说与我的关系相对密切些，警察就会认为我说了谎。或者，怀疑我有意隐瞒了什么。

这样一想，我不免有些不安。

我决定放学后问问夏风，警察有没有问过他这个问题。

我与夏风好像是早就商量好的，在学校里，我们谁也不太理睬谁，假装很平常的关系，到了回家的路上，只有我们俩的时候，他才显出了对我的关心，我也显出对他的信任。其实，我们从来没有商量过要这样的，但是，看起来就像是商量好的。

下午回家的时候，我故意迟走了几分钟。我知道，夏风会在路上默默跟着我的，他一直这样。本来我并不知道他会默默跟在我身后，自从那次我受到了外校同学的欺负后，我才知道，夏风是在悄悄跟在后面保护着我。我不想道破，怕他不好意思，就假装不知道，心里却感到十分地温暖。

这一次，我有意在拐向我们家的那个巷口等着他，他果然就从后面走了过来。我说：

"夏风，你过来，我有话要问。"

"好，你问。"他小跑了几步，来到我的身边。

"警察问没问过，你与哪个女生关系相对密切些？"

"没有问。"他摇了摇头说，"他问你了？"

"嗯！"我点了点，不由得长长舒了一口气。

"你是怎么回答的？"他有些急切地问。

"我本来想说，我与你相对关系密切些。但是，我想，这是我与你的秘密，我不想让外人知道，就没有告诉他。"

"你真聪明！"夏风高兴地笑了一下，夸奖我说。

夏风从来没有在我面前这么咧嘴大笑过，这是第一次，他笑起来真好看，我看到了他的两颗小虎牙在太阳照射下白得耀眼。

"你还有两颗小虎牙，真好看。"我由衷地说。

"我都差点儿让医生给我拔了。"他马上收拢了嘴说，"我嫌它不好看，不整齐。可我的妈妈不让我拔。"

"傻瓜。我想长还长不上哩，你长了还要拔？"我忍不住咯咯笑着说，"幸亏你没有拔，要是真拔了，保证你会后悔一辈子。"

"真的吗？"他一下开心地笑了。

"当然是真的。"

"你说好看，我就不拔了。"他显得很开心。

"没想到你还很臭美的。"我开他的玩笑说。

"你才臭美，啥时候都干干净净的，一看就是从南方来的。"他不好意思地说。

"我要不告诉你我是从南方来的，你也不知道。"我开心地笑着说。

"能看出来，一看就知道。"

看着他那认真的样子，我又笑了。我觉得他认真起来很可爱，像大人一样。我正笑着，不经意间又看了一眼他的双排扣衣服，掉了一枚扣子，有点遗憾。我认真地看了看衣扣的样子，想着抽空找一枚相似的，为他配上。

说笑间，我们不知不觉就到了岔路口，向左转是我家，向右转是他家，我和他家只隔了两个院落。我说了一声拜拜！他说了一声再见！就这样，我们各回各家了。

这几天，我就像坐了过山车，一会儿兴奋，一会儿恐惧，忐忑不安中见过夏风之后，心情好了许多，我仿佛觉得北方的秋天是那么美好，气候不冷不热，天空一片湛蓝，瓜果到处飘香，物价是那么便宜。

星期天，我一个人悄悄去逛街。我走了很多地方，逛了全市最大的商场，又逛了混乱不堪的集贸市场，去了旧货店，还进了缝纫铺。我跑了这么多的地方，只有一个目的，就是想为夏风配上那枚丢失的双排扣。我帮不了他什么忙，能做的仅此而已。

我终于在一家缝补衣服的地摊上找到了一枚相似的纽扣。那枚纽扣混杂在地上的一个曾经装过皮鞋的纸盒中，里面有各种大大小小的纽扣，我翻来覆去地找了半天，才在众多的纽扣中扒拉出那一枚，也是金黄色，上面也有一条飞龙，所不同的是，这枚纽扣看上去要比夏风衣服上的稍微小一些。这是我看过的纽扣中唯一近似的，我只好掏了一块钱，买了下来。

可我万万没想到的是，当天晚上我把夏风叫出门来，给了他这枚纽扣以后，夏风居然把那枚纽扣当成了是他丢失的，他惊奇地看着我问：

"你从哪里找到的？"

我忍不住笑了说："你再仔细看看，是不是你丢失的那枚。"

夏风急忙拿着纽扣与身上的纽扣做了对比，才不好意思地说："我还以为你真的找到了哩，原来是你给我配的。"

"是不是比原来的小一点？"

"是小那么一点点，如果不认真看是看不出来的。"

"这就好，我总算没有白辛苦。"

"你从哪里买来的？"

"是从一个补衣服的地摊上找来的。"

"谢谢你，林雪，辛苦你了。"他认真地说。

"没什么，不就是一枚纽扣嘛。"我故作轻松地说。

"我这就让我妈妈给我缝上。"

看到他这么开心，我也很开心。

在此后的一春一秋季节里，我总能看到夏风穿着这件双排扣的衣服，直到他个子长高了，衣服变小了，穿着不合适了，才没见到他穿。

就在那年，我们俩考上了不同的中学，从此，我们的人生将进入一个新的阶段。

3

我与夏风的恋情究竟始于何时，连我自己都很难说清楚，也许就在小学，我被外校男生欺负时，他舍身相救的那一刻，抑或是从他说出"别怕，有我保护你"那句话开始。当我们俩都上了大学之后，我们觉得一切都是那么顺理成章，无须双方的表白，更无须海誓山盟，似乎都觉得对方早就成了自己的人。

爱无须说出口，却能彼此感受到相互的爱，这才是真正的爱。

到了大学，离开了过去的环境，远离了过去的人与事，我才真正觉得自由了。我可以毫无顾忌地拉着夏风的手，大胆地在滨河马路上散步。黄河两岸的夜景令我们陶醉，安宁区的桃花园让我们以身相许。我们彼此为对方守护着内心的秘密，我们谁都不去触碰对方心灵深处的那道防线，而防线与防线构筑起来的却是一个属于我俩的强大的内心磁场，那个磁场是严重排外的，除了我们彼此感应对方外，任何一个人都无法入侵。

所以，即便段民贵已经挣到了很多的钱，即便他为我带来的水果有多新鲜，即便他对我承诺什么，我都不为所动。因为我的心里有了夏风，就有了一种强大的定力，任何人，都无法进入我的内心。

说实在的，当我的同室密友晓菲告诉我说，有一位男士在外面等着要见我，我还以为晓菲在开我的玩笑。要是真有男士来找我，除了夏风，还能有谁？可是，晓菲一脸认真地说，不是夏风，她从来没有见过这个人。我问她，到底是怎样一个人？晓菲说，人长得一般般，个儿也不算高，尽管西装革履，还是有些土气，从他说话的口音上，好像是你们老家那边过来的。我实在有些意外，想不起西州能有谁来看我。走出公寓，远远地看见了一个西装革履的男士，正深情地朝我这边看着，到了近处，我还是没有认出他是谁，他却主动地向我打了招呼，说他是我的小学同学段民贵。

对于这个名字，我是有点印象，对于他这个人，我已经想不起来了。对他的突然造访以及他的这般热情，我能理解，但，却不想接受。所以，我一直虚与委蛇，不想与他多说什么。当他问到夏风时，我也是轻描淡写地随便一说，我不想别人评头论足，更不想让别人揣测什么。我的幸福与他人无关，仅此而已。我提前与晓菲说好了，过一会儿她要假装有事叫我一声，这样我好脱身，同时不得罪人。当我转身离开的时候，我知道段民贵还恋恋不舍地看着我，但是，我没有回头，我不想给他留下任何希望的念头，也省得他再来纠缠我。

那时，我还不知道他就是我人生中的一个劫，以为我断绝了他的念想，他再也不会来纠缠我，然而，我没有想到，对于他这种厚颜无耻之人，即使我再怎么设防，再不给他机会，他也会想出别人想象不到的阴招。世界正因了这种人的存在，才会给周围人带来伤害。

这事儿过去不久，夏风来找我，我向他说了段民贵找我的事。

夏风坏笑着说："那一篮子的水果，没吃坏吧？"

我打了他一下说："去你的，我一拎进门，就被我那些猪一样的室友抢着吃完了，晓菲竟然还厚颜无耻地说，以后让他多来看你，我们也好沾沾光。"

我说的晓菲，是个活泼开朗大胆风情的美女，夏风算是真正领教过了。

那还是大二的时候，学院举行足球赛，商学院对决师大，夏风是师大代表队的。在球赛开始之前，我就抑制不住内心的冲动，悄悄把这个消息告诉给了晓菲，没想到正式比赛时，晓菲却把同室的其他四位女生一起发动过来给夏风助威。

两队交战时，晓菲就问我："宝贝儿，你的男神是几号？"

我压低声音说："8号，就是穿红衣的那个。"就在这时，右边锋一个左传，夏风接到球后迅速带球过人。我赶紧说："就是带球的那个。"

说时迟那时快，蓝方的队员刚要阻截，夏风飞起一脚，球飞起一道弧线，嗖的一下进了门。

场上立刻爆发出了一片欢呼声。

我忍不住地鼓起了掌，晓菲一边鼓着掌一边故意用身体撞了我一下说："妈呀，好帅的男神，姐们儿真有福气，嫉妒死我了。你看那身条，那胸肌，真想上去咬一口。"

我悄悄地捣了一下她说："不害臊，花痴。"

那场比赛非常精彩，比分打到2：2的时候，场上氛围越来越紧张，双方都紧紧地咬着对方。我的目光就像追光灯一样，一直聚焦在夏风的身上。

每个人都有他的价值，当他的价值被充分体现出来时，才能彰显出他的个人魅力，就好比演员登上了舞台，老师上了讲台，模特登上T型台，官员登上政治舞台，大厨拿起菜刀，民工上了脚手架，赵本山上了春晚。此刻的夏风就是如此，球场就是他的疆场，而他就像一匹驰骋在疆场上的马，风一般的影子，矫健勇猛。观众席上都在夸奖着他，还有人议论说，他就是师大队的梅西。

精彩的时刻终于来到了，夏风进攻时，右边锋又给他传来了一个球，早有防备的商学院队两名队员封住了他的路，夏风纵身一跳，一个鱼跃，一甩头将球又传给右边锋，此刻的右边锋正面对空当，马上切入，一脚踢进了球门。这一配合实在是太完美了，场上的掌声欢呼声响成一片。

就在大家还在期待着商学院翻身时，终场的哨声响了，比赛结束，师大队以 3：2 赢了商学院队。

比赛结束后，好多球迷还久久不肯离去，尤其是女球迷们，想跟队员们来个亲密接触。而我的闺蜜晓菲，就在这时，故意先我一步，冲上去狠狠地给了夏风一个熊抱，竟然还厚颜无耻地大喊了一声："夏风，我爱你！"惹来场上观众的一片掌声，搞得夏风满面通红。

事后，夏风才知道晓菲是我的闺蜜，就坏笑着说：

"好呀，原来幕后主使人是你？"

我哭丧着脸说："我傻呀，我怎能唆使她去抱你？"

看着得意洋洋的晓菲，我又故意气夏风说："下次晓菲的男朋友来了，我也给他来个熊抱！"

没想到我没有气到夏风，却惹怒了晓菲。她突然拧着瘦长的脖子："你敢！你要敢，信不信我立马把夏风从你手中抢过来。"

我马上向晓菲求饶道："好好好，我收回成命。交上这样聪明霸道的闺蜜真是我的不幸。"

晓菲得意地说："这还差不多。要是不老实，等到夏风下次比赛时，本姑娘就喝倒彩。"

夏风看着我们斗嘴，只能在旁傻笑。

有了这样的过往，夏风也就成了我们同室闺蜜们的开心萝卜。她们每每说到夏风在球场上如何如何，我的心里就乐开了花。

爱情不仅美好，而且能产生强大的力量，正因为如此，才使我的大学时光过得无比灿烂，即使遇到了生活上的困难，我也能乐观地对待。

我早就说过，我的家庭很特别，在小学和中学时，妈妈的打工收入还勉强能够支撑这个家，我上了大学，妈妈就有些力不从心了，每年的学杂费生活费至少得两万，那时，我妈妈一年的打工收入还不够这个数。妈妈让我向爸爸要。我没有要，他若心中有我这个女儿，自然会寄钱给我，他若心里没有，我又何必去要？他与妈妈刚离婚的那几年，还每月给我寄生活费，后来他结婚了，又有了孩子，就寄得越来越少了。直到我过了十八岁的生日后，他只是偶尔寄一点，刚上大学，他寄过一次学费，后来就不寄。没有办法，我只好一边上学一边当家庭教师，挣一点生活费。好在我的英语学得不错，发音也比较标准，这为我当家庭老师打下了良好的基础。

我的家庭情况夏风知道，夏风的家境我也知道，他家境也很一般。他父亲原是八冶建筑公司的工人，受了工伤，一条腿被倒下的脚手架砸折了，成了残疾人，就在他家附近开了一家杂货店，勉强可以度日，母亲一直在公司做临时工，收入也是微乎其微。夏风的生活也很窘迫，可他还要帮我，我拒绝了多次，还是拒绝不了。他说，他也打了一份工，兼职为一个少年班当足球教练，收入还算不错。我相信凭他的资质，当一个少年班的足球教练应该不成问题。

一次周六，我去了他的宿舍，本想陪他一起去看看，他是怎么训练孩子们的，然而，他不在。我问了他的室友，那位同学说，夏风去火车西站了。我又问，他去那里做什么？同学说，他去打工，当搬运工，每逢周六和星期天都去，你竟然不知道？同学把我问住了，我真的不知道，我还以为他在当教练，谁知他却当了搬运工。

我匆匆赶到火车西站货运站，看到十多个民工一个个扛着麻袋装货车。我终于在那些民工中找到了夏风，他正扛着一个大麻袋，瘦高的个子被压成了一张弯弓，摇摇晃晃地向货车走去，那样子，与球场上健步如飞英俊潇洒的夏风绝然无法等同，原来他资助我的生活费就是这么得来的？刹那间，我的鼻子一阵发酸，眼睛就湿润了，继而，泪水止不住地涌出眼眶。

这是我有生以来，第一次为一个男人而流泪。

夏风装上货车，回身时，看到了站台上的我，不好意思地赶过来说：

"林雪，你怎么来了？"

"不要，我不要你这样为我挣生活费！"我几乎失声地哭着，一头扎在他的怀里，紧紧揽住了他的腰。

他呵呵地笑了一下说："我这样做，是想好好锻炼一下自己，增加体能。别哭了，这么漂亮的一张脸，哭坏了怎么办？"

"我就哭，谁让你说谎，谁让你欺骗我？"我一边任性地把泪水擦到他的衣袖上，一边哭着说。

他轻轻拍着我的后背说："我这不是怕你担心吗，才编造了这个谎言，不过，这是善意的，不是有意欺骗你。"

"可是，你还是欺骗了我。"我仰起泪眼婆娑的脸，看着他。

"对不起！以后不敢了。"他苦笑了一下说。

"跟我回去吧，这样干下去会累垮你的，这个钱咱不挣了。"我摇着他说。

"傻丫头，我就是专拣体力活儿来干的，这是学校里找不到的体能训练，你知道不知道？这样一练，上了球场，才能脚步生风，强劲有力。"

"骗人，那么重的麻袋，压得你都喘不过气来了，还脚步生风？"我嘟囔着说。

"别担心，没事的，压一压，才能把身体压结实。那些绝世武林高手，哪个练功时没有背过沙袋站过木桩？不吃苦中苦，难做人上人。乖，你先回去，等活儿干完了，我去找你。"他嘿嘿笑着安慰我说。

"我不！"听他这么一说，我虽然不怎么担心了，还是有些舍不得他，就撒娇道："你不走，我也不走！"

"乖，听话！"他从后面拥着我，一步一步地推着我，一边推着走，一边说："搞体育的，就得靠体力，这不算什么，正好是个锻炼。你先回去吧，否则，别人还以为我在故意磨洋工。"

就这样，他一直把我推着走到了站台，才松了手。

我回头看着他默默离去的背影，心里有一种说不出来的感动，我真想找个地方好好哭一场，为他，也为我。

大学四年，我们就这样快快乐乐、连滚带爬地过来了，到了临近毕业的时候，去留便成了一个问题。其实，从我踏进大学校园的那天起，我就把将来的目标锁定在了省城，我要永远离开那个让我产生噩梦的西州，离开那些过往的人，我要在一个全新的环境里度过我未来的人生。现在，这个愿望终于要实现了，省城就有好几家公司看中了我们学院的这个专业，我自然也在他们的选用范围之内。

可是，夏风是定向分配，只有回到西州，由市教育局统一分配，才能成为国家事业单位的正式一员。还有一个更重要的原因，他的父亲是个残疾人，他家只有他一个孩子，他也想回到西州，好对父母有个照顾。

当夏风的去留与我发生了严重的冲突后，他为了迁就我，勉为其难地说："要不，我不去西州了，也留在省城。"

我说："你想过没有？如果你留在省城，只能被聘用，解决不了公职，说到底，就是打工的。"

他装作无所谓地说："嗨，打工就打工吧，这样还自由。"

他为了我，能够舍弃自己的愿望，难道我就不能为他牺牲一下自己吗？我说："这样吧，你还是回西州吧，毕竟那是个铁饭碗，况且，到了西州你也好照顾你的父母。"

他疑惑地看着我问："那你呢？"

"我吗？"我故意卖了关子说："当然是嫁鸡随鸡嫁狗随狗了。"

"好呀，你竟然把我比成鸡和狗了？"他一下高兴了起来，稍后，又担心地说："可你，放弃了省城的优越环境，跟我去西州，岂不太委屈了？"

为了不让他有什么心理负担，我尽量轻描淡写地说："西州也不错，毕竟是家乡，回去后，我还可以照顾姥姥。再说了，能与你在一起，我还能受什么委屈？"

"好！既然你同意回去，我们就一起回西州。"他突然抱起我，打了一个旋说："有我在，永远永远不会让你受委屈。"

4

坐了四五个小时的车，我们终于来到了川县，在县城的一家餐饮店里匆匆吃过了晚饭，天已擦黑。带队的老师安排我们住在县城，休息一个晚上，次日，我们又坐了两个小时的车，终于来到了小朋友们的活动地——八个家大草原。

一下车，我们好像从夏季突然进入了秋季，感觉舒服无比。一望无际的大草原，有飘扬的彩旗，有洁白的毡房，有成群结队的牛羊，有盛开的格桑花，还有远处传来的悠扬的牧歌，让我们仿佛置身于另一个世界，感到既陌生又新鲜。

小朋友们一个个像撒欢儿的小马驹，蹦蹦跳跳，高兴得不得了。家长们个个拿出手机，给小孩们拍照，拍完了照又交换了手机相互拍，拍完了还不尽兴，有的人就抿着嘴，睁大眼，做出千娇百媚的狐狸样子来自拍。我也被此情此景融化了，拿出手机，急忙为珊珊抓拍了好几张。

看着草原，让我无端地想起了大海。留在我童年记忆里的大海，是那般湛蓝，浩瀚无边，让人意想万千，与眼前的大草原有着异曲同工之美。去年，我带着珊珊去珠海看望我的母亲，故地重游，感慨万千。母亲早些年改嫁给了一个澳门老头，生活也算圆满。大海，却与我童年记忆中的有了很大的改观，因为海中竖起了一座高架桥，很大程度上影响了海的辽阔，却又为大海平添了一道亮丽的风景，那座高架桥就是传说中的港珠澳大桥，全长五十公里，横跨三地，号称世界之最的海上大桥。尤其到了夜晚，灯光一亮，大桥就成了海上的一道美丽的彩虹。

我喜欢大海，也喜欢草原，它们虽然是两个不同的世界，却有一个共同的特点，就是宽广、辽远。看着它，就能置身事外，放飞心灵。此刻，当看着这无边无际的绿野，听着这悠扬的牧歌，我多么希望从此与世隔绝，这样，我就再也不用回到那个令人伤心欲绝的家，再也不用见到那个不想见的人。

别人总以为我放弃夏风，嫁给段民贵，是嫌贫爱富，而我，对此却无法辩解。如果事情仅仅如此倒也罢了，我背负的只不过是一个骂名，而事实上，我不但背负了这个坏名，还要忍受着来自段民贵对我的种种折磨和羞辱，让我没有尊严地苟活着，这才是我痛彻心扉的关键。正因为如此，我才成了这场悲剧中名副其实的女主角。

是的，我不得不承认，在我婚后最初的日子里，段民贵是对我挺不错的，凡事都让着我。他无法走进我的心，就试图用他的耐心和他丰富的物质生活慢慢让我屈服。我也明白，我再也回不到从前了，只能认命，也试图慢慢地适应段民贵。可是，许多事情是可以勉强的，唯独情感上的事勉强不得，他每次参加别人的宴请或者招待客人，总想带上我，一是想改善一下我们紧张的关系，二是也想在朋友面前炫耀一下。可我，却毫不留情地一次次拒绝了他。即便是去单位上班，我宁可坐公交车去，也不愿意坐他的小车。

这样的日子一直过了好几个月，他终于露出了本性，在外面过起了花天酒地放荡不羁的生活，有时夜不归宿，有时喝得醉醺醺大醉很晚才回来，回来后也不安生，不是对我实行强暴，就是嘴里不干不净骂骂咧咧。我真的无法忍受了，大学时读过一位女作家写的名叫《弑夫》的中篇小说，妻子不堪忍受丈夫的残暴，每次强行房事，妻子就觉得有一根钢管捅进了身体。妻子终于忍受不住了，趁着丈夫酒醉，杀死了丈夫。现在回想起那篇小说，让我感同身受，我真佩服那位妻子，如果我有她那样的勇气，也想杀了段民贵。

就在这个时候，我发现怀孕了，我正在犹豫是把孩子生下来还是趁早做掉时，却听到了夏风结婚的消息。

"夏风结婚了，王北川今天参加了他的婚礼，说他娶了同校的一位老师。"晚上回来，段民贵点了一支烟，一边抽着，一边高兴地说。

"他结婚不结婚与我有什么关系？"嘴上虽然这么说着，可我的心里却不是个滋味，我为他高兴，也为自己难过。

"知道没有关系就好，所以，你心里也别再装着他了，该腾出地方装装我了，毕竟与你过日子的是我，而不是他。"

他的话不能说没有道理，事已至此，即使是错，也只能错到底了。

"这是一张新开的高级会馆的美容卡，在新华南路金莎大酒店，里面存着五千元，你有空去体验一下。"说着，他把卡放在我的面前，又顺手拿起我的病历诊断书。看了一会儿，突然高兴地说："你怀孕了？"

我点了点头。

"你怎么不告诉我？我应该为你好好庆贺一下。"

"怀孕有什么值得庆贺的？"

"那好，那好，等生下来后，好好庆贺一下。医生查出了没有，是男还是女？"

"现在才刚刚怀孕，哪能查得出来？"

"不管是男孩还是女孩，我都喜欢。"

看他一脸高兴的样子，我觉得还是把孩子生下来吧，既然命运已经把我与他绑到了一起，我再执拗，也拗不过命运。

没想到几天之后，段民贵很晚了才回家，他一改往日的习惯，倒头就睡。我还以为他生意上遇到了什么问题，碰到了什么不顺心的事，本想问一句，话到嘴边还是停下了。哪承想他一夜之间成了名人了。这个名，不是好名，而是坏名。他去王北川的桑拿中心嫖娼时，正赶上了全市扫黄打非专项活动的风口浪尖上，他被公安局抓了个正着。抓着倒也罢了，问题是被随行采访的新闻媒体曝了光，段民贵捂着下体，与半遮半掩的小姐一起上了电视，更可怕的是，照片还被挂到了网上。

这是事发后的第三天我才知道的，到单位上班时，同事们正在交头接耳，见到了我，马上停止了议论。我觉得好生奇怪，问打扫卫生的阿姨，才知道了事情的原委。我马上打开电脑，在百度中输入"西州扫黄"，冒出了几十条信息，点击开来，段民贵那丑陋猥琐的样子马上映入我的眼帘。我不忍再看，马上关闭了电脑。

"我们离婚吧！"深夜，我一直等他很晚回到家，才对他说。

"什么？离婚，你没开玩笑吧？"他哈着满嘴的酒气，反问我。

"我当然没有开玩笑。"

"别开玩笑了，不可能。"他倒了一杯水，一边喝着一边说。

"我无法忍受与嫖娼上了电视、照片被挂到网上的名人一起生活。"

"别忘了我们当初的约定。"

"约定又怎么了？我们约定的是婚姻，并没有约定让你去嫖娼！"

"嫖娼怎么了？每次碰你，你都不愿意，搞得像我强奸你一样。我只想找个出口，发泄一下，谁知就撞到枪口上了，这能怨我吗？"说着，他摆出一副死皮赖脸的样子又来强暴我。

"你真让我恶心！"我狠狠打了他一记耳光，一把将他推开！

"恶心？"他突然一把揪着我的头发说，"你以为你有多干净？老子只不过是嫖了个妓，况且，还戴着安全套，而你呢，十二三岁就和那个老家伙滚到床上去了，你让他搞的时候他戴套了吗？还说我恶心，老子一直包容着你，不说破，是怕伤了你的自尊。你以为你是谁呀？你也只不过是个妓，还说别人？"

骂完，他使劲地扯着我的头发一摔，把我摔到了地上，我的额头撞在了茶几边上，磕破了，也气急了，一把抓起茶几上的茶杯，就向他砸去。他一闪身躲开了，然后用手指着我说：

"你给我听好了，这次咱俩算是扯平了，你再别在我面前装清高。"

"段民贵，你不是人，你简直就是个畜生，连畜生都不如！"我气急败坏地指着他骂。我感觉脸上脖子里湿漉漉的，摸了一把，原来是额头上流下来的血。

段民贵大概看到我受了伤，马上又缓和了口气说："好了，算我不好。你看，不小心把额头都擦伤了，赶快包包吧。"

他从医药盒中拿出了药水和纱布，来为我包扎。我一把推开说："用不着。"我顺手扯出几张纸巾，摁在了流血的额头上。

"别生气了，我真不是故意的，出了那种事儿，我也觉得对不起你，心情不好，晚上喝了点酒，没防着摔了你。"

"现在说这些还有什么用？既然我在你心里一直是这样一个人，两个人过下去还有意义吗？明天，我们就去离婚！"

"别别别，刚才在气头上，话赶话就说了那些伤人的话，我承认，是我错了，别再说离婚的事好不好？"

"我意已决！你要离就痛快地离，要不离，我就上法院起诉！"

说完，我一转身进了客房，"砰"的一声关上了门，上了锁。然后，背靠着门，无声地哭了起来。我不知道上辈子造了什么孽，让我遇到了这样的垃圾。

门外，段民贵在不断地恳求着我：

"林雪，你就原谅了我吧，你打开门，打我也行，骂我也行，我任你责罚。我错了，你知道我是爱你的，我喝多了酒，才胡说八道。林雪，你开门，你不原谅我也行，但是，额头破了，得及时处理，不要留下疤痕了……"

不管段民贵怎么求饶，我已经铁了心，必须离婚，哪怕这里堆着金山银山，我都不愿意多待一天。

"我知道你还念念不忘夏风，你说我哪点赶不上他？他就是一个穷教书的，一月挣那两个钱，还不够我段民贵的一顿饭钱呢，你跟了我，吃啥有啥，用啥有啥，银行卡就在你的梳妆台柜子里，你想买什么随便买，你说，我哪样对你不好，你何必这样对待我呢？再说了，夏风已经结婚了，你离了婚也和他成不了一家子了，你还跟我闹个啥？"他说着说着，竟然委屈地呜呜哭了起来，边哭边说："你知道你刚才骂你的时候，我的心有多疼？我骂你，是戳着我的心。那种骂，说到底还是爱，因为爱你爱得太深了，得不到你的回报，才想故意刺激你。是的，我承认我是有些变态，甚至还有严重的人格分裂，即使在小姐身上发泄欲望时，我脑海里想的还是你的身子，但是，你知道吗？那都是因为爱，是因为爱你才分裂了我的人格。"

我一阵阵地头晕目眩，胸脯里仿佛堵了块什么东西，感到非常恶心。我实在坚持不住，捂住嘴，推开门，径直跑向卫生间，对着洗脸池呕吐了起来；吐出来的都是酸水，感觉五脏六腑都被吐了出来。吐完了，抬头一看，血水已经染红了我的半边脸，也染红了我的衣领。我用清水洗去，额头上的血还在继续流，我用纸巾轻轻摁在上面，出了卫生间，拿起包，穿起鞋，打开门，就赶快去了医院。

刚进电梯，段民贵赶来了，嘴里喊着，等等，我陪你一起上医院。电梯的门刚好关闭了。我冥冥之中感觉，这大概就是一种人生的兆示，我与他，只能到此为止了。

5

我以为这次的婚是离定了，然而，我实在低估了段民贵的无耻。

次日，我打电话向经理请假，经理恐怕早就知道了段民贵的丑闻，非常理解地说，好吧，你的婚假没有休，这次就算补给你的婚假吧，好好休息几天。等我打完电话，来到客厅一看，段民贵已经溜之大吉了。

晚上，等段民贵回来后，我将离婚协议书往他面前一摊说："签字吧。我净身出户。"

"净身，你能净身得了吗？肚子里的孩子怎么办？那可是我们两人的结晶。"

他拿过离婚协议书，扫了一眼，然后把它撕成一条一条的，丢进垃圾桶中说："别闹了。我们好不容易走到一起，怎么能说离就离了？昨天我隔着门给你说了半天，都承认了是我的错，以后保证改正还不行吗？再说了，小夫妻吵嘴是常有的事，吵过就吵过了，别往心里去，生气对宝宝不好。"

"你不觉得现在说这些没有意思吗？你要不同意离婚，我们只好法庭上见。"

"你真的要上法庭？难道你就不顾及肚中的孩子？"

"孩子？你要顾及孩子的话，也不会干出那样的事，说出那种的话。就凭这，你还觉得有资格要孩子吗？即使要了，将来要让孩子怎样面对那些照片，怎样面对社会舆论？"

他突然脸色大变，用手指着我说："按你这个道理，我段民贵就得断子绝孙了？林雪，我的忍耐是有限度的，请你不要一次次挑战我的人生底线。"

"我只是离婚，不带走你的一分一厘，净身出户，你不同意我就向法院起诉，这怎么能说挑战你的人生底线？"

"那我也明确地告诉你，婚不能离，孩子必须留住，这就是我的人生底线。如果你挑战了我的底线，就别怪我翻脸不认人，你可以上法庭去起诉离婚，我也可以上公安局举报纵火杀人案，大不了就来个鱼死网破。我过不好，也不会让你过好，让夏风过好！"

"真是个无赖，还想威胁我？告诉你，我不怕！"

"就算是威胁，那又能怎么样？你要不怕就走着瞧，反正我已经臭名昭著了，临死也要拉几个垫背的。"

遇到了这样的无赖，我还有什么可说的？

三天后，我去医院换药，没想到我刚进门，却意外地遇到了夏风，他的一只胳膊用绷带兜着，另一只手里拿着一包药。

自从金龙大酒店一别，将近一年了，这是我第一次碰到他。

"你的胳膊怎么啦？"我勉强地笑了笑，问。

"没事儿，打球摔倒扭伤了。你呢，额头怎么了？"

"下楼梯的时候不小心摔倒了，擦破了一点儿皮。"我尴尬地笑了一下说。

"你还好吗？"他明显瘦了许多。

"还好。听说你也结婚了？"

"嗯，也结了。"他看着我，关切地说："额头，伤的厉害吗？"

"不要紧的，就是擦破了一点儿皮而已。"

"是不是他打的？"

"怎么会？他其实，对我，还是挺不错的。"我苦笑了一下，极力地忍住不让泪水流出来。

"哦，那就好。"他像松了一口气。

"那好，我去换药了。"我不知道接下来该说什么好，只想匆匆离开。

"好吧，你换去吧！"

我上了楼，心还在忍不住怦怦地跳着。我原以为他会一直怀恨在心，尤其是段民贵的丑闻扩散之后，一定会对我冷嘲热讽几句，以解他心头的不平，可没想到，他对我，还是那么关切，目光中充满了无限的温意。

"妈妈，妈妈，快来，活动马上开始了。"珊珊在叫我。

我应了一声，赶了过去。

大伙儿拍完照后，老师们开始组织小朋友和家长搞娱乐活动。在之前，珊珊已经叮嘱过我，让我也出个节目。我说妈妈老了，就不出了。珊珊不依，说别的小朋友的妈妈都准备了节目，你要不出让我在同学们面前多没面子。我一听乐了，小小年纪，已经知道面子了。我就答应了珊珊说，好，妈妈也出一个节目。多年了，我很少再唱再跳了，不过，为了女儿的面子，我还是准备了一首歌。

活动开始了，我们在草地上围坐成了一个大圈子，感到有种回归自然的舒心，主持人手握话筒开始了她的开场白，她讲了这次夏令营的安排以及注意事项后，活动开始了，第一个节目是桃桃和她爸爸妈妈一起表演的《吉祥三宝》。看来主办方做了充分的准备工作，还带来了播放机，音乐响起，三个人就仿照电视上表演过的套路唱了起来，要不是桃桃妈妈在关键处唱跑了两声调儿，这个家庭组合还算完美。

接下来是珊珊的一段独舞。舞是她的老师教的，珊珊的天分很好，体形也适合跳舞，一段《采蘑菇的小姑娘》的舞蹈，跳得妙趣横生，赢来的掌声不少于桃桃的家庭组合。

珊珊的节目结束后，主持人拿过话筒，不失时机地点了我的名:"下面请珊珊的妈妈林雪女士给大家表演节目。顺便向大家介绍一下,林雪女士曾在我市职工歌手大奖赛中拿过一等奖,我们今天能与林雪女士一起来到草原感到非常荣幸,《我和草原有个约定》这既是我们大家的共同心声,也是林雪女士这次带给我们的歌曲,大家掌声有请!"

在大家的掌声中,我来到人圈中央,接过话筒,音乐已经响起,我的情绪很快就融入了音乐的旋律之中,歌声一出口,就找到了我想要的感觉,不知道是我带着歌声,还是歌声带着我,心就在空旷的草原上飞扬了起来。我仿佛看到了那个巷子中走来的翩翩少年,看到了火车站扛着麻袋的背影,看到了足球场上健步如飞的8号,看到了体育广场路口那张面色憔悴的脸。我的思绪像一阵风,带着深情厚爱,穿过了时光的隧道,去寻找着他的身影,我不为来世,只为在途中能够相遇,哪怕是一个梦,一段情,已经足够了。歌声落下,我已经泪流满面……

场上响起了热烈的掌声,我看到珊珊兴奋地涨红了小脸,拍着小手在为我鼓掌,我想我肯定没有给她丢面子。刚刚回到座位,桃桃妈妈指了指我的包包说,有电话。我说,不管它。待主持人做了一番总结,下一个节目开始时,电话又响了,一看是个陌生号,我顺手挂了。没想刚挂后,接着又响了,我只好朝桃桃妈妈点了点头,拿着电话离开了他们。我接通了,电话中传来了一个陌生男子的声音:

"喂!请问你是林雪吗?"他直呼其名地叫我,想必知道我。

"我是林雪,请问你是……"我有意停住了话。

"我叫宋元,是广州路派出所的所长。请问你现在在什么地方?"

"你好,宋所长,我在川县八个家草原,陪孩子来参加她们幼儿园组织的夏令营活动。你有什么事吗?"

"请问段民贵是你丈夫吗？"

"是的，他是我的丈夫。"我一听他说到了段民贵，头皮子一麻，心想肯定不好了，段民贵是不是又惹了什么麻烦？

"告诉你一个不幸的消息，你家发生了煤气泄漏，你丈夫段民贵中毒了。"

"他现在人怎么样？"

"很不幸，当我们接到报案赶到现场后，他已经窒息身亡了。"

"啊，他死了？"听到这个消息，我吃惊得说不出话来。

"是的，他已经死了。"

好一阵沉默，我不知说什么好。

"请你节哀顺变。"

"谢谢，谢谢宋所长。"我由衷地说。也许对方觉得我在感谢他对我的安慰，实际上，我是在感谢他，给我带来了这样一个不算好但也不绝对坏的消息。

"刚才我们还通知了他的父母。"

"他们去了现场？"

"哦，还没有，马上就过来。不知道你什么时候回来？"

"我现在还不好确定，我们刚刚到达草原，这里没有班车，等我问问幼儿园的领导再说，看看明天能不能赶回去。"

"好的。到来后请给我打声招呼。就是这个电话。"

"好的。"

挂了电话，我的泪水不由自主地淌了下来。

我不是因为悲伤，而是积压在我心里的郁闷终于找到了一个出口，才会这样泪流满面。

6

第二天，我带着珊珊离开了草原。

我们搭了一辆小客货到川县，然后买票登上去西州的班车。

珊珊折腾了一路，上了班车就困了。昨天我告诉了她爸爸出事的消息，珊珊听了，小嘴儿一撇，哭了两声，就不哭了。然后问我：

"妈妈，以后就我们两个人一起过了。"

"是的，就我们俩过了。"我说。

"如果爸爸这次跟我们一起来的话，他就不会死了。"她想了很久，竟然说出了这样的话。

不知从什么时候起，段民贵吸毒的事传到了幼儿园，小朋友们都知道了，这让女儿很没面子，也成了女儿心理上一道抹不去的阴影。幼儿园组织什么活动，但凡要求家长参加，珊珊从不叫段民贵，这次也一样，珊珊只说幼儿园老师要妈妈陪她一起去，并没说让爸爸一起去。我知道，无论段民贵再怎么不堪，在珊珊的心里，他毕竟是爸爸。她这样假设一下也在情理之中。可我，并不希望让她背上这样的心理负担，就说：

"这次来的小朋友当中，有的只有妈妈陪着，有的只有爸爸陪着，爸爸妈妈一起来的并不多，这些没来的爸爸，或者妈妈，不也很安全吗？"

"对呀，他们怎么没有煤气中毒？"珊珊说。

"所以，这不是你的错，千万不要自责你没有叫你爸爸一起来，错就错在你爸爸不小心。"我绕了一个圈子，就是要把珊珊从自责中绕到正常的思维轨道上来。

经我这么一说，珊珊这才点了点头。

此刻，我将珊珊揽在怀中，想让她好好睡一觉。

自从那次为了离婚，段民贵穷凶极恶地威胁了我后，我知道这都是我的宿命，我只有认命了。后来，有了珊珊，我的心情比过去平和了许多，也想慢慢地接受段民贵，我不能让孩子从小蒙上一层父母不和的心理阴影。然而，没想到我的梦想终成了一场空，接二连三的打击，让我一步步陷入了新的恐惧之中，仿佛又回到了儿童时那个漫长无边的黑暗隧道之中……

这一切，都拜段民贵所赐，今生今世，刻骨铭心。

段民贵的嫖娼事件曝光后，那张他与小姐猥琐在一起的照片就成了全国扫黄打非的有力见证，各大网站纷纷转载，网友的冷嘲热讽铺天盖地席卷而来，昔日自以为是的段民贵从此灰头土脸，在熟人面前再也抬不起头来了，他的生意也江河日下。看着他成了那个样子，我有些同情，再怎么说，他只不过是嫖娼，并没有对人类做出伤害，社会舆论也用不着那么大肆渲染，执法部门更不应该拿着那样一张照片彰显他们的政绩。客观地说，在这件事上，段民贵是有些委屈。看着他成天萎靡不振的样子，我就劝他说：

"要不，我们换个地方生活吧，这样你的心情会好一些。"

"换地方？换到哪里去还不是一个屎样子？网络上的照片不消除，我到哪里别人也会认出来。"

"那你也不能成天除了喝酒就是打麻将，公司还要不要了？生意还做不做了？"

"哟，现在知道同情我了？你要是早对我这么关心，对我好一些，我也不至于到那种地方去嫖娼。"

"这就是你嫖娼的理由？"没想到段民贵却猪八戒倒打一耙，反而数落起了我，我忍不住责问道。

"难道你没有责任？如果你温柔贤惠地对我，我也不至于去那种地方，也不至于走到今天。你能说你没有责任？"

"我本来好心好意想劝你振作起来，没想到你却把嫖娼的责任全归到了我的头上。试问，在我们结婚之前，你不是也常到王北川的桑拿中心去找小姐吗？那又怪谁？是不是要把责任推到你的父母身上，埋怨他们没有把你管教好？"

"结婚前和结婚后不一样的，那是两种不同的性质。"

"什么性质，难道公安局扫黄的时候还要分类型？只扫那些有家庭的男人，不管单身男人？出了问题，你总是抱怨他人，从来不在自己身上找问题。像你这种人……"我极力忍住了下面的话。

"像我这种人怎么了，是不是应该拉出去枪毙了，你才高兴？"

"懒得跟你说，简直是对牛弹琴！"我真的被他这种胡搅蛮缠气糊涂了。

"懒得跟我说就不要说，老子就是这个样，看谁能把我怎么样？"

自此以后，他的事我懒得再理，三观不同，你再怎么迁就让步，也无法找到两个人的共同点。

事情的发展，仅仅停留在这样一个层面上倒也罢了，可后来的事大大超出了我的意料，到珊珊两岁那年，一次下班回来，我去洗手间，没想到他却躲在里面吸毒，我一把打翻了他端在手掌上的白粉，气急败坏地与他吵了起来：

"段民贵，你喝酒我不管，抽烟我也不管，打麻将赌博我也不管，甚至你嫖娼，我管不了也不屑于管，现在又偷偷吸上了毒，你的心里到底有没有这个家？到底有没有我和女儿？这难道也是我的责任，是我逼着让你吸的？"

"别把话说得那么严重，我就是心里烦，试着抽了几口，再不抽了，以后再不抽了。"

"毒品害死了多少人的性命，毒品毁坏了多少家庭，这些道理你难道不知道？我如果再发现你沾染这种东西，只有两种结果：一、我直接打电话到戒毒所，让他们强行给你戒毒；二、我们直接离婚，请你再不要拿着那些陈谷子烂芝麻的事来威胁我。"

"好了好了，不要危言耸听了，听你的，再不吸了。"

这一次他没有与我争吵，认错态度很好，我以为他真的能改邪归正。然而，事实上，此时的他，早已吸毒成瘾了。这是我后来才知道的。他不在家里吸，却常到西州市的一家黑店里去吸。那家黑店开在一个比较偏僻的地下室里，名义上是 KTV 酒吧，实际上是藏污纳垢之处，在那里进出的男男女女，无一不沾染着各种恶习。这个阶段，他已经把公司放在了脑后，成天不是赌博，就是吸毒。赌博也不再是过去的消遣性玩玩而已，而是大出大进。

段民贵已经在玩火了，可我一点儿都不知道。要是一问他的生意，他就应付说，公司的事你不要管，你想上班就上班，不想上班就在家好好带孩子，有你的吃有你的钱花就行了。

就在这年秋天，他说要去广东发货。我知道，公司收购了一两千万元的瓜子、枸杞等农副特产，大概发的就是这批货。我给他收拾好了行李，还叮嘱他路上要小心些，注意安全。

谁知他却瞒着我带着一个吸毒认识的重庆妹，到了广东交完货，等对方转了账，他就携女上了澳门赌场去潇洒。吸过毒，精神十足，一夜之间赢了二十多万，人就一下飘了起来，真把自己当成了《赌神》里的周润发，在重庆妹的怂恿下，他又加大了赌注，一下输掉了六十万。就这样，他彻底疯了，输了要想捞回来，赢了还想再赢，越想赢越输，越想捞本输得越惨。他在赌场连续七天，困了就在贵宾室休息一会儿，偷偷吸上几口，然后再上赌桌。段民贵已经输红了眼，重庆妹已经阻挡不了他了，他不断让公司的财务给他打钱过去，直到公司账上的钱被打完了。等收手了，他也完了，几天的工夫，就把他的公司彻底输掉了。

回来后，段民贵像一只爬过杆的猴，卸了地的牛，一下变得萎靡不振。问他怎么了，他谎称说，货款没有收回，被对方骗了。我问他报案了没有。他说，报了，还没有结果。我说，那么多的货，都是通过火车发的，有票据，有监控，对方又有注册公司，他们就是想骗也不好骗，公安局一查就会查出来的。他却说，你不懂，对方早就设了局，他们诈骗的不光是我一家，还有别的公司也上当受骗了。

经他这么一说，我以为他真的被人骗了，可是，在整理他的行李箱时，我发现了他的港澳通行证，进关的日期正好是他交货后的第二天。如果他被人骗了，他还有兴趣去澳门赌场？到了班上，我打电话问了段民贵公司的会计，会计告诉我，广东那边的货款到账后，就被段总全部转出去做了投资，一共两千四百万，现在账上只剩下个月员工的工资了。我问他去做什么投资，会计说不知道。

事已至此，一切都明白了，他到澳门赌场输光了，就说公司被人骗了。

赌和毒，都是害人的利器，只要沾上一样，都会搞得家破人亡，何况两样可怕的利器都让他沾上了。

一种不祥的预感，迫使我匆匆赶到家，刚打开门，我就看到他正躺在沙发上吸毒。

"段民贵，你还是人吗？你是不是想害死我和女儿？"我上去一把打落了白粉。

"干吗？大惊小怪的。不就心里烦，吸两口咋啦？"他假装没事人一样轻描淡写地说。

"谁的心里不烦，心里烦就可以吸毒？我去年就提醒过你，如果再让我发现你吸毒，就把你送到戒毒所去戒毒。"

说着，我拿出手机，刚给戒毒所拨通了电话，段民贵上来一把夺过手机扔到一边，伸手就给了我一巴掌。我被他打蒙了，吃惊地看着他。

"老子想吸就吸，你能管得着？你要是有本事把老子送到戒毒所，我就有本事把夏风送到看守所。你以为你心里还恋着夏风老子就不知道？你多少次梦中说到了他的名字，我都忍了，忍到了现在。可你呢？却巴不得我出点事儿，就是想把我送到公安局，送到戒毒所。"

我用手捂着脸，诧异地看着他。有人说，有两种人太可怕，一种是毒瘾犯了的人，另一种是赌博赌红了眼的人。面前站着的这个人，既是赌徒，又是吸毒者，我不知道他的这种丧心病狂是毒瘾发作而致，还是赌博赌昏了头？

"好，你不让我管，我可以不管。你到澳门去赌，把公司输光了，我不管；你随心所欲地想吸毒就吸，我管不了，也不管。但是，有一点，你别忘了，你还有女儿，为了不影响她的健康成长，我只能选择离婚，我带着女儿单独过。"

"想离婚，你做梦去吧！只要我还有一口气，你就别想离婚。"

"那我就等着你，看你怎样死，怎样被毒品毒死！"

"你竟敢诅咒我？"

"诅咒又怎么啦？怕死你就戒掉！"

说完，我气狠狠地摔门而出。

我还得去上班，我不能因为他而影响了工作。这些年来，我一直都是这样，把精力统统放在工作上，心才能安静下来。我的这种埋头苦干的精神得到了公司领导和同事们的一致认可，他们每年都评我当先进，去年，公司又任命我担任了部门领导。对此，我只能感谢段民贵，要不是他出丑露怪搞得我在单位抬不起头来，我也不会埋头苦干得到这样的好名声。

一个月后，公司垮了，段民贵也垮了，他成天东躲西藏地逃债，我不知道他欠了什么人的债，更不知道欠了多少债。他不时被人打得鼻青脸肿，有时候躲在家里几天不敢出门。

这天下午，我下班从幼儿园接珊珊回来后，看到别墅门口围满了人，我将车停在很远的地方，叮嘱珊珊别下车，然后锁上车门，想去看个究竟。

段民贵被一大圈人围在院子中间推过来搡过去，众人义愤填膺地指着他骂：人渣，骗子，不还钱就揍死他！

我根本不知道发生了什么事。看到一个上了年纪的大爷也在里面，就把他叫到了一边，经过一番询问，我才知道了事情的原委。

原来公司发往广东的那批农副特产品是这些人的，公司按收购价只付了这些人一半的钱，剩余资金等公司售后再支付给他们。这些人又是凭着各自的资源，走乡串户从农户手中收购了来，他们也只付了农户一半钱，另一半等售后再付。没想到他们这么信任段民贵，段民贵却拿着这些钱上澳门的赌场输光了，他们无法给家人和邻居作交代，只好找段民贵要个说法。如果还，必须限期，如果赖账，他们就把他扭送到法院去。

当我清楚了事情的原委之后，气得直发抖，我真没有想到段民贵堕落到如此地步，竟然拿着农民的血汗钱去赌博！

人一旦沦丧到这种地步，什么缺德的事都能干出来。

此刻的段民贵已经被众人围了个水泄不通，面对大家七嘴八舌的质问，他只好耍着赖说："各位老板，我们合作不是一天两天了，你们应该知道我的为人，我绝没有到澳门去赌博，真的是被广东那边的奸商给骗了，现在正在与他们打官司，请大家再等几天，一有结果，我马上通知你们来结账。"

"段老板，我们不管你是不是真的打官司，也不管你官司打赢还是打输，我们只按合同办事，按合同，是上个月要结完我们剩余的款项，现在已经过期一个月了，我现在就问你，你到底还，还是不还？"

"还，肯定还！但是，现在账上空空的，没有一分钱，还什么？我只能把账要回来再还！"

"那好，既然要还，你就把你的车卖了，别墅卖了，还我们的债！"

"对，把车卖了，别墅卖了，还债！还债！"

"不还债就砸烂他的狗头！"

"别砸烂了段民贵的狗头，砸烂了我们向谁要账？他要不还债，我们就住到他这里，他不让我们好过，我们也让他过不好！"

看着众人七嘴八舌、群情激奋的样子，我感到无地自容，我完全理解他们的苦衷，可我，又做不了家里的主，既不能答应大家把房子卖了立刻还债，也没有办法劝大家回去，夹在夹缝中的我，唯一能做的，就是赶快逃离……

三天后，讨债的人又闹到了法院，法院出面做了调解。他们明确地对段民贵说，如果真的是三角债，我们法院也可以通过法律的程序督促第三方还债。如果不是，我劝你最好想办法把债务还了，你若拒不偿还，我们只能立案进行调查，如果查出你真是收了货款去澳门赌博输掉了，你就有涉嫌诈骗的嫌疑，到时候性质就严重了，我们不光要查封你的别墅、车辆和你的个人财产，以公开拍卖的方式来抵债，你还会因涉嫌欺诈而坐牢，孰轻孰重，你好好掂量掂量。段民贵一听事情的后果这么严重，就立即答应卖了别墅和车，还他们的账。

段民贵的别墅不在北京，不在深圳，也不在省城，只在一个四五线城市的西州，总价值还不到三百万，卖了别墅，卖了两辆车，还不够还债，又卖掉他在高档社区的另一套电梯房，卖掉了他过去买给他父母的一套房子，才算勉强还清了债务。他的父母又搬到了过去的回迁房，我们搬到了一套楼梯房里，那是段民贵十年前买的，现在已经破旧不堪了。

转了一个大圈儿，人生又回到了起点。这是段民贵的劫，也是我的劫。

7

我本以为段民贵栽了这个大跟头会清醒过来，重新做人，然而，我真是高估了他的人品，他非但没有自省，反而更加不可救药。他的毒瘾也越来越大，没钱买毒品，他就到处借债，或者变着法儿拿出家中的东西去卖。长此以往，该卖的东西都卖了，借了朋友的钱还不了，别人也不给他借了，有时候毒瘾犯了，就像疯狗，一把拿过我的手提包，就在里面找钱，我已经有经验了，包里面根本不能放钱，我的钱是用来维持生计抚养孩子的，不是为他买毒品的。他搜不到钱，人便痉挛般地一阵阵抽搐，嘴里就不停地说："林雪，给点钱，救救我，救救我。"他说着，趴在地上，身子缩成一团，瑟瑟地抖着。

毒品已经吞噬了他的灵魂，也让他丧失了人格和尊严。

对此，我已经无能为力了。除了同情，就是深深的悲哀。我早就想送他到戒毒所，他却拿话威胁我。落到今天这个地步，只能怪他自己。

我以为段民贵对我的伤害已经到了极限，但是，我又错了，后来的又一次伤害，差点儿让我离开这个世界。

那是今年春天的一个夜晚，我刚刚哄珊珊睡了，听到段民贵带着另外一个人进了家。

"家里很安静呀，你老婆不在家？"说话的是一个男人，口音有些陌生。

"这个时候肯定在，她在里屋哄孩子睡觉。"段民贵说。

"那你必须说好。"男人说。

"放心，我会安排好的。"段民贵说。

我听着他们的对话，不知怎地，心里便犯起了疑问，难道段民贵又要卖房子不成？想着，我便出了门，然后随身关了珊珊房间的门。

"你好，弟妹！"那男人露着一口大黄牙，眯着一双豆子眼，淫笑着向我主动打了声招呼。

"你好，不知怎么称呼？"我疑惑地看了他一眼，感觉不像个正经人。

"他是黄老板，是我的朋友。"段民贵马上接了话说。

"那你们聊吧。"我正要转身到女儿的房间里去，段民贵一把扯着我的胳膊说：

"有件事儿，跟你商量一下。"

"什么事？"

段民贵把我拉到了他住的房间里，突然对我说："林雪，我现在有事求黄老板，可是，黄老板非常喜欢你，你就答应他一次，算我求求你了。"

"段民贵，你还是个人吗？畜生都不如！"我看着段民贵那张被丑陋扭曲的脸，忍不住伸手打了一巴掌。

"你他妈的，竟敢打老子？看我不收拾你！"段民贵一下揪住了我头发。

"放手放手，对女人不能动粗，要温柔，懂得怜香惜玉。"就在这时，那个姓黄的男人推门进来说，"不错，你的老婆是有点个性，这样才有味道，我喜欢！"

"既然喜欢就交给你了！"段民贵说着，趁机带上门溜了出去。

"林美女，早些年我听过你的歌，当时我就迷上了你，一直想着，要是能与你春宵一刻，哪怕让我去死都值得。"姓黄的男人色眯眯地看着我，厚颜无耻地说。

"那你就去死吧！"我蔑视地看着他说。

"不，要死，我也只能死在你温柔的怀抱中。不要怕，段民贵不是已经允许你和我了吗？我的床上功夫不错，你体会一下就知道了，与段民贵完全是两种不同的套路。"说着他就向我扑来。

我一躲身，顺手拿起了一把水果刀，突然逼在了自己的脖子上，用一只手指着黄姓男人说：

"你给我滚，滚出去！你要是胆敢侵犯我，侮辱我，我就死给你看，到时候，你、段民贵都脱不了法律对你们的制裁！"

"别别别，你放下刀，有话好好说。"黄姓男人胆怯地一步步朝后退去。

就在这时，段民贵进来了，安慰黄姓男人说：

"黄老板，你别怕。她死不了的，她要真想死，早几年就死了，根本活不到现在。"说完，又转过头对我说："林雪，我知道，你心里还装着他，这事想瞒是瞒不过去的，要不是为了他，你早就死了，用不着现在来威胁我。我实话告诉你吧，我把你送给黄老板睡，我心里也舍不得，但是，你知道吗？我现在的命就捏在黄老板的手里，为了救我，难道你就不能牺牲一次吗？就一次，行吗？"

"你这个人渣，我真想一刀捅死你！"我真的气急了，人在抖，拿着刀子的手也在抖。

"来呀，有本事就捅死我，我正好不想活了。捅死之后，你被公安局枪毙了，再让珊珊来给你收尸，你不觉得这样对珊珊来说，也是一种能力考验吗？"他一步步地逼近我，威胁道。

"你竟然用自己的女儿来要挟我，真卑鄙。"

"我不拿女儿要挟你，难道让我拿他来要挟你？也好，双排扣，我还记得。他为了你，可以冒那样大的风险，你难道就不能为了他，牺牲自己一次吗？"

他说着，从我的手里拿走了刀子。然后一把把我推倒在床上，压在我的身上就扒我的衣服。我拼命地抵抗着，甚至还用脚蹬他的下身。但是，我的力量毕竟有限，并没有将这个恶魔踢翻，他转过头去，对旁边站立着的黄姓男人说："黄老板，过来帮一把，把她的裙子脱了。"于是，他压着我的身子，黄姓男人伸出两只罪恶的爪子，扒掉了我的裙子，脱掉了我的上衣，然后段民贵扯着我的内裤朝下一拉，黄姓的男人惊叫了一声好，就接替段民贵的手，一直将我的内裤拉下去脱了，然后扔到一边。段民贵还不收手，又把我的胸罩解了，把我彻底扒光，交给了那个姓黄的男人，看着我任其糟蹋玷污后，他才带上门，吸着烟守候在客厅里。

这一夜，我搂着心爱的宝贝女儿，泪水几次打湿了枕巾，当我每次下定了决心要了结自己的时候，看着熟睡中女儿，我就犹豫了。我走了，女儿该怎么办？如果她失去了我的保护，她的那个恶魔般的父亲，会不会让她重复我的悲剧？不，不能。死，有时候是一种自私的行为，为了女儿，为了一份责任，再艰难我也必须活下去。

没有了远方和诗，生活只能苟且，在最绝望的时候，我只能仰望星空。

8

"加油站到了，停车十五分钟，睡觉的醒一醒，上厕所的抓紧时间。"班车司机高喊了一声，车便缓缓停下了。

我叫醒了珊珊，带她下车去上卫生间。

"这是什么地方呀？"下了车，珊珊问我。

"牌子上面写着东林，离西州不远了，大概一个多钟头就到。"

"那我们，是要直接回家吗？"

"你说呢？"

"妈妈，我不想再到那里去住了，我怕！"

"好，我们再也不用到那里去住了。"我决绝地说。

那个曾经让我噩梦连连伤心欲绝的地方，从今天，从此刻，再也不去住了。我在结婚之前，买了一套月供的公寓楼，六十多个平方米，一厅小两房，也够我和珊珊住了。前几年我出租给了别人，今年到期后，我收了回来，本想留着自己随时过去住，没想到现在正好派上了用场。就对珊珊说：

"珊珊，这样好不好？我把你先送到你爷爷奶奶那里，然后，等妈妈把公寓的房子收拾一下，再接你过去，以后，我们就住那里吧。"

"好，我们就住公寓楼。"珊珊高兴地说。

从厕所出来，突然听到有人叫我，循声看去，是王北川，他正站在垃圾桶旁边吸烟。那年王北川的桑拿中心被公安局一举捣毁之后，听说他被判了几年徒刑，出来后摇身一变成立了一家房屋中介公司，做得风生水起。段民贵的别墅和两套住房，就是通过他的中介公司卖掉的，所以他对我们这个家也算了如指掌。

"你们这是到哪里去？"他主动招呼说。

"王叔叔好，我们刚从八个家大草原上来，回西州去。"珊珊抢先回答说。

"玩得高兴吗？"

"高兴！"珊珊说。

"林雪，民贵的事你知道了吧？"王北川似乎觉得刚才的问话不当，就马上转换了话题问我。

"知道了，广州路派出所的宋元打过电话，告诉了结果。你也听到了？"

"听到了。事情已经发生了，都是命，这样也好，对谁都是个解脱，节哀顺变吧！"

"也只能如此了。你要到哪里去？"

"我正好要去趟川县，有个朋友明天结婚，我去帮他操办一下。"

"那好吧，开始上车了，我们回去见。"

"好，有什么需要帮忙的，随时电话我。"

告别王北川，上了班车，我们又向西州出发了。

王北川的话没错，这样的结果，对谁都是一种解脱。可是，这种解脱，要是早来两年，或者早来一年，我也不至于受到那样大的伤害，解脱，为什么来得这么迟缓？

事后一个多月，我才知道那个黄姓的男人是地下吸毒窝点的头目，段民贵就是从他那里买吸毒品的。后来段民贵欠了他两三包白粉，还不起钱，毒瘾犯了，不得不求上门去，那个黄姓男人提出要用我的贞操来交换，并答应要给段民贵介绍一个渠道，以后可以以贩养吸。一个被毒品吞噬了灵魂的人，早已丧失了人性，更谈不上道德底线，段民贵几乎不假思索地就答应了黄姓男人的要求，就这样，他们拿我的人格和尊严为代价做了这场罪恶的交易。

我正想采取什么样的方式来举报他，又不会引起他们对我的怀疑。没想到公安局一举捣毁了他们的吸毒窝点，黄姓男人被警察押着走出地下室的镜头，放到了电视新闻里，我一眼就认出了那张丑陋恶心的脸。

我以为段民贵必然会受到牵连，也会被警察带进去。我盼望着这一天的到来，但是，这一天始终没有到来，大概那个黄姓男人怕段民贵进来后供出他的其他罪行，就没有咬出段民贵，这又让这个恶人逃过了一劫。

姓黄的进去后，段民贵失去了货源，以贩养吸的营生又结束了，毒瘾一犯，他就像一条得了狂犬病的疯狗，翻箱倒柜寻找毒品，找不到，就趴在地上，用手抠着旮旯拐角，嘴里不住地说着："快……快，吸一口，吸一口……"每遇此时，珊珊就吓得捂起眼睛，我就把她拉进屋里锁上门，任段民贵在外面发作。发作了一阵后，不出声了，我们俩才打开门，一看躺在地上的他，浑身抽搐，像只抽风的狗，让人觉得既可怜又可恨。我常想，如果老天有眼，就尽快收了他去，免得他这样受罪，也免得他祸害别人。

其实，他不光祸害了我，也祸害了他的父母。他妈一向偏心他，看他毒瘾犯了，就瞒着段民贵的父亲偷偷给他一点钱，日积月累，父母的家底也被他吸空了，他妈不但没有救了儿子，反而害了段民贵。后来，段民贵毒瘾犯了，又去向他妈要钱，他妈拿不出钱来，段民贵就去撬柜子，他妈过去阻拦，被他一把推倒在地。他妈的腿硌到木凳上，被摔断了。就在这样的情况下，段民贵仍然不顾他妈的死活，抢了钱去吸毒。

段民贵的生存已经极大地威胁到了他周围人的安全，我尽管小心翼翼地提防着，但是，没想到的事情还是发生了。

这天下午下了班，我赶到幼儿园去接珊珊。平时，我要是按时下班，总会去幼儿园接女儿，要是下班晚了，就打电话告诉幼儿园的丁老师，请她顺路带珊珊回家。学校离家不远，老师也是顺路的。这一次却出现了偏差，我去幼儿园后，丁老师却说，珊珊爸爸刚把她接走。

我一听，心就慌了。段民贵从来没有接送珊珊的习惯，他渴望儿子，珊珊一出生后，他就没怎么关心过。这一反常的行为不能不让我产生疑惑。马上拨通了段民贵的电话，响了好长时间，他没有接。我又给他父母家打了一个电话，看看段民贵是不是带珊珊回到了那里。电话打了半天，他妈才接通了电话，我客气地说："妈，珊珊是不是回到你们那里了？"老太婆没有直接回答我，却喋喋不休地数落起了我："你就知道问你的珊珊，你怎么不关心关心我儿子，不问问我的腿怎么样了？"我敢向毛主席保证，段民贵的妈是我今生遇到的最自私最刁蛮的老太婆。她不光不待见我，也不待见珊珊，所以珊珊平时也不愿意去她那里。我已经习惯了她的这种刁蛮，还是礼貌地说："你的腿伤好些了吗？"她没好气地说："别假惺惺了，要是真关心，一出事就把我送医院了，也不会落下这个病根。"她就是这么蛮横无理，明明是被她儿子摔坏了，不怨她儿子，反而抱怨我没有及时把她送医院。我怎么知道她的腿被摔断了？即使我及时把她送到了医院，腿已断了，这与落不落下病根有什么关系？这件事已经过去半年了，她还这么耿耿于怀，我真是服了她。现在，我心急如焚，她却逮住个机会想数落人。就在这时，我听到段民贵他爸在旁边说："人家问珊珊在不在，你哪来那么多的屁话？"说着，他拿过话筒说："珊珊没有来过，这是怎么回事？"他爸是他家里唯一一个讲道理的好人，我马上说："爸，珊珊被段民贵接走了，打他手机他不接，我就是想问问在不在你们那里，要不在，就算了。"

挂了电话，我又打段民贵的电话，结果他关机了。我的脑袋一下大了，预感到可能要出问题。我马上回头去问丁老师，珊珊爸爸说了没有，他要把珊珊带到哪里去？丁老师说，没有说，不过，我看幼儿园对面停着一辆灰色的面包车，他好像带着珊珊上了那辆车。

我一听，急疯了，我不敢朝那方面去想，但是，又不能不想，否则，他没有理由不接我的电话，更没有理由带珊珊到别的地方去。我想到了报案，可是，报案怎么说，说女儿有可能被她爸爸带出去拐卖了？警察会相信吗？万一警察行动起来了，段民贵带着珊珊回来了，事情闹大了，我又如何收场？思前想后，我真是乱了方寸，看到幼儿园对面有一个卖水果的小摊点，我急忙赶过去问摊主：大伯，刚才你是不是看到有个男的带着一个小女孩上了旁边的面包车？大伯说，看见了，是个穿红衣服的小女孩。我急忙说，对对对，那是我女儿，你看到她去哪里了？老伯说，那男的把她送上了车，他却在下面与另一个人谈起了什么生意，我好像听到一个说三万，另一个说两万五。两个人讨价还价了好长时间，最后听那个外地口音的人说，他没带那么多现金，得上银行去取。他们这才上了车。我说，那辆车的车牌号是多少？你记得没有？大伯说，不知道，我也没有留意，只看到了一辆灰色面包车。

离幼儿园最近的就是工商银行，我马上打的赶了过去。按时间，银行早就下班了，他们要取款，也只能从柜员机上取了。

我赶到工商银行附近，下了的士，看到段民贵和一个男子正在柜员机旁鬼鬼祟祟地做交易，那样子，很像两个分赃的歹徒。旁边的停车场上，果然停着一辆灰色面包车，我一看车牌号，是外地的，我赶紧赶过去，想看看珊珊在不在车上。还好，珊珊在车里，旁边坐着一个大婶，像是看护着。我扳把手，打不开车门，就用手拍着车窗喊珊珊，珊珊看到了我，大喊了一声"妈妈"。我让大婶打开车门，大婶不开。我大声说："我已经报警了，你不打开，警察马上就来了。"她这才不情愿地打开了。我一把抱起珊珊说："你们想把她带到哪里去？"大婶说："是她爸爸送来的，她爸已经收了我们的钱，你不能带走！"我说："你们这是拐卖儿童，要坐牢的，知道不知道？"大婶说："你们才应该坐牢，夫妻俩合伙诈骗。"说着，她下了车，我一看不对劲，马上带着珊珊赶快逃。那个和段民贵一起取款的男人看到我带走了珊珊，一下追了过来，说来也巧，我们刚过马路，红灯就亮了，那个追我们的男人，却不顾红灯闯了过来，刚到马路中间，突然"砰"的一声，被一辆大货车撞得飞出了几丈远。我没有让珊珊回头，我不想让她看到那瘆人的一幕。

回到家里，我的心还在怦怦怦地乱跳。

我怕珊珊受到了惊吓，就问她到底发生了什么事。珊珊说："我也不知道，爸爸说要带我去乡下吃烧烤，他还说，妈妈一会儿也要来。"

　　我一把搂紧珊珊，想起刚才的惊心动魄，心有余悸地说："傻孩子，吸毒的人，什么缺德事儿他都能做得出来，刚才要不是妈妈及时赶到，恐怕妈妈再也见不到你了。以后，你一定要多留个心眼儿，到幼儿园，不要见外人，更不能跟任何人出去，你爸爸带你你也不要去。"

　　珊珊点了点头，问："那夏叔叔呢？他要来找我，我也不见吗？"

　　我的泪水不由得流了下来，他俩只不过见过两三次面，珊珊就对他有了这样一种特殊的感觉，难道他们真的是心有灵犀吗？就说："夏叔叔除外，你记住，他是个好人，不会伤害你的。"

　　晚上段民贵回来，我的气不打一处来，直接质问道："段民贵，你真是无恶不作，连自己的亲生女儿都舍得卖，你还是人吗？"

　　他显然刚吸过了毒，心性没有以往那么急躁，倒是平静地说："你这不是把孩子好好带回来了吗？"

　　"我要是不及时赶到呢？珊珊恐怕早就被那夫妻俩带走了。你知道不知道，贩卖儿童是犯罪！"

　　"说得玄乎，我卖的是自己的女儿，我又没有卖别人家的孩子。"他居然厚颜无耻到了这种程度。

　　"我不许你卖我，你没有这个权利！"珊珊听到我们在吵，从里屋出来直接指责段民贵。我看到珊珊泪光涟涟的眼里含满了恨。

　　"贩卖自己的女儿？亏你还能说出口？谁给你的这种权利？贩卖自己的孩子同样是犯罪，是罪上加罪，让人感到痛恨！"

　　"我也不是真心想卖，只是拿珊珊当诱饵，骗两个钱而已。"

　　我被气急了，就说："你还好意思说拿孩子当诱饵？你怎么不把你母亲叫去当诱饵？"

我的话刚说完，他突然扑过来给了我一个耳光："我让你说我母亲！"

"你是坏人，大坏蛋，不许你打我妈妈。"就在我被他打得目瞪口呆的一刹那，珊珊突然上去抓起段民贵的手咬了一口。

段民贵一把将珊珊推倒在地上，指着骂说："死丫头片子，今天要不是看在你给我当了一次诱饵，我非打死你不可！"

"人渣，我要不看在珊珊的分儿上，我非把你送上法庭不可。"

"送呀，你有本事就送，我正等着哩。"段民贵说完，屁股一拍又出了门。

我们母女俩只好以泪洗面。

我在想，像这样罪孽深重的人，警察怎么不来逮捕他？那个闯红灯被车撞死的人，难道就不会牵连到段民贵？

我始终没有等来警察带走他的那一天，却盼来了一个比警察带走他还要令我痛快的消息，那便是宋元告诉我的那个消息。他终于死了，死得好，这样的人不死，我们母女就永无宁日。

我终于在那个黑暗无边的隧道里，看到了希望的亮光，那是我生存的希望。

9

上了车，我又想到了段民贵煤气中毒的事。当这个信息又一次出现在我的脑海时，心头不觉微微一颤。据我所知，段民贵从不生火做饭的，即使饿了，不是泡一包方便面，就是去他妈妈那里吃一点。而泡方便面和泡茶，他完全可以用电热炉煮开水，根本用不着开煤气灶。

我又想起了出发前，我带着珊珊来体育广场去坐车，在路口遇到了夏风的情景。他问我："你们大概去几天？"我说："四天，来去四天。"他"哦"了一声说："四天。祝你们玩得开心。"

他为什么会出现得那么及时？他为什么要确认我离开西州的时间？

这一切，难道是巧合？

我不敢细想，但又不能不细想。

到了西州后，我把珊珊直接送到了她爷爷奶奶家。

段民贵的父母早就退了休，这些年被他的儿子搞得焦头烂额，看上去苍老了许多。段民贵的父亲是一个老实厚道的人，而他的妈妈十分刁钻，她把她极端自私的性格毫不保留地遗传给了她的儿子。段民贵堕落之后，她从不在段民贵身上找原因，而是把所有的责任推到我的身上。动不动逢人就说，媳妇是个扫帚星，自从嫁给了她儿子后，儿子的倒霉事儿接连不断。有人听不下去了，就说，既然儿媳不好，就让你儿子离了重新找一个。老太婆的嘴被堵死了，就说，我儿子要离，是儿媳妇不离。有人就揭她的短说，不是吧，你儿子是怎么样一个人谁不知道？老头知道了，就责怪老太婆说，你嚼了一辈子舌根子，到老了，你能不能积点德，再不要乱说好不好？你儿子是怎么样一个人你难道不知道？非要把屎盆子扣到别人头上就舒服了？

老头子见到我们来了，问了一声。老太婆拄着一根拐杖坐在沙发上，一直凉着个脸，等我放下背包后，我说：

"爸、妈，事情你们都知道了？"

"知道了。"老头点了点头说，"昨天我和你妈赶去现场看了一眼，事发太突然了，没想到贵儿就这么走了，我们只好通知殡仪馆把尸体运走了，先把他保存起来再说。"

老头说着，老泪忍不住就流了下来。老太婆脸一拉，突然朝我发起了火：

"别人家都是成双成对出出进进，你要是把我儿子一起拉去，一家三口在一起，他也不至于会发生意外。我的儿呀，你命咋那么苦……"她一边埋怨着我，一边扯着声长哭了起来。

"我们班好多同学都是妈妈带着去的，他们的爸爸也没去，不是也没有中毒吗？再说了，我们老师也知道爸爸吸毒，还知道他上次把我卖给了人贩子，她们都不让爸爸去，你怎么说是我们不带他？"珊珊一听她奶奶抱怨我，就拿出了我昨天的话来对付她奶奶，并且还摆出了吸毒和拐卖这些见不得人的丑事。

老太婆突然停止了哭，脸一下变青了，看着珊珊说："你这个小兔崽子，一点儿教养都没有，你爸爸刚去世，你们母女俩不哭倒也罢，反而拿话来怼奶奶。有这样的孙女吗？"

"你怎么知道我们没有哭？昨天听到消息，我和妈妈都在哭，你不知道就不要瞎说。"

"你看你，一看就是当娘的没有管教好。"

"你这个当娘的管教好了你儿子？"老头子终于忍不住说，"你少说几句谁能把你当哑巴？她们母女俩刚坐了几个小时车回家来，茶水没进一口，你不知道关心几句倒也罢了，一进门就数落起人家来了，怎么不拿镜子照照你自己，像个当婆婆当奶奶的样子吗？这样下去，谁还愿意进你的家门？"

"你就知道当好人，只知道护着外人，不知道心疼你的儿子。"

"你这个老东西，怎么越老越蛮横无理，简直就像一条老疯狗，见人就想咬一口？什么外人？林雪是外人吗？珊珊是外人吗？"

我再也不想听下去了，就说："爸、妈，遇到这种事儿我们都很难过，我们就不要相互埋怨了，还是考虑考虑怎么处理后事吧。我先到那边去收拾一下，等我回来再说，行吗？"

老头摆了摆手说："好，你先忙去吧，珊珊就留在我们这里。"

"妈妈，你早点儿回来。"我临出门，珊珊又叫了我一声。我知道珊珊不想与她奶奶待在一起。

"好的，妈妈一会儿就回来。"我应了一声，离开了段家，才长出了一口气。

我先到家政服务公司叫了三个搞卫生的阿姨，带着她们来到了公寓楼，把那里的卫生好好清洁一下，我打算晚上就搬回来住，然后又给广州路派出所所长宋元打了一个电话，告诉他我回来了。宋元说，你刚回来，肯定还有好多事儿要忙，这样吧，今天你先忙，明天早上你什么时候有空，过来派出所一趟，我把现场勘查的情况给你说说。我说好，明天早上九点我到派出所去找你。

挂了电话，我便想，段民贵不就是煤气中毒而死的？他们有必要把现场勘查的情况给我做个交代吗？这样一想，心就慢慢悬了起来，不会是他们又有别的什么发现？

我感到有些不安。

次日，我按时去了派出所，敲开所长办公室的门，一个胖乎乎的中年男人迎了上来，他热情地说："我就是宋元，请问你就是林女士？"宋元没有戴帽子，稍稍秃顶，和小时候见他那次完全不一样了。

我说："宋所长好，我是林雪。"

我还看到沙发上坐着一位黑脸瘦身的老警察，如果没有记错的话应该就是李建国。

宋元介绍说："他是我们市局的调研员，姓李，叫李建国。"

果然。我点了一下头说："李警官好！"

老警察点了点头说："你好，林雪，那我们上小会议室吧。"

我还以为他们有事，就说："你们要是有事，我改天再来。"

宋元说："不不不，你误会了，我们是要你一起去小会议室，那里安静些，不像这里，说不上三句话就被来来往往的人打断了。"

我说："好的。"就跟他们去了会议室。

小会议室不大，中间一张长方形大桌子，周围摆了几把椅子。进了门，宋元热情地招呼说，坐吧，随便坐。待老警察坐定后，我才在他对面坐下了。宋元立马倒了一杯水，放在了我对面的茶几上，又给老警察的杯中加了水，才坐定说：

"林女士，情况是这样的，前天，也就是 8 月 24 日早上七点一刻，我们接到莲花一村邻居的报案说，楼道里有一股非常浓烈的液化气味道，估计是谁家的煤气泄漏了。我们立即赶到莲花一村二单元，整个楼道里果然弥漫了浓烈的液化气味，根据现场推断，我们发现液化气是从你家泄漏的，敲门无人应声，问周围的邻居，他们只知道你在宏大集团公司上班，不知道你丈夫在哪里上班。我们给你单位打了电话，才知道你头一天带孩子去参加夏令营活动。万般无奈之下，我们从阳台窗户翻入后开了门，进去一看，你家的煤气灶正开着，你丈夫已经身亡了。"

"哦，原来是这样。"

"当然，所谓的煤气中毒，这只是我们对外公开的一种说法，现在还没最终定论，因为，我们还有另一种猜测，认为现场事故可能是人为的。"

"原来是这样？"我不觉冒出了一身冷汗。

"接下来，就请李警官来说。"

"那好，我说，你听。"老警察说，"当时宋所长发现疑点后，立即给我们市局刑侦处打电话做了汇报，我便带着法医去验尸，发现有两个疑点：一是，死者口腔眼睛都有瘀血，我们初步判断是窒息身亡后再遭煤气中毒；第二个疑点是，我们对液化气灶上的那半壶水做了检测，那壶水根本没有开，是冷水。冷水，怎么会溢出来扑灭煤气灶中的火？这可能是人为做出来的假象。所以，我们不能排除有他杀的可能。"

"这……怎么会是这样的？凶手既然把人杀了，为什么还要制造一种假象呢？真让人难以置信。"我摇了摇头，表示不解。

"是的。我们也觉得难以置信，但是，事实就是这样。所以，我们还要做一些外部调查，希望你能理解。"

"我能理解。只是，我已与他的父母商定好了，三天后火化，这不会受影响吧？"

"这不会的，尸体我们已经检查完了，你们什么时候火化都行，不会受影响的。"

"另外，这种猜测，对他的父母需要不需要保密？"

"当然要保密。现在我们只是猜测，还没有足够的证据证明一定是他杀，如果他的父母非要逼着我们交出凶手，我们又交不出来，岂不被动了？我们之所以把这些猜测告诉你，一来，你是死者的妻子，有权知道我们的猜测，并希望通过你，了解到一些有关的线索。二来，你毕竟是知识女性，不会因为我们有这样的猜测，就逼着让我们找出凶手。鉴于此，我们才对你谈了这些。"

"我明白。为了查清楚我丈夫的死因，你们辛苦了。不过，突然发生了这样的事，我心里也很难受，脑子里也很乱，能不能等我把丈夫的后事处理妥了，再来回答你们的问题？"

"没关系，我先问几个简单的问题，可以吗？"

"你问吧。"

"你最后一次见你丈夫大概是什么时候？"

"是 8 月 23 日早上十一点钟，我丈夫要出门，我问他要去哪里。他说几个朋友约好了要去乡下玩，中午不要给他做饭了。"

"他有没有说去乡下什么地方？"

"没有，估计是去马家岸那里的羊肉馆，他常和他的那几个狐朋狗友到那里去打麻将，有时候夜不归宿，有时候很晚了才回来。"

"他的那几个狐朋狗友你认识吗？"

"不太认识，只有一个叫歪瓜的来过我家。"

"歪瓜在做什么事？"

"那几个人好像都没有正经营生，歪瓜住在旧市场那里，听说他过去在他家附近开过一个洗浴中心，后来严打时，把小姐打走了，他也关门了。"

"哦。那天，你是什么时候出门的？"

"我是十二点半出门，一点多在体育中心门口坐大巴去了川县。"

"还有一个问题，想问问你家一共有几把钥匙。"

"四把。"

"能确定，就是四把？"

"当然能确定。"

"现在这四把钥匙都在？"

"都在。平时段民贵带一把，我带一把，小孩上幼儿园时，也带一把，有时我有事来不及接她，就让老师送她回家，可以开门进去。还有一把，放在家里的衣柜里。"

"你女儿叫什么名字，在哪家幼儿园？"

"叫珊珊，在春蕾幼儿园，离我家很近的。"

"她上幼儿园时，钥匙是放在书包里，还是挂在脖子上？"

"一般来讲，家长都是把钥匙挂在小孩脖子上的，这样才不容易丢失。"

"你家的钥匙从来没有丢失过？"

"没有。"

"你现在带着钥匙吗？"

"带着。"

"我想拍一张照片，为了查案子用，可以吗？"

"可以。"我说着从包中拿出钥匙，交给他。

他接过钥匙，拿出手机，拍下了钥匙的正面和反面，然后还给我说：

"放心，我们不会外传的。"

"这我相信。"

"好，我们今天就谈到这里，谢谢你，林雪同志。"

"不用客气。"我站起了身。

"我们过去见过，是在二十年前，你还在区三小上学的时候，扎着一个马尾巴。"

"是啊，这么多年了，没想到我们又见面了。"

"是呀，时间过得真快，你从一个小女孩变成了孩子妈妈，我也由一个中年大叔变成了老头了。好了，你忙你的去吧，有空了，我可能还要找你问问情况。"

"好的，再见！"

打过招呼，出了派出所，我的心一阵一阵地抽紧，尽管我极力地排斥着我的预感，但是，担心的事，还是一步步地逼近了我，让我产生了一种莫名的恐惧。

如果警察的推测是真的，这一劫，还能逃过吗？

夏风的自叙

我已经习惯了黑夜中的踽踽独行，遥望着远处的灯火，知道天迟早会亮的。

1

黑夜其实并不漫长，走着走着，天就会亮。

2018年夏天的这个夜晚，我就是这么走着走着，一直走到了天亮。我用我的脚，丈量出了黑夜的长度，然后疲惫地躺在了校园足球场绿色的草坪上，仰望着天空，等待太阳从东方冉冉升起。

2018年的夏天，据说是我们西州史上最热的一个夏季，西州出了名的泼皮陈胡子，就在这样的热天里彻底砸了自己的饭碗。陈胡子长着一把好胡子，胡子早就变白了，人却还没活明白，一直干着小混混碰瓷的勾当。他碰瓷是有一套的，专碰外地的车辆，而且屡试不爽。就是在这个夏天的8月，他在古楼旁边看到了一辆外地牌照的车缓缓开来，陈胡子凭着多年积累的丰富经验，假装不慎被车剐倒，顺势躺在了地上，刚躺下不久，还没等得及车主下来协商赔款，陈胡子就二话没说立马爬了起来，知道内情的以为陈胡子突然良心发现不想碰瓷了，不知内情的围观者却议论纷纷："大爷人不错。""大爷素质真高。""大爷身体棒棒的。""大爷真是我们西州人的骄傲。"陈胡子却说："你个二屄，你躺下试试，不烫死你才怪哩，要不是大爷我赶快起来，早就被火化了。"从不失手的陈胡子这一次终于失手了，他觉得再也没脸混迹江湖，从此金盆洗手不干了。

后来我路过城东的古楼，果然没有看到陈胡子，看来，他真的洗手不干了。不干也好，少了一个行恶的人，世界就会多一分安分。恶行，就像瘟疫，它会传染的。比如陈胡子，他要碰了驾驶员的瓷，讹了驾驶员的钱，驾驶员就会产生一种坏情绪，他有可能把这种坏情绪带给周围的人，或者会对加油站的工作人员发脾气，或者开车时精力不集中撞了人，被撞的人由此情绪不好，对他的家人和子女发脾气，而他的家人和子女，有可能会把这种坏情绪带给与他们有关联的人。如果他的妻子是一名教师，教师因为情绪不好，可能会无端地向学生发火，学生受了老师批评，情绪不好，可能会顶撞家长，家长如果是单位领导，受了孩子的气，有可能会对下属发脾气，下属挨了领导的批评，有可能会对顾客发脾气，顾客如果是个暴脾气，一言不合有可能就会拳头相向大打出手……恶行或者恶念，说到底，就是一个污染源，源头不消除，恶就会继续扩大，受害的人就会越来越多。所以，我们要感谢这个夏天，终于让陈胡子收手了。

我正这样胡思乱想着，太阳就冒出了头，地上开始升温，草坪散发出了一种潮乎乎的热气，让人感觉很不舒服，我准备回到宿舍里好好睡一觉。暑假的日子很自由，也松散，什么时候想睡就可以睡，什么时候不想睡了也没有人管。可是，我刚站起身来，眼前一晃，就冒起了金星，顿觉天旋地转了起来，我只好闭着眼，尽量稳住神，站着不动，过了好一会儿，等气血在我的身体中平稳了，我才向宿舍走去。我知道我得的是什么病，对身体出现这样的反应尽在我的意料之中，所以，我一点儿也不惊奇。

来到宿舍，不知睡了多久，我突然被一阵急促的手机铃声惊醒了，拿过手机一看，原来是王北川打来的。我接通后喂了一声，王北川说：

"夏风，段民贵死了，你知道不知道？"

"啊？段民贵死了，他怎么死的？"

"是煤气中毒死的。我刚到广州路派出所去找一个朋友办事，是他告诉我的。"

"哦，死了也罢，对他来说也算是个解脱。"

"说得也是。你在干吗？"

"没干吗，在学校里，有空来玩。"

"好的，有空我去找你。"

挂了电话，我睡意全无，心里一下感到十分的空旷。

王北川和段民贵都是我小学的同学，王北川小时喜欢踢球，跟我玩得来，长大后我当了体育老师，在中学教学，他做起了生意，可他对足球的爱好一直没有减退，有空了，就来我们学校，混到师生队伍中踢一阵，白白流了一身臭汗，才痛痛快快地回去。至于段民贵，在我的道德评判中，要比专门碰瓷的陈胡子可恶多了。陈胡子的坏是坏在表面，是小坏；而段民贵的坏是坏在骨子里，是大恶。

自从那年他把我骗到金龙大酒店，故意让我看到了那一幕之后，我才真正认清了段民贵的嘴脸有多么丑恶。当我冲进房内，看到那一幕后，我杀人的心都有了，真恨不得活活地掐死段民贵那个王八蛋。然而，当我看到了瑟缩在床头上的林雪，看到了她看着我的眼神，我不得不犹豫了。那是怎样的一种眼神呀，她的眸子中含满了屈辱、绝望、伤感、无奈，还有一种诀别般的哀求，那是我今生今世看到的最为复杂最为凄美的目光，我似乎读懂了那种目光，她不是让我去仇恨，而是让我认命。

我不知道我是怎么走出了大酒店，也不知道何时醉倒在马路旁。刻骨铭心的相爱，换来的却是痛彻心扉的诀别，我的心在滴血，这是为什么？为什么？就这样，我喊到了天亮，才被一位环卫工阿姨劝回了学校。

我始终不相信林雪会背叛我，更不相信她会贪恋金钱跟了段民贵，这其中肯定另有缘由，不是段民贵在茶和酒水中动了手脚，就是林雪遭到了段民贵的威胁，除此之外，不会有第三种可能。联想起事发前的下午，林雪还与我相约到步行街去吃麻辣烫，就在快下班的时候，林雪突然打来电话说，段民贵要约她到金龙大酒店美食城去吃饭，遭到了她的拒绝后，段民贵说有要紧事儿告诉她，她要不去，明天会后悔的。我说，那你去吧，有什么事随时联系我。她从六点出门，大概六点半到达金龙大酒店美食城，晚上九点半，我收到了段民贵发来的短信。这就是说，从六点半到九点半，在这三个小时的时间里，让事情发生了根本性的逆转。

　　我一定要搞清楚，在这三个小时里所发生的一切。

　　早上，我给金龙大酒店美食城打了一个订座电话，服务员热情地说：

　　"先生，您好，我是金龙大酒店美食城，请问有什么需要我服务的吗？"

　　"我要订晚餐，要一个包间。"

　　"好的，请问先生姓什么？"

　　"姓夏。"

　　"夏先生，您好！我们包房的消费金额不得低于一千二百元，不包括酒水费。"

　　"好，但是，我有一个要求，我想订昨天晚上段先生订的那间包间。"

　　"好的，夏先生，请您稍等，我查一下，看看段先生昨天晚上订的哪个包间。"

　　过了一会儿，服务员说：

　　"查到了，夏先生，昨天晚上段先生订的是8包，您确定要吗？"

　　"好，就8包，我确定了。"

下午六点放学，我匆匆赶到了金龙大酒店美食城的 8 包，负责 8 包的服务员竟然是我的学生，她激动地说："夏老师，原来是您？您可能把我忘了，我叫李艳，去年毕业的，没有考上大学，就来这里打工了。"

"哦，原来是这样。我当然记得，你很喜欢体育。"看着眼前这位其貌不扬的昔日学生，我也很意外。

"对呀，我喜欢体育，学校有什么球类比赛我都去观看，夏老师踢球踢得真好，我们班的男生和女生都喜欢您。"

"谢谢你还记得我。李艳，我想问问，昨天晚上这个包间里的服务员是你吗？"

"嗯，是呀，我一直负责 8 包的服务。"

"昨天晚上，这间包房里吃饭的是什么人，你还有印象吗？"

"有印象，是一男一女，那男的来得早，菜点得很丰盛，女的到来后，好像不太高兴，两个人发生了争执，只喝了些酒，桌上的菜谁都没怎么吃。夏老师，你们是几位？这是菜谱，您想点什么就点。"她交了菜谱给我，拿着点菜器准备写菜名。

我打开菜单，随便选了几个高档菜，看看价格，基本凑到 1200 元了，我收起菜谱，放到一边说：

"李艳，你能不能给我说详细一点，你听他们争吵了些什么？这对我很重要。"

"我上过菜，那男的就让我出去，我只好站在包厢外边，时间长了，进来添点水，添完了就出去。我进来后，他们都不说什么，看他们的样子，好像在为什么事争吵，等我出去了，听到里面又争吵了起来，可我又听不清在吵什么。那男的好像在威胁女的，女的很生气，骂他是垃圾。他们大概说了一个小时，女的喝多了酒。哦，对了，当时我就站在门边，女的好像要出门，站在门边又与那个男的争吵了起来，有一句话我听到了，女的说，把双排扣交给我，我答应你！"

"双排扣？"

"对，她说的就是双排扣。"

"后来，女的就醉倒了，男的过来扶着她，打开门对我说，买单！我去吧台上拿过刷卡机过来，看见女的躺在沙发上。男的刷过卡后，就扶着那个女的出去了。"

"大概是几点钟？"

"我没有看表，好像是八点钟左右，很可能还不到八点钟。"

"哦，好的，你下单去吧。"

"好的。"李艳应了一声，便出了门。

双排扣！原来事情的起因竟是它？

"把双排扣交给我，我答应你！"我能想象到，当林雪说出这句话的时候，她的心已经死了。一枚纽扣，值得她牺牲我们俩的幸福吗？

我的心在不住地流血……

双排扣，只不过一枚小小的纽扣，它却像一个魔咒，扭结住了我们几个人的命运。

2

我当然不会忘记二十年前的那个傍晚，我正在自家的小院里玩耍，突然听到有人在外面叫了一声我的名字，我赶紧跑出了院门，看到是她，高兴地迎上去，说："原来是你，林雪。"

林雪诡谲地向我一笑，突然伸出手来说："你看看，这是什么？"

我一看是双排扣，正是我丢失的双排扣，就高兴地说："你从哪里找到的？"

林雪忍不住咯咯笑着说:"你再仔细看看,是不是你丢失的那枚?"

我急忙拿着纽扣与身上纽扣做了对比,觉得要比我的纽扣小那么一点点,才不好意思地说:"我还以为你真的找到了哩,原来是你给我配的。"

林雪说:"我跑了好几个地方,最终在修补衣服的地摊上找来的,就是稍微小了点,不过,如果不认真看是看不出来的。"

那一刻,我真的很感动,为了一枚纽扣,她居然花了一天的时间去找。我由衷地说:"你真好,谢谢你,林雪。"

林雪却抿嘴一笑说:"这算什么,一个纽扣而已。"

直到现在,我才明白,林雪早已洞察到了问题的所在,她只是看透不说透。那时的我,只是单纯地理解为这是林雪对我的关心,孰不知,这种关心的背后,还暗藏着更深刻的含义,她是在极力地为我补救或掩盖着什么。

二十年的时光,像是一卷长长的风情画,被拉开了,画中所呈现的,总有一些东西会让你终生难忘。

我第一次见到林雪,是过春节的时候,我路过李奶奶家的院门时,看到了一个年纪和我差不多大的小女孩,正站在院门口,手里拿着一串冰糖葫芦,边吃边看着外边的风景。她白净俊俏,目不染尘,一张瓜子脸,宛若巴掌大,更显得眼很大,鼻很挺,口很小,唇很厚,我一眼看去,不觉心生爱怜,就不由自主地站在了她的面前,问:

"你是李奶奶家的什么人?"

"我是她的外孙女儿,叫林雪,树林的林,下雪的雪。你呢?"她看我的时候,目光干净得像一泓清泉。

"我叫夏风,夏天的夏,刮风的风。我就住你们的隔壁。"

"你也上学吗?"

"上,上到五年级了。"

"你在哪所学校？"

"区三小，你呢？"

"太好了，我也要转到区三小来上，也是五年级。以后我们就是同学了。"

"那你过去在哪里上？"

"我过去在珠海上。"

"珠海在哪里？"

"珠海你也不知道？是经济特区，在南方。"

"噢，我现在知道了。"

我真为自己的孤陋寡闻而汗颜，就咧了嘴笑。

她见我笑，也跟着笑了。她笑起来还有两个酒窝。

我说："你的酒窝真好看。"

她说："真的吗？"

我说："真的。"

她又笑了一下说："你的这件衣服也很好看，还是双排扣，哪里买的？"

我一听她在夸我的衣服，心里一高兴，故意挺了挺小胸脯，有点洋洋自得地说："这衣服叫列宁装，是我姑姑在兰州给我买的。"

她说："没想到你把伟人的衣服都穿上了，难怪这么神气。"

我不由咧开嘴巴笑了，继而解释说："列宁装，中山装，只不过是服装的名称而已，是他们曾经穿过这种样式的衣服，并不是他们穿过这件。"

她咯咯地笑着说："我知道，开玩笑哩，小靓仔。"

没想到我们第一次见面，她就送给我一个小靓仔的称谓，这让我的心里感到十分温暖和甜蜜。当时我只知道这是夸人的话，并不知道小靓仔是什么意思。后来我才知道，那是广东话，靓，就是帅气、漂亮的意思。

我和她第二次见面是在新学期的开学典礼上，我看到了她，她也看到了我，我们都是用目光看了对方一眼，没有说话。我不喜欢在人多处说话，更不想让别人知道我熟悉她，我要尽量与她保持着一种距离，我怕走得太亲近了，同学们会嘲笑我癞蛤蟆想吃天鹅肉。

　　她插入我们班后，就引起了全班同学的关注。有个女生说，林雪还会说粤语，说起来叽里咕噜的，一句都听不懂。大家都很好奇，说什么时候让她说几句，听听像不像香港人说话。别人在议论这些时，我就像个傻子，只在一边偷偷地听着，什么话也不说。后来到了六一儿童节，我们班上搞了一次庆祝活动，那一次，在同学们的逼迫之下，她总算给大家说了几句粤语，然后还唱了一首粤语歌。那首歌好听极了，那种味道，就像是港台的小明星。尤其在跳舞的时候，她的身子一旋转，脑后的马尾巴就跟着飞了起来，飞得真好看。

　　林雪经常扎着一条马尾巴，走路的时候，马尾巴就一左一右地甩着，人就显得越发地生动自然。班里的一些女生看她扎着马尾巴，都跟着她扎上了那样的发型，可是，马尾巴是扎上了，走路的时候还是紧贴在后背上，不会像她那样一左一右地甩。我也搞不清楚，这其中的奥秘究竟在哪里。

　　后来，我看得多了，才发现了一个小秘密，林雪慢慢走的时候，她的马尾巴就紧贴在后背上不动了，她要迈开步子走快了，随着身体的扭动，马尾巴就自然而然地甩动起来。这是我在放学回家的路上发现的，我为解开这个秘密万分高兴。当然，还有一点我需要说明，自从林雪插入我们班后，我就一改过去急着回家的习惯，总是要磨蹭一会儿，等到林雪出了教室，我才回家。我常常跟在她的身后，保持着一段距离，既能看到她，还能不让她发现我。我说不清这是为什么，只是觉得这样看着她，走着很好。

　　林雪的马尾巴不光招女同学喜欢，也招男同学喜欢，其中，外校的三个男生也喜欢上了她的马尾巴。一次下午放学回家的路上，那三个坏男生把林雪截在了巷道口，我看到一个男生拉住了林雪，林雪在拼命地挣扎，又挣扎不脱，就大声喊叫着救命！我听到了林雪的叫声，就像战士听到了冲锋的号角，身体内一下充满了无穷的力量，我一个箭步冲上去，要他们放开林雪。其中一个男生堵住我，还打了我一拳，打在了我的脸上，有些痛。但是，我不怕，我觉得我一定要救出林雪，不能让她落到他们手里。我打倒了那个男生，另外两个一齐扑上来把我打倒了，我翻起身，突然想起我的书包里有一把水果刀，顺手掏出来，朝他们挥舞了起来，当时我已经昏了头，如果他们真的上来了，我非要捅倒一个不可。胆小的怕胆大的，胆大的怕不要命的，他们看我像豁了命的样子，都胆怯了。就在他们犹豫之际，我过去拉起了林雪的手趁机逃走了。

那一次，林雪好像很感激我，她说："谢谢你，夏风。"我说："以后我会保护你的。"这是我第一次说出"保护"两个字，而且是对一个我喜欢的女孩说的。话一出口，我突然觉得我像个真正的男子汉了，也突然觉得我长大了许多。看着她向我投来的欣赏的目光，我高兴极了，我觉得为了她，豁出一切都值得，哪怕去死，我也不害怕。

期中考试后，大家都在等着考试结果，渴望知道自己考得怎么样。可我最想知道的并不是我的成绩，而是想知道林雪考得怎么样。我也不知道我为什么会这样，是好奇，还是对她关心？我说不清楚。

各门课的成绩公布后，结果大大出乎我的意料，林雪的成绩远远高过了我，成了班里的第一名。大家都在夸奖她，可是，我没有看出来林雪有多高兴，她还是她，很少说话，也很少笑，放学就回家，生活按部就班。倒是我，与她一比，觉得很自卑。就暗暗下了决心，要好好地学，争取在下次考试中，我也能拿个好成绩。

就在这学期的期末，我发现有三次，下午放学后，班主任甄老师叫下了林雪，说是要给她补课。我有些奇怪，林雪学习那么好，还要补什么课？要补，也应该给学习差的同学补一补。同学们对甄老师的这种做法都有意见，说他偏心眼儿，只对漂亮女生好，对男生一点儿都不好。我也觉得是这样。有一次，我与王北川去参加足球训练，我俩都是区少年足球队的，去甄老师那里请假，他不但不支持，还说我们不务正业。王北川就在私下里气狠狠地骂，他才不务正业哩，就知道叫漂亮女生补课。

林雪被甄老师第三次叫走补课时，我产生了极大的好奇，想听听甄老师到底给她补什么内容。甄老师前脚带走了林雪，后脚我就悄悄跟了去，一直看着他们进了办公室，我就在不远的墙角下蹲了下来，假装逗蛐蛐玩。大概过了二十分钟，我看到周围静悄悄的，老师和学生都走光了，我就悄悄地溜到了甄老师屋子的门口，把耳朵紧贴到门缝上，偷听了起来。我隐隐约约听到林雪在哭，好像说："不要……痛……"甄老师说："我保证每次考试都让你得第一，以后让你上大学。"我听到林雪还在哭："不要……不要……"甄老师说："你忍着点，慢慢就好了……以后我会关心你的。"

我听着很奇怪，补课怎么会补痛，还说忍着点？我还想继续听下去，又怕被人发现，只好悄悄离开了。其实我并没有走远，我到了离甄老师办公室很远的地方，还是假装逗蛐蛐，眼睛却始终盯着他的房门。我想起了刚才偷听到的，慢慢过滤了一遍，觉得不对劲，这不是在补课，一定是甄老师逼着林雪做她不愿意做的，她才说不要，才说痛。这样一想，我大概知道了什么，我的呼吸立马紧张了起来，就在那一刻，我突然对甄老师产生了一种恨，他是老师，怎么会对自己的学生那样？

大概又过了好长时间，我才看到门开了，林雪低着头走了出来。我怕被甄老师看见，赶紧顺着另外一道墙根溜走了。

出了校门，我远远地看着林雪走上大街，然后拐进了巷子中。林雪走得很慢，后脑勺上的马尾巴直直地垂在肩上，不像平日那么一左一右地甩了，人也就失去了往日的神气。我很想跟上去，问问她，到底受了什么委屈。可我怕她知道我跟踪她，以后再不理我了。所以，我只能远远地跟着，就像往常一样，保持着一定的距离。

这件事我没有向任何人说过，就是对我要好的王北川也没有说。我只想把它烂在我的肚子里，为林雪守住这个秘密，守它一辈子。

没几天就放假了。我希望到了下学期，学校能把班主任换了，把数学老师也换了。可是，到了第二学期，班主任还是甄老师，数学课还是他教。一上他的课，我的脑海里就想起了我偷听到的他说过的话，一下子就对他产生了强烈的反感。他教的数学课，我越来越不想听了，我的数学成绩也由此越来越差。

没想到开学不久，甄老师又一次叫了林雪去补课，我看到林雪跟在甄老师后面，低着头，慢慢地走着，样子极不情愿，可是，没办法，老师叫学生去，学生不能不去。不要说是林雪，就是班里最调皮的学生，老师叫他，他也不能不去。我一点儿也不怨林雪，我只是觉得甄老师太无耻。我依然尾随其后，看着她进了甄老师的办公室，依然躲到很远的地方假装逗蛐蛐。这一次，我再没有去偷听，我已经知道了甄老师是怎么给女生补课了，我要再去偷听，怕被人发现了。

就这样，我一直在外面守护着，直到林雪走出门来，我才长长地透了一口气，从旁边的墙根里赶快溜到了校门外。我依然跟在林雪的后面，依然保持着一定的距离，她依然扎着马尾巴，可是马尾巴还是紧贴在她小小的后背上，没有了左右摇摆。看起来她走得很吃力，到了巷子中，她用手捂着小腹，突然蹲了下来。我赶紧走上前去，问她怎么了，看到她的头上脸上挂着大颗的汗珠，脸色一片苍白，心想她一定是病了，就问她需不需要我送她去医院。她说没关系，然后强忍着站了起来，慢慢地走着。后来，她突然向我说了一句，她想退学。就在那一刻，我心里一颤，产生了一种强烈的预感。我决不能让她退学，就说："以后我会好好保护你。"她听着，哭了。这是我有生以来第一次看到女孩向我哭泣，我知道她把我当成了她信任的人，当成了她值得在我面前流泪的人。我又说："谁欺负了你，你告诉我，我给你报仇！"她摇了摇头，却说想她爸爸妈妈了。

她很聪明地转移了我说话的目标，但是，她能转移，我却不能转移。我知道她为何要退学，我也知道她为何哭了。

经过了漫漫长夜，新的一天又来了。次日早上，在上学的路上，我看到她背着书包上学的样子，又恢复到了以往的神气，我在很远的地方就看到了她的马尾巴，一左一右地甩着，那样子令我十分开心，就跑上前去，叫了她一声，林雪，我们一起上学走。她点了点头，嗯了一声。看得出来，她的心情比昨天好多了，我真希望她能永远好下去。走了几步，她看着我说，你的双排扣少了一枚，你的头发怎么烧焦了？我摸了一把头发，心里一下慌了，急忙不好意思地说，昨晚点蜡烛找东西时不小心烧了，我得回去弄一下头发，你不要对别人说。说完，立即返回了。

一路上，我看着路面，希望能找到我那枚丢失的双排扣，我到了我以为会落下扣子的地方看了看，还是没有找到。我不知道它究竟掉在了哪里，不觉有些怅然若失。等我回到家，将我烧焦的头发剪了，匆匆来到了学校，就听到了一件爆炸性的新闻，我们的班主任甄初生被烧死了，死在了自己的宿舍里。

3

学校终于给我们换了新的班主任兼数学老师，她是一位漂亮年轻的女老师，她的课讲得真好，比起那个死了的甄初生不知道要好多少倍。从此，我由厌恶数学课变成了喜欢数学课，我的数学成绩也有了突飞猛进的增长。我由此也发现了一个秘密，对一门功课的喜爱与讨厌，有时候不在学科本身，而在于是谁教这门课。我相信，像女老师这样的老师教什么课我们都会喜欢。

甄初生活着令人讨厌，死了还阴魂不散。我所说的阴魂不散，指的是他的死招来了警察，警察又对我们班的学生进行逐个谈话，搞得大家好几天都不得安宁。

警察叫我去谈话的时候，大概是下午。问话的是位老警察，坐在旁边记录的是位小警察。

老警察问："你叫什么名字？"

我说："我叫夏风。"

老警察笑了一下说："夏风同学，我现在开始问你，你有什么就说什么，把你知道的或者听到的说出来。"

我点了点头。

"你听到你们班主任老师被火烧死的消息后，有什么感想？"

"没有什么感想。"

"难道不感到恐惧？"

"我又没有看到他的尸体，如果看到了，就会恐惧。"

"那我问你，9 月 14 日，也就是星期四凌晨三点之后，你在做什么？"

"睡觉。"

"有人能证明吗？"

"我的爸爸妈妈能证明。"

"如果说，有人放火烧死了你们甄老师，你会怀疑是谁干的？"

"我不知道，大人的事，我们小孩怎么知道？"

老警察的脸上挂着笑容，可他的眼睛就像两把匕首，盯得我心里有些怯。

"你们同学中，谁最恨甄老师？你放心说，我们不会把你的话传出去的。"

"刚才我听到班里好几个同学说，甄老师死得好，他死了，给我们换来了一位很好的吕老师当班主任。说这样话的，算不算恨甄老师？"

"他们是谁？"

"是王北川、段民贵、何作虎。甄老师过去批评过他们，他们可能对甄老师有意见。"

"甄老师批评过你没有？"

"没有。他一直对我很好的。"

"哦，好了。夏风同学，我们今天的谈话就此结束，以后你要想起有什么说的，就来找我们。"

"好的。警察叔叔再见！"

走出谈话室，秋天的阳光刺在我的脸上，感觉很难受。这阳光，也有点像老警察眼中的光，很锐利。老师和同学们都说甄初生是自己不小心引发了火灾，老警察怎么就看出了甄初生是被人放火烧死的？这个老警察真是太厉害了。

老警察最终没有查出结果，校方以甄初生用火不当引发事故作了了结。

这件事已经过去十多年了，可我，怎么也没有想到，那枚丢失的双排扣，原来是被段民贵捡走了，而且他竟然不声不响地保留了十多年，最后在他的手里变成一把利器。

这个段民贵实在太可怕了。

4

当我查清了金龙大酒店美食城发生的事情后，一切都晚了，我知道我已经无力挽回了，林雪之所以向段民贵做了妥协，那一定说明段民贵捏住了我的七寸，林雪为了我，才不得不拿她的一生做赌注。

既然无力回天，只好选择放手。即便心有不甘，那又如何？我决定不再联系林雪了，那样，只会让她徒增烦恼，加重痛苦。

有一种爱，叫放手。爱，并非占有，更是守护。就像你爱蓝天，爱白云，爱花草，爱树木，爱高山大川，爱日月湖泊，你不可能占有，只有守护。守护，才是最好的爱。

时隔一月多，我听到了段民贵和林雪结婚的消息。我没有到他们的婚礼上去大吵大闹，更不会像狗血电视剧上描绘的那样，跑到结婚现场去抢新娘。那些电视剧的编导的脑袋肯定是被驴踢坏了，否则，怎么能编出那样根本不符合情理的剧情？新娘她是活生生的人，又不是从天上抛下来的绣球，谁抢到就是谁的？她既然上了结婚现场，说明她已经去民政部门办理了结婚证，她已经认可了这门亲事，你想抢就能抢回来？再说了，结婚证是受国家法律保护的，她领了结婚证就成了别人合法的妻子，你到大庭广众之下抢别人的老婆，这和明目张胆地拐骗儿童、打劫金店有什么区别？

所以，这样的蠢事我不会干的，我更不会让林雪的心里雪上加霜，更不会让世人误以为她嫌贫爱富而诋毁她的人品。我唯一能做的，就是一个人默默地喝闷酒，直到把自己喝得不省人事为止。

我记得那是星期六的下午，我醉倒在了学校足球场绿茵茵的草坪上，感到草坪和天地一起转动了起来，我还看到了林雪向我投来的眼神，那是世界上最复杂最凄婉的眼神，足以让人一生难忘。我还听到了有人在说，夏风，醒醒，醒醒。我不知道她是谁，声音很轻，但我肯定她不是林雪，她已经成了别人的新娘，不会再这么叫我了。我想看看她是谁，眼皮很沉，睁了几下，没能睁开眼，我就什么都不知道了。

　　等我醒来的时候，睡在一张绵软的单人床上，睁眼一看，一切都很陌生。

　　"夏风，你终于醒了？"

　　随着一声轻柔的问候，我才看清，她是同校英语老师赵蕾。

　　我说："原来是赵老师，我怎么在你这里？"

　　她说："你忘了，昨天醉倒在足球场。我只好把你这位大神请到我这里来了，否则，一夜过去怕早被蚊子吃成骨架了。"

　　"谢谢你，赵蕾。"

　　"没有什么好谢的，我这样做也是为了我，与其让蚊子把你吃了，还不如救下你等以后我有空了吃。"

　　没想到她还这么幽默，我苦笑了一下说：

　　"现在是什么时候了？"

　　"已经是早上了。"

　　"我怎么睡了这么久？"

　　"你问我我又去问谁？"赵蕾从鼻子里哧了一声。

　　我感觉整个喉咙被点了火，烧得干疼。下了床，想喝水，赵蕾已经给我端到了面前，我接过水杯，驴一样喝了个精光，才说："我没有非礼你吧？"

　　赵蕾又轻蔑地"哧"了一声说："睡得像头猪一样，还非礼我？我非礼你还差不多。"

"那就好。"

"好什么好？是不是怕你非礼了我，我赖上你？"

"我这样的人，谁能赖上我？"

"行了，看你这德行，不就失了一次恋吗，有什么想不开的，好像谁没有失过。"

"你也失恋过？"

"废话，像我这么有范儿的女生，要是不失恋几次，说明我活得太不成功了。"

"什么逻辑，难道失恋多次就算成功，不失恋就不算成功？"

"这个逻辑就是证明，别人爱过本人，本人也爱过别人，懂吗？"

"不懂！"

"正因为不懂，一个晚上你才会一直念叨着那个女人的名字。"

"对不起，影响了你的休息。"我看了看她的宿舍，除了一张单人床，就是一个桌子，两把椅子，就说："你一晚上都没有睡？"

"我傻呀，我不睡难道傻坐着看你睡？"

"你是坐在椅子上睡的？"

"有床不睡我有病？"

我不得其解，愣愣地看着她。

她噗嗤笑了一声说："我是挤在你身边睡的。"

我嘘了一口气，拍了一下脑门，什么都想不起来了。

"怎么，是不是怀疑我非礼了你？"

"非礼了我，你不吃亏吃大了？"

"早知道你这么认为，我真想吃一次亏。"

"等下次吧。"我勉强地笑了一下，起身道："谢谢你的救命之恩，改天请你吃饭，以谢大恩。"

"你要诚心感谢，就不要改天了，今天晚上，说定了。"

"好，晚上。"没想到赵蕾逼得这么紧，我不得不答应了她。

赵蕾是与我同年分到市一中的,她是师大英语系的,也算是校友,所以说起话来很是随便。她特别喜欢看足球,在大学时,就是啦啦队的足球宝贝,到一中当了老师,每逢世界足球赛事,她就像打了鸡血一样亢奋,连夜守着电视机观看,一双秀气的丹凤眼活生生地熬成了一对熊猫眼。当然,凡是我们学校和市上有什么足球赛,她也从不放过,某种程度上讲,她也算是我的一个足球粉丝。她对我的爱慕,早在大学时就萌生了,只因那时我心里只装着林雪,根本无暇顾及他人,很快地,她也有了男友,两人就此打住。毕业后,我们分到了同一所中学,两人相见,只剩下了调侃。

　　客观地讲,赵蕾为人不错,也算是个美女,颜值和身材都很出众。她是属于豪迈奔放型的,性格中的凌厉和主动,大于柔美和含蓄,这恐怕与她喜欢足球有很大的关系。

　　晚上,我真的请了赵蕾。

　　她想吃火锅,我就请她吃了海底捞。

　　她被辣得满头大汗,嘴里一边嘘嘘嘘地吹着气,一边旁若无人,大口大口地吃着。

　　"你矜持一些好不好,哪像个女生?"我故意损她说。

　　"我才不要矜持,细嚼慢咽,像个无牙老太太,吃起来不香,不痛快。"

　　"你不觉得这样吃相极为难看吗?"

　　"本宫这叫凌厉,哪里难看?不懂得欣赏。"

　　事实求是地说,她的身上还真有一种感染力,那可能就是她的有趣和另类所致。

　　"好了,不要只顾欣赏美女吃饭,要是看不够,以后多请几次。"

　　"想得倒美。"

　　"别人想请本宫还请不到哩,你以为我这吃相谁想看就能看到?好了,你也多吃一点,增加点营养,好好补补你受伤的小心灵。"

说实在的，赵蕾的这种凌厉的语言风格还真的能让人开心不少，只是我受伤的心灵还没有恢复过来，一时还跟不上她的节奏。如果在对的时间里遇到她，也许会很快擦出火花。可是，现在的我还是擦不出来。

那个阶段，唯一能让我解脱的方式就是踢球，我每天都要踢一场，当我耗尽了全部体力，累倒在草坪上时，才能让我得到一时的安宁。

王北川就在这个时候出现在我的身边，坐下说：

"真没想到，你现在的球踢得这么精彩，真令人羡慕。"

"我除了踢球，一事无成，羡慕什么？哪像你，左手捞钱，右脚踢球，想玩儿了就来踢一场，不想玩儿了就到三宫六院去当皇帝，这才叫潇洒。"

王北川一听哈哈大笑了起来，那笑声就像一支迎风而吹的唢呐，洪亮而悠远，笑完才说："哪有你说得那么潇洒，三宫六院也不是我独享的，是为别人预备的。再说了，这个行业能干多久还说不准，没准儿政府哪天一道令下来就叫停了。"

王北川说的是实话，那时候他正开着桑拿中心，养了一后宫小姐，做着皮肉生意，钱来得快，风险也大，各个环节要是处理不当，饭碗就有随时被砸的可能。

躺了一阵，王北川要拉我到学校旁边的一家酒馆里去喝酒。几杯白酒下肚，王北川的话就多了起来。

"哥们儿，你最近憔悴了许多，我劝你还是想开些吧，这也不能完全怪林雪，现在的女人，哪个不是趋财逐利？我之前的那个女人，不就是个例子？在我落难的时候，她屁股一拍跟人走了，你说我能怪谁？"

"我不怪她，我谁都不怪。"我摇了摇头说，"这世上，有缘无分的多的是，也不差我一个。"我知道王北川从根本上误解了林雪，但是，我还不能纠正，只能让他将错就错。

"这段民贵，也真是，世上的女人多的是，他为什么偏偏要撬你的女人？搞得林雪也很不开心，结婚典礼那天我去了，主婚人学着牧师的那套话问林雪，你是否愿意嫁段民贵为妻，爱他，安慰他，尊重他，保护他，像爱自己一样，不论他生病或是健康、富有或者贫穷，始终忠于他，直到离开这个世界？没想到林雪半天没有回答，在场的人都在为她捏着一把汗，段民贵的脸上也挂不住了，一阵发青。主婚人又问了一遍，林雪才勉为其难地轻轻说了声，愿意。看来，强扭的瓜不甜。"

王北川的话一下戳到了我的痛处，我完全理解林雪当时的心情，要她在众人面前答应她不愿意的事，那是多么的难！我假装随便地问："现在，他们过得怎么样？"

"自从他们结婚后，我再没见过林雪，段民贵倒是常见，他动不动来桑拿中心找小姐。我还开玩笑说，你过去是单身，寻花问柳倒也正常，现在成家了，你也得顾及一下林雪的感受。段民贵却说，我顾及她的感受谁又顾及我的感受？老婆是老婆，外面是外面，各是各的味道。听他说话的口气，我估计他们两口子过得并不开心。段民贵这小子，过去也没有觉得他有多坏，这几年有了两个钱后，怎么变得越来越不像人样了？"

"人都在变，你不是也在变吗？你说你，正经生意多的是，你不做，偏偏要做这种皮肉生意。"

"这不也是市场经济的需要吗？我也是顺应历史发展的总趋势，搞搞服务而已。"王北川嘿嘿笑着，眼睛一眯，露出了一口大黄牙，倒也觉得很实在。

"不过，我还是劝你小心些，不要栽进去了。"

"那是，那是。来，走一个！"

王北川端起酒杯，我知道他不喜欢我说这样的话，也就端起杯子，不再多说了。

那天，我的脑海里一直想着林雪，那定格在结婚典礼上的画面久久在我的脑海里徘徊着，她的眼神一定忧伤得近乎凄美，她迟迟不回答主婚人的问题，是在期待着什么？我一边想着这些问题，一边喝酒，不知不觉喝高了，王北川要送我回学校，我大手一挥挡住他说，别送了，我没醉。

就这样，我一个人飘飘忽忽来到学校的公寓楼前，经风一吹，身体就摇晃了起来，我只好扶住了墙，真想大声哭一场。

就在这时，赵蕾正好路过，她看到我这样子，就扶着我说："怎么，人家都结婚了，你还自己跟自己过不去，又去借酒浇愁去了？"

"我没有愁，你才愁。"我说。

"我愁什么？"

"那你愁……是愁嫁不出去了。"

"哧。"她的嘴里又发出了一声不屑，然后说："想嫁还能嫁不出去？那我让你瞧瞧，今天本小姐就嫁出去。"

她说着就半扛半拖，把我拖到了她的宿舍，然后把我扔到了她的绣床上，打了一个热毛巾，给我擦了擦脸。

我感觉舒服多了，就抓住了她的手说："你是不是要非礼我？"

她咯咯一笑说："想得美，谁稀罕你！"

我松开了她的手，道："不稀罕……就算了，我稀罕你……总行吧？"

她说："这还差不多。"

我觉得她在脱我的鞋，我的外套也好像被她脱了，我已经迷迷糊糊的了，接下来发生的事，好像一半在梦里，一半又在现实里，总之，我只感觉到有一种美妙席卷了全身，让我遍体通透，然后，我就不知不觉地沉睡了过去。

次日天还没亮，我就醒了，竟然发现我和赵蕾睡在一张床上，赵蕾的一条美丽雪白的长腿正优雅地搭在我的身上，微微弯曲的样子，有点像跳钢管舞时的造型，我轻轻摸了一下，质感不错，光滑细腻，弹性很足。

我明白我和她已经发生了什么。

既然生米做成了熟饭，我就不能白白浪费了这口好饭，吃一碗是吃，吃两碗也是吃。我还想吃一碗，于是，我的手就从下到上摸了起来，渐渐摸到了关键处，她睁开了迷蒙的眼，轻声说，还想要吗？我说，想。

要完了，我突然有了一种想结婚的念头。我知道，如果我继续单着，无疑会给林雪造成某种精神压力，让她生活得不踏实，我只有结了婚，有了自己的家，她才会放心。而我，也需要成立一个家，这样，我才会正视现实，不至于老是沉迷于过去。

一个月后，我们俩领了结婚证。从街道办事处出来后，赵蕾一脸阳光地说："以后，你就成我的人了。"

我说："从那天你强奸了我之后，我早就已经成你的人了。"

她笑着说："搞错了没？哪有女的强奸男的？"

我说："可你，就创造了这样的奇迹。"

她疯笑着说："那天你醉得像死猪一样！"

我说："只有醉得像死猪你才好下手。"

她咯咯咯地笑着说："那你可要小心了，以后不要再醉成那样了！"

我坏笑着说："好吧，以后我要严防死守，绝不给你机会，除非我想……"

"夏风，我现在才发现你真坏呀，难怪有那么多女粉丝喜欢看你踢球。"

"你还讲不讲点逻辑？"我笑着说，"这是两个不同的概念，看踢球是因为小爷我球踢得好，不是因为我坏她们才看我踢球。再说了，我的那点小坏，只对你，又没有对那些女粉丝。"

"那你以后不许对其他女孩坏！"

"好，以后我只对你坏，对别的女孩都好。"

过了半天，她突然反应了过来："不对呀，你这是什么逻辑，怎么能对自己的老婆坏，对别的女人好？"

我就偷偷笑了说："是你不许我对其他女孩坏，现在又反悔了？"

"可是，我也没有说让你对她们好呀！"

我和赵蕾的对话始终没有一个正形，也可能就是这种没有正形，才让我们不经意间走到了一起，我觉得这样也好，会让人活得轻松些，不那么累，也不会给我带来某种心理压力。

5

我去给王北川送请柬，没想到段民贵也在那里。自从那次在金龙大酒店与段民贵拳脚相向后，这是我第一次见到他。段民贵见我只给了王北川请柬，没有给他，就不尴不尬地说：

"哟，没想到我在老同学心里就这么不受待见，只请王北川，不请我，是怕我掏不起礼钱，还是怕我去添乱？"

"知道你段老板有的是钱，也知道你犯不着到我那里去添乱，就是不想请，这一点你应该比谁都清楚。"

"你看你，还是人民教师，就这点气量怎么教书育人？事情都过去那么久了，还放不下。"

他说着，假装友好地把手搭在了我的肩上，我轻轻地拨了下去，道：

"这不是气量大小的问题，道不同，不相为谋。"

"好好，夏老师的意思就是说你上了大学，端上了铁饭碗，瞧不上我们这些端泥饭碗的了？"

王北川马上打断话说："好了好了，你们两个，一年不见面，见面就吵上了。民贵，你少说几句行吗？"

"哦，没想到王北川你也偏向他？难道弱者都需要我们来同情吗？"

王北川说："你看你，这话说得就不中听了。"

"不中听就不要听。"段民贵说完，一转身就下楼走了。

我马上跟了下去，等他出了大门，我叫住了他：

"段民贵，你给我站住！"

"哟，是不是又想动拳头？"他转过身说。

我一把揪着他的衣领说："我警告你，既然你那么爱林雪，把她从我的手里抢了过去，就必须担当起男人的责任，好好对待她，不要吃着碗里的，还想着锅里的，到处寻花问柳来伤害她。"

"警告我？你以为你是谁，还警告我？我告诉你，林雪现在是我的老婆，我爱咋地就咋地，用不着你咸吃萝卜淡操心。"

"那你就等着瞧，有你满地找牙的时候！"我说着，一把推开了他。

"那我等着，看你能怎么样！"

"算了算了，你们两个怎么又吵上了？"王北川过来拉开了我，段民贵气狠狠地哼了一声，转身走了。

我和赵蕾婚后还算幸福。我是一个喜欢简单的人，赵蕾也是，这一点我们俩倒是很相似。我对她用情不是太深，她对我用情也并不是太深，我们彼此都把对方当成了情感的所需，而不是情感的唯一寄托，这便使我们生活起来相对轻松，也随意。尤其让我感到和谐的是性生活，赵蕾始终保持着她当足球宝贝时的狂热激情，投入而且专注，这一点很能感染和激发人。

有一天，我们激情过后，两个人像鱼干一样在床上晾了一会儿，她伸过一只手来，摸着我的胸毛说：

"亲，问你个问题，必须老实回答。"

"问吧，什么问题？"

"你在和我做爱的时候是不是还想着另一个女人的肉身？比如你的前女友林雪，你会不会借我的身体，想着与她的种种？"

我哑然了，不知道怎么回答好，如果说没有，不是真话。如果说有，又让赵蕾情何以堪？我只好反问道：

"你是不是有过这种感受，才问我有没有？"

赵蕾咯咯地笑着说："别骗我了，你有。我当然也有，没有什么不好意思承认的。"

"你真的有？就是那个假洋鬼子？"我有些惊奇地问。

"我不否认，就是他。与你做爱的时候，我真的无法从脑海里排除掉他，有时候分不清是与你还是与他，或者你们两个合二为一。"

"这种感觉，你是不是觉得很好？"

"当然很好，你不觉得吗？"

她的一句诘问，让我又是一阵哑口无言。

我承认我有过，可是，这毕竟是极私密的个人感觉，她怎么这么直率地告诉了我？

"喂！你是不是吃醋了？"

"当然吃醋了。我的老婆与我做爱的时候，在想着另一个男人，我能不吃醋？"

她一下哈哈大笑着说：

"夏，你真可爱。我也不介意你与我做爱的时候想你的前女友，或者是另外的女人。只要你身体在我这里不要出轨就行。"

"你难道不知道吗？精神出轨要比身体出轨更为可怕。"

"别耸人听闻，没有那么严重。精神是独立的，它就像一匹脱缰的野马，自由奔放，无拘无束。我们可以约束身体，但是不可以约束精神，即便是你想约束，你能约束得了吗？比如说，你在街上看到一位美女，你突然产生一种想与她上床的欲望，你看到了银行柜台上码成大摞的人民币，心想那些钱要是你的该多好。你只是这么想一想，能说明你卑鄙吗？"

她把我说得哑口无言了。我不得不承认，她的话有一定的道理，但是，让我当别的男人的替身，我又觉得冤屈。

"那个假洋鬼子，他知道我们结婚的消息吗？"我想到了我原来为他当替身，就有些醋惺惺地问。

"不知道他知道不知道，反正我没有告诉他。"

我所说的假洋鬼子，指的是赵蕾的大学同学，也是她的前男友。她曾经告诉我，他们在大学相好了两年，那是一个浪漫、阳光、激情四射的男孩，省城人，家境很好。大学毕业后，他去英国留学，与她相别还不到两个月，他就从遥远的异国他乡给她发来了一封断交信，告诉她，亲爱的，我结识了一位英国女孩，我没有办法抗拒她的美丽与诱惑，很快就被融化在她那异国风情的怀抱里。我不想欺骗你，我和你，只能告一段落，就像我俩共同坐了一趟火车，到站了，只能是你走你的，我走我的。赵蕾给我口述这封信的时候，我的确感到了这个假洋鬼子的浪漫，连分手都是这么地轻松，不带走一点点的伤感。可是，赵蕾收到这封信之后，却在宿舍里窝了两天，把一双明媚生辉的丹凤眼哭成两只烂桃子，哭完之后，到餐馆里点了一份大盘鸡，两瓶啤酒，风卷残云般地吃喝完后，打着嗝儿走出门来，又若无其事地放了两声响屁，才觉得把失恋带来的忧伤统统排泄走了，浑身感到舒畅无比。

赵蕾的叙述与她本人的行事风格一样，痛快淋漓。我相信她的讲述是真的，两声响屁到底有多响我不知道，佢是放屁的事肯定是真的，这符合她的个性。既然她已经把那个假洋鬼子放下了，为什么还对他这么念念不忘，尤其是做爱的时候想着他，反把我这个丈夫当成了他的替身，这让我一直很沮丧。

赵蕾的过分直率，让我一度对我们的婚姻产生了动摇，但是，当我从人性的角度，再次对自己做了深刻的解剖之后，我却惊奇地发现我与她有着惊人的相似之处，我没有理由不对此有所释然。

这一心理波澜过后，我们的生活又恢复如初，该买菜就买菜，该做饭就做饭，想做爱了就上床，我们计划着等有了自己的房子，再生个孩子。为了实现这个目标，我们一起筹款交了预付，从此加入到了月供房贷的大军。如果我们的步伐一直朝这个方向迈下去，我的命运也不会太差，至少和中国大多数工薪族一样，生儿育女，平稳退休，然后白头到老。但是，问题偏偏出在了不可预测上，赵蕾上省城参加了一次大学同学五周年聚会活动，回来之后，就一下打破了我们之间的平衡。

赵蕾先是做了一番铺垫，激情饱满地与我进行了半个多钟头的肉搏之后，才偎在我的怀中，像上次一样，一边用手指抚弄着我的胸毛，一边说："亲，向你请教一个问题。"

我看着她十分乖顺的样子，已经预感到有一种不妙正在悄悄发生，就说："得了，你还是直接问吧。"

赵蕾这才说："如果林雪现在还是单身，要你离婚与她过，你会离吗？不许你说假话，也不许你回避，直接回答我。"

"这种假设不可能成立，如果她是单身，我肯定不和你结婚。"

"那么，如果她现在离婚了，非要嫁给你，怎么办？"

这个问题倒是击中了我的要害，要是真的那样，我可能会陷入两难之中，但是，我知道赵蕾要套我的话，就说："那我也不能同时娶两个老婆，有你一个就够了。"

"你就不想着跟我离了娶她？"

"不会的，既然我娶了你，我就不能伤害你。"

"如果我不觉得这是对我的伤害，觉得你与她更适合，要主动退让呢？"

"那我也不能让你退让，要让，也是她退让。"

她的小伎俩终于被我识破了。突然她轻轻揪了一下我的胸毛说："讨厌，你肯定说的不是心里话，不理你了。"

我知道她心里有事，想对我说，又开不了口，才故意引我上钩。我没有上钩，她没招儿了，只好使出了小性子，我也只好假装糊涂地说："好，累了就休息一会儿。"

过了一会儿，她突然转过身，面对着我说："亲，你猜我们这次同学聚会我碰到谁了？"

我说："还能碰到谁？不就是假洋鬼子嘛。"

她突然惊奇地问："你怎么知道的？"

我说："还用问，猜也能猜得到。说说吧，你和他又发生了什么，是不是又上床了？"

"没有，我只是精神出过轨，绝没有与他再上床，我可以对天发誓。"

"他是不是浪子回头了，又追你了？"

"天呐，你真不简单，什么事都瞒不过你。他正式回国了，在省城的一家上市公司任了高管。"

"他之前不是有了英国女郎了吗？是不是又被他甩了？"

"他何止甩过一个。与那个英国女郎好了不到一年多，他又与一个黑人女孩好了半年，然后又与韩国青春美少女好了一年多，回国时分手了。"

"他应该再续读两年，等把八国联军的女人统统搞一个轮回再回国，也好彰显我们中国男人的威武。"

"哈哈哈，你是在夸他，还是损他？"

"我想揍他！这么不负责任的渣男，还好意思向你炫耀？"

"哈哈哈，你好可爱。"

"他是不是说，他真正爱的女人还是你？"

"你真的神了，他还真的是这么说的。这几年他只是出于好奇，与别的女人尝试过了，回过头来想要成家，还是觉得我最好。"

"那你就这么轻易地相信他说的鬼话？"

"他这次说的不是鬼话，他现在真的不一样了，该玩的也玩过了，工作也固定了，人也成熟了，真心想找人结婚过日子了。"

"那他就找呀，为什么又盯上了你？"

"他说他还是忘不了我，让我回心转意，与他好好过日子。他还通过关系为我找到了一份工作，也是一家上市公司，做翻译。你说，我能不动心吗？"

"你是对当翻译动心，还是对他动心？"

"嘿嘿嘿。都动心！"

"我真想扇你两巴掌。"

"那你扇，只要不打我的脸就行。"

对赵蕾这样有胸无脑的女人，我真拿她没办法。你说她傻吧，她还鬼聪明，你说她聪明吧，她被人卖了还要帮助别人数钱。我说：

"你是不是决定了，要跟他一起生活？"

"我真的无法抗拒，因为他毕竟是我的初恋情人，这种感觉你懂。老公，你还是放我一马吧。"

我没有理由不放她一马。她把话都说到这个份儿上了，我还能怎样？即使我把她拴在我身边，她的心已不在这里了，拴下又有什么用？人生就像一次长途旅行，沿途总有一些意想不到的事情要发生，谁都无法保证陪你到终点。好聚好散，一别两宽，并没有什么不好。

我们从街道办事处办完离婚手续出来后，她说：

"亲，我还有些事儿没有处理完，得在你这里待上几天，可以吗？"

我说："行，没问题，待多少天都行，只要你愿意。"

"你要是想与我做爱，我会照常像夫妻一样与你做。"

我说："好，你要想强奸我的话，也随便强奸。"

她开心地咯咯一笑，像个刚刚下了蛋的小母鸡。"你真好。夏，我会想你的。房子留给你，房贷也留给你还吧，等以后我要是发达了，我再帮你还房贷。"

我真佩服她的超脱和潇洒，她真是太另类了，是不是学外语的人都是如此？对于赵蕾这样的女人，你就是想生气，也无法生起来。

又过了几天，她办完了事，真的就走了。她挥了挥手，没有带走一分钱的家财，也没有带走半分离婚后的伤感，就这么走了。

我与赵蕾的婚姻，真有点黑色幽默，结婚结得突然，分手分得自然。一段情，一段爱，就这么结束了。

6

我离婚后的第二年，又一次见到林雪。那时候段民贵已经染上了毒瘾，而且还很严重。

这个消息还是王北川告诉我的。

那年扫黄，王北川的桑拿中心被公安局连锅端了，段民贵因嫖娼上了电视和网络，王北川因涉嫌组织卖淫嫖娼，被判了三年零两个月有期徒刑。刑满释放的那天，我去接他，王北川眯着眼向天空看了半天，才说，哥们儿，自由真好。我说，那你就要懂得珍惜。他说，过去没听你的忠告，才吃了这样的大亏，以后我会珍惜的。

我问他出狱后有什么打算，他说，还没想好。不过，这次你大可放心，我一定不会胡来了。

两个月后，他开了一家房屋中介公司，开业那天，我去祝贺。我以为段民贵也会去，可是，他没有来。我问王北川，段民贵咋没有来？王北川说，别提了，段民贵染上了赌博和吸毒，搞得人不像人鬼不像鬼的，他迟早会毁在这两样东西上。我听了之后，首先想到的是林雪，就问王北川见到过林雪没有，他说见了，林雪好像憔悴了许多，你想想，家里有一个大烟鬼，能省心吗？我想也是。林雪那么好面子，遇上了段民贵这样的人，可算是把她害苦了。

就在王北川的小店开业不久，我在春蕾幼儿园的门口见到了林雪，她正带着珊珊从幼儿园出来，我真没有想到她的女儿已经上幼儿园了。珊珊长得挺可爱，我从珊珊的轮廓上找到了林雪当年的影子。林雪虽然多了几分憔悴，目光中弥漫着一种挥之不去的忧伤，但是，人还是那么漂亮，有了一种成熟的美丽。我说：

"真快，孩子都这么大了？"

"是呀，真快，我都老了。"

"老倒谈不上，只能说成熟了。"

"你呢？要没要小孩？"

"没有。"我摇了摇头。其实那时候我与赵蕾已经分手了。林雪不知道，我也没有告诉她。

"他呢？是不是又给你惹麻烦了？"

"一言难尽。又抽又赌，一句好话都听不进去。"她凄然地摇了一下头："离又离不了，过又过不下去。"

"要不，我找找他，劝他到戒毒所把毒瘾戒了。"

"你别找他！"她有点紧张地说。说完，才又平静地说："他已经无可救药了，找也没用，反而会造成我和他的紧张局势。"

"那你，就打算这么忍下去？"

"不忍下去怎么办？为了孩子，该忍也得忍。"

"也是，孩子真可爱，叫什么名字？"

"我叫珊珊。"珊珊接了话说。

"好聪明的孩子。"不知道为什么，看着珊珊，我就觉得很亲切，也很温暖。

"叫夏叔叔好。"

"夏叔叔好！"

"好，珊珊真聪明。等我有空了，到幼儿园去看你，好吗？"

"好的。"珊珊点了一下头。

我抱起珊珊，高高举起，旋转了一圈，然后放下说："等珊珊长大了，跟你妈妈一样漂亮。"

珊珊高兴地说："我要比妈妈更漂亮。"

我说："好，更漂亮！"

我说着看了一眼林雪，她的脸上露出了一抹淡淡的笑容，看着我的目光，还是像过去一样暖暖的。

这次相遇，我们没聊多少就匆匆分别了。

其实，就是有足够的时间让我们聊，也没有什么可聊的了。有些话，失去了那种语境，说出来就没有意思了。幸好有珊珊在，让我们都不显得太尴尬。

看着她离去的背影，我总是忍不住把消逝在小巷中的那个背影与她重叠到一起，而那束留在我的记忆深处的马尾巴，一左一右甩着，总是让我挥之不去。

记得大学时，我们相拥而坐在黄河边上，看着春日的杨柳依依，听着母亲河里的水声涛涛，我旧话重提，说起小学时，她的那束马尾巴让我产生了极大的好奇，尤其走路的时候，马尾巴就一左一右地甩着，人就显得生动自然。别的女生纷纷效仿，也扎起了马尾巴，可是，为什么她们走路的时候，马尾巴还是紧贴在后背，不会像你那样一左一右地甩？她听完，咯咯咯地笑着说，我原以为你跟在我后面是为了保护我，没承想你是在偷窥我。你这个大坏蛋！说着，她就胳肢起了我，我就傻笑着向她求饶，她这才停下了手。每个人都有他的软肋，我的软肋就是怕别人胳肢我，一胳肢，我就全身发软，一点力气也没有了。笑过了，林雪开玩笑说，如果你是战争年代的地下党员，被国民党抓了去，不需要严刑拷打，不需要封你高官厚禄或者色诱，只需把你绑起来，用手指轻轻地抠一下你脚心，恐怕你什么都招了。我一听，全身的肌肉马上收紧了，嘴上却说，我的软肋只有你知道，敌人并不知道，所以，我不可能背叛革命背叛党。她笑道，依你这么说，你只能背叛我喽？是。我刚说完，觉得不对，马上改口道，原来你是引我上钩？她一下哈哈大笑了起来。我趁机抱住她说，那你的目的达到了，我上钩了。

大学的时光令人回味无穷，那些点点滴滴的往事，串起来，就是一串闪亮的珠子，如果我们当初留在省城，那串珠子有可能会沿着那样的方式一直串下去，就像黄河穿城而过时串起一座城，那串珠子就会串起我俩的一生。可是，偏偏我放不下残疾的父亲，放不下那份稳定的工作，选择了回西州，而事实上，回来之后也没见得我尽了多少孝道，稳定的工作也没有稳定我们的爱情，我不仅害了自己，也连累了林雪。

人生从来没有那么多的如果，到了十字路口，你只能选择一条路，对与错，就在一念之间。我选了错的，林雪也跟着错了，也许这就是我们今生的宿命。

王北川又要结婚了，他来给我下请柬。

王北川有过一次婚姻，也有过一个孩子。那年他被公安局抓去判了刑，他的老婆扔下孩子跟着一个南方老板走了。那个南方老板是王北川桑拿中心的常客，公安局查封桑拿中心的时候，南方老板正好去了南方，避过了风头，等他从南方回来后，王北川进了局子，老板找不到桑拿女了，就把老板娘勾引上了。王北川的前妻长得很漂亮，我见过，她有一种妖冶的美。那年，我还在读大学时，王北川的桑拿中心就开业了。插起招军旗，自有吃粮人。只要打出桑拿中心的牌子，南来北往的美女就会主动找上门来寻职。王北川早就打定了主意，想利用他的职业之便找一位压寨夫人。于是，他在一批又一批的就业美女中进行选拔，他终于选拔出了一位小姐，在小姐下水之前，他就留在了身边让她当助理，当了一年助理后，王北川也对她进行了全方位的考察了解，觉得很满意，才正式让她晋升为压寨夫人。我回到西州知道了之后，就开玩笑说，你小子活好了，皇帝老儿选妃子也不过如此，有的老儿还不能先过目，待下面的人筛选差不多了，才定夺。你倒好，从初选开始，就一批又一批地选，从几百个如花似玉的美女中，精选出你的压寨夫人。王北川听了就露着大黄牙哈哈哈地大笑，笑得浑身的肥肉乱颤。我从他的笑声中，感到了他的幸福与满足。没想到他精选细挑出来的压寨夫人，到头来却跟他招来的嫖客跑了，这对王北川来讲实在太讽刺了，这也成了他一生中最大的耻辱。

"妈拉个巴子。"王北川从监狱放出来后，气狠狠地骂道，"等哪天老子找到那个臭娘儿们，非扒了她的皮不可。"

"算了，别恨了，她好赖也给你们王家生了个女儿。与其扒人家的皮，还不如给孩子找一个后娘。"我劝他说。

"还有那个肉头南方老板，其实他早就盯上我老婆了，没想到我进了局子倒给他创造了一个机会。"

"你呀，别再自己跟自己较劲儿了，你进了三年局子，指望让你老婆为你守身如玉本身就是错误的。没有南方老板也会有北方老板，你就当他替你照顾着你的老婆，不就想开了？"

"也只能这样了。"

王北川最终还是咽下了这口气，然后，他以中介公司招聘为由，又开始招聘天下美女，最终在这些美女中找到了一个可以当孩子后娘的老婆。

两人相处了一年多，感觉不错，他就准备结第二次婚。我看了一眼请柬，上面写着段梅，我突然想起了段民贵，问他请没请段民贵，他说：

"没有，不打算请了。没想到段民贵这小子这次真的栽了，去年上澳门赌场输了个精光，追债的人把他围在了别墅揍了一顿，又闹到了法院，他才不得不卖了别墅和家产还了欠债，一家三口人搬到了莲花一村的旧楼上住去了。"

我不觉一惊："这是真的？"

"当然是真的。"王北川说，"他的别墅、房子都是经我的公司卖的，我能不知道内情？前些日子我还去了一趟他现在的家，真吓我一跳，家里空空的，什么值钱的东西都没有了，估计都被段民贵抽大烟抽掉了。段民贵也不成人样了，瘦得像只猴，真是哀其不幸，怒其不争。待我出门时，他死皮赖脸地说要向我借点钱。我看他那可怜的样子，就给了他两千说，哥们儿，这是给你的，不是借你的。以后，咱俩就不要提钱的事了。"

"林雪和孩子呢？你见到没有？"

"没有，我是晚饭后去的，段民贵说她们散步去了。我估计她们母女俩也不会好到哪里去。"

"他不仅把自己毁了，也把林雪和他的女儿毁了。"我不无痛心地说。

"可不是嘛。"说到这里，王北川突然压低了声音说："我上次听道上一个朋友说，段民贵毒瘾犯了，没钱买毒品，那个毒品贩子瞅上了林雪，段民贵为了得到一点毒品，竟然强迫林雪与那个男人上床。后来又听说，他把女儿珊珊偷偷卖给了人贩子，幸亏林雪及时赶到，才救下了珊珊。这个段民贵呀，真是禽兽不如，他怎么能干出这种没有人性的事来？"

我半天没有透过气来，没想到段民贵已经成了一个祸害，就说："人一旦堕落到这个地步，他毁灭的不光是他自己，还会危及到周围人的安全。"

"是呀，人活到了这个份儿上，早就猪狗不如了，哪里还有人性可言？像他这种人，我躲都来不及哩，哪能再去招惹？"

王北川闲聊了几句就走了，可我，一想起王北川刚才说到段民贵强迫林雪的事，心里仿佛被人捅了一刀子，感到一阵阵刺痛，那种感觉就像回到了二十年前。

参加完王北川的婚礼后，转眼到了暑假。就在那天中午，我去体育场游泳，在路口碰到了林雪。时间如果从金龙大酒店分手算起，长达六年之多，这应该是我第三次见她。她虽然憔悴了许多，但，比我想象的要好些。毕竟她有天生丽质的底子，即便受再多的生活折磨，也不至于几年时间就改变她的容颜。

凤凰就是凤凰，它再落难，也要比鸡美。

虽说她背着背包，行走在人群中还是那么步履轻盈，犹如风摆杨柳一样漂在水上。我一眼就从人群中认出了她，她好像也看到了我，却假装没看见。我知道她是有意要回避我，可我，还是主动地同她打了声招呼。我问她还好吗，她说她很好，其实，我能感觉出来，她并不好。她倒是关心我，问我是不是生病了，劝我到医院里去看看。我虽然嘴上说没事，可我的心里还是很佩服，她的感觉总是那么敏锐，只一眼，就看出了问题，那些与我经常见面的同事和朋友，竟无一人能洞察到。

我和她，就这样，在自由的天空下，见了最后一次。

当时我并没有意识到这是最后一次，要是知道了，我会陪着她和珊珊，再走一阵，一直走到体育中心广场。

7

一连几天，我总是做一些稀奇古怪的梦，醒来后，梦中的情景乱成了一团，怎么想也想不出一个较为明晰的线条来。

晚上，我突然接到了赵蕾给我打来的电话：

"喂！老公，睡觉了吗？"

我与赵蕾分开两年多，我没有给她打过一次电话，她却时间久了就打一个电话过来问一问。她还给我打过一笔钱，说帮我交房贷，免得我经济压力过大而影响了身体。末了又说："你放心，我只是出于对前老公的关心，并不是打房子的主意，房子还是你的，以后有什么困难尽管说，本宫在这家公司收入还算不错，比当老师时收入高多了。"这个女人，表面上看起来大大咧咧没心没肺的，可是，她的心里其实也有细腻温柔的一面。

我很久没有接到她的电话了，不知道她现在过得怎么样，就问："还没，在看电视。你呢，还好吗？怎么想起给我打电话了？"

"想你了，就给你打一个电话。"

我就坏笑着说："是不是和假洋鬼子做爱时，也常想起我？"

"你怎么知道的？你真是神了。"

"猜也能猜到，还用想？怎么样，你们过得还好吧？"

"就那样。你现在还是一个人过吗？"

"我还是一个人。他要是对你不好，告诉我，我上省城替你去揍他！"

我本来是随便一说，想逗她一乐，没想到我的话无意中触到了她的痛处，她突然"哇"的一声哭了，而且听声音好像哭得很动情。这不是她的风格，我想肯定是她受了什么委屈，才会这么一反常态。想着，便故意调侃说：

"喂喂喂，就这样一句话，你来点小小的感动倒也罢了，不至于感动得这么大哭吧。"

她突然呵呵地笑了一声又接着哭了起来，边哭边说：

"夏风，他又把我抛弃了……"

我真的很气愤，赵蕾这么单纯的一个人，他怎么能忍心接二连三地去伤害？我能听得出来，这一次，赵蕾真的被伤得很厉害，以她的性格，一般的伤害根本撼动不了她。

"这个洋垃圾，真欠揍，我得好好教训他一顿。"我故意夸张地说，事实上，现在让我去教训他，恐怕已经不是他的对手了，我也只是变着法儿哄赵蕾开心而已。

"你揍他，也没用了，他已经与别的女人过到一起了。"

"这到底是怎么一回事？"

"他说好的要与我结婚，我们才同居的，没想到同居一年多，他与一个刚刚毕业的女大学生好上了，我只好听之任之，一直忍到现在，他们终于搬到一起去住了。早知如此，我又何必当初？他把我们的家庭拆散了，他却一点责任都不负，什么人嘛。"

"算了，别后悔自己了。苍蝇不叮无缝的蛋，说明我们的婚姻并不牢固，才让他乘虚而入了，如果我们的婚姻是铜墙铁壁，他假洋鬼子算个啥？就是真洋鬼子想插足也插不进来。"我不想让赵蕾杀回马枪，尽量把事情说得轻松些，以此来淡化我们的过去。

"你还是这么无正形。"赵蕾破涕为笑了说，"你想我吗？想我了就过来看看我。"

"看情况再说，我最近身体不是太好，等好一点了过去。"

"你身体怎么了？"她吃惊地问。

"没什么，感冒引起了点发烧，你不用担心。"

"最近公司有个接待外宾的任务，我也有点忙，等忙过了我去看你。欸，你现在应该搬到新房子了吧？"

"还没交工，不过快了。"

"那家开发商真是个垃圾，都两年多了，还没有交工。当时我们真是看走了眼。"她有点义愤填膺地说。

"不急，反正我也不急着搬，住在学校里其实也挺好的。"

说完挂了电话，想着赵蕾刚才的话，还真的有点对她担心。这个傻女人，她太单纯了，单纯得只有一个情字，到头来却又栽在了这个情字上。

我本来想利用暑假时间去省城玩几天，毕业八年了，我再没有回过母校，真想去看一看，走一走，看看校园里的风景，走走我曾经走过无数次的林荫小道，再到黄河边、桃树林，寻觅我遗失在那里的梦。可我的身体真的有点不适，想等几天，好一些了再去看看，顺便也看看赵蕾，我的那位傻得有些可爱的前妻。

次日，我又去了一趟医院，我让医生给我开了一点药。刚出医院，手机响了，来电显示是林雪。此刻打来，一定有什么事，我立马接通了电话。

"林雪，是你吗？"

"是我，你还好吗？"

"我还好。"

"你知道吗？他死了，段民贵终于死了。他是煤气中毒死的。"

我从林雪的话中，听到了"终于"这个词，从这个词中，我感受到了她的期盼和等待。从她陈述中，我感受到了她有一种压抑不住的兴奋。这让我感到很欣慰，就说：

"我已经知道了，前天王北川打电话已经告诉了我。这些年他真的把你害惨了，死了，对他也是一种解脱。"

"是的……是的……"我不知道她所说的"是的"，是指我的前一层意思，还是后一层意思。接着，电话中传来了一声轻轻的

152

啜泣。

"一切都会好的，别太难过了。"

"不是难过，而是憋屈。"她顿了一下，又说："我昨天回来后，派出所让我过去了解一些情况，他们好像怀疑段民贵是他杀，说段民贵是被捂死的，不是中毒死的。另外，煤气灶上的那半壶水，经过检测是冷水，不是开水，液化气不是开水溢出来浇灭的，而是人为的。"

"哦，原来是这样。"我有点惊奇地说。

"问我话的那两个警察，就是当年查过甄初生宿舍发生火灾事故的那两个，一个叫宋元，一个叫李建国。"

"他们找到嫌疑人了吗？"

"没有，还没有。估计他们会调查下去，究竟能不能查出结果就不知道了。"

"这些，你就不用去操心了，反正一切与你无关。记住，一切与你无关。"

"是，说得也是。"

"段民贵的尸体什么时候火化？"

"后天就要火化，办完了这件事，我就轻松了。"

"那我，后天叫上王北川，一起去为他送一程吧。"

"你……有必要吗？"

"有必要。要是别人问起，你就说，是你打电话请了我和王北川，你现在不妨给王北川打个电话告知一声。"

"好的，知道了。"林雪说完，就挂了电话。

段民贵火化那天，在火葬场搞了一个遗体告别仪式，他的父母、家人、亲戚、朋友、同学一共加起来才十多人。可见，毒品彻底把他的人际关系疏远了。看着躺在玻璃罩中的段民贵，我真想送他一首挽联："活着令人生厌，死后不再托生。"他的父母已经哭得直不起身，由他的亲戚搀扶着。珊珊眼里没有泪，只是有些空洞，让人看着可怜。林雪穿着一身孝服，用白布遮住了半个脸，我看不清她的表情，但是，她哭得很伤心。我明白，她多半是借段民贵的灵堂，哭自己的凄惶。这个躺在我们面前的人，不仅毁了我和她的美好人生与爱情，还无休止地折磨着她，让她没有尊严地屈辱地苟活着，这种恨，这种委屈，压抑了她好多年，现在，她唯一能做的，就是好好地大哭一场，把所有的屈辱、磨难和恨，统统哭出来，也许是她最好的解脱。

回来的路上，王北川一边开着车，一边感叹道：

"五六年前，他常以成功人士自居，瞧不起我们其他同学，到头来，在我们同学中活得最不堪的就是他。人呐，得意时不要忘形，失意时不要沉沦，他落到今天这个地步，完全是他自找的。"

"段民贵的死，看来对你的触动挺大的。"

"毕竟是自小一起长大的，他活着时，我们感到生厌。他走了，心里又有些难受。"

"他的人生本不该这样的，他的堕落，有他自身的问题，比如自私，比如自负，比如自律能力差。但是，也有社会的问题，比如，那一次他被公安局扫黄打非抓了之后，按管理条例做适当的罚款处理也就罢了。可是，事实上呢？他没有被司法判刑，却被社会舆论判了刑，而且还是无期徒刑，把他丑陋不堪的那个镜头放到电视新闻里播放了还不行，又把那样的照片挂在网上，展览一样任人辱骂恶心，社会把一个可以教育好的人，推到了一边，让他自甘堕落，最终毁了他的一生。当初，如果社会能给予段民贵以正确的引导和教育，也许他会是一个很好的商人，一个对社会有作用的人。你说是吗？"

"哥们儿，我真的服了你。我始终认为你对段民贵有成见，但是没有想到你还会为段民贵喊冤叫屈。你想得深刻，说得也透彻。

经你这么一分析，我还真的觉得是这样。"

"我对他有成见不假，但，那只是个人的成见。如果跳出个人恩怨的圈子，从另一个角度来看，段民贵的确是我们时代的一个悲剧人物，令人同情，令人深思。如果我是个作家，真想把他的浮沉写出来，渴望能唤醒一些沉睡的人，阻止这类悲剧再次发生，也许会让我们所处的这个世界更美好。"

"在段民贵活着的时候，你要是从这个角度开导一下他，没准儿还能起点作用。"

"我开导？得了吧。他那种人，恶念太深，到了后来，恐怕谁开导都无济于事了。"

"现在林雪也落单了，你也落单了，你们俩，有没有可能重归于好？"

"不可能，不可能再有这个机会了。此一时彼一时，过了那个村就没有这个店了。"我不觉感慨道。

就在这时，我突然看到前面的山道拐弯处停着几辆车，还有交警和医护人员。

"北川，注意前面，好像发生了车祸。"我马上提醒说。

"我注意到了，好像出事了。"王北川说着，减了速，车慢慢开过时，我看到了一辆黑色奥迪翻在路边，旁边停着一辆大卡车。王北川开到路边，停了下来说："好像是我的朋友出事了，下去看看。"

王北川下了车，我也跟了下去。

王北川的朋友也是做地产中介的，他告诉王北川说，聚财公司的何公子从省城请了西北著名的风水大师，去为他重病的老爸看墓地，何公子拉他去陪同，没想到看过墓地回来，在山道拐弯处会车时，因为车速过快，不小心擦到了大卡车上，结果奥迪车被撞到了山坡上，开车的何大公子受了点轻伤，坐在副驾驶的风水先生当场死亡，后排坐的他和另一位朋友没有受伤。

我看了一眼被抬到了路边的风水大师，果然像个大师，白发长髯，仙风道骨，身着一袭丝绸唐装，足蹬一双圆口布鞋。遗憾的是，他为别人选好了墓地，却把自己的尸首留在了马路边，实在有些讽刺。

在回去的路上，我一句话也没有说，佯装在闭目养神，心里却一直在想，大师既然深谙阴阳两界，精通鬼域幽门，为何不能为自己趋利避害逢凶化吉？如果连这一点都做不到，岂不是个伪大师？事实上，当下的大师实在太多了，各种行业的伪大师几乎泛滥成灾，他们装神弄鬼骗取了不少老板富翁官员的金银财宝，明明可以以欺诈罪判以重刑，却因他们的欺骗手段高明，法律竟为他们网开一面。

当然，我知道我最没有资格来评判他人质疑社会，但是，我还是忍不住要这么想，因为我希望我所处的世界能够更加干净些。

8

北方的夏天气温反差很大，白天好像是个蒸笼，热得人头晕眼花，到了晚上，天气一下凉爽了下来，不穿外套还感觉有点冷。我独自在校园的操场上溜达了一圈，就感觉有些疲惫，本想坐下来休息一会儿，回头一看，前面走来了两个人，一个是老头，一个是中年人。我看不出他们的身份，他们似乎认得我。

"请问，你就是夏风老师吗？"那个中年男子客气地问我。

"是，我是夏风，请问你是……"

"我是广州路派出所的所长，叫宋元，这位是我们市局刑侦处的李调研员。"

那位老警察很礼貌地向我点了点头。

我立刻明白了他们找我是为了什么。尽管如此，我还是很平静地说："请问，你们找我有什么事？"

"我们是有点事儿想找你谈谈，如果你现在有空的话，我们可以找个地方坐下来说。"

"可以。"我说，"是在这里找个地方谈，还是把我带到派出所去谈？"

"我们也是随便谈谈，不必去派出所，就坐到那里谈吧！"老警察指了指旁边树荫下的石椅子说。

于是，我们三人一起向石椅的方向走去。上次林雪已经向我提说过，我当然知道他俩就是当年调查过甄初生火灾事故的警察，二十年过去了，当年的老警察变成了老头，小警察成了中年大叔，我也到了三十三岁，快要步入中年人的行列了。来到石椅旁，我让他俩坐在了石椅子上，我拉过旁边的铁椅子，坐在了他们的斜对面，这样就可以面对面地谈话，彼此看着对方的表情，感觉会好些。老警察开始问：

"我们想与你谈谈段民贵。他死了，你应该知道了吧？"

"知道，我还参加了他的告别仪式。"

"你最初是从哪里听到段民贵死的消息？"

"是王北川打电话告诉我的。王北川是惠民房产中介公司的老板，也是我的小学同学。"

"他是什么时候告诉你的？"

"就是段民贵煤气中毒的那天早上，十点多，他打电话告诉我的。"

"那天是 8 月 24 日吧？"

"应该是，我记得不是太清楚。"

"我们想知道，8 月 23 日晚上到 8 月 24 日早晨七点，你在什么地方？"

"你这样问，是不是怀疑段民贵有他杀的可能，然后想查查我是在场或者不在场？"

"夏老师的这个问题问得好，我们的确对段民贵的死因有怀疑。"

"哦，既然你们是例行公务，那我就如实相告。8月23日晚上，我和王北川在陇上人家一起吃饭，大概八点钟结束后，我们就各回各家，我回来后，看了一会儿电视，调出'互联天地'栏目中的电视剧《独孤天下》，看到一点多，困了，就睡了，睡到了大天亮。"

"有谁可以证明？"

"没有人可以证明，因为我就是一个人。哦，对了，8月23日晚八点多我进校门的时候，门卫看到了我，他叫小刚，还向我主动打了一个招呼。"

"你参加段民贵的告别仪式是谁通知你的？"

"是段民贵的妻子林雪请我的，她同时请了王北川，我坐王北川的车一起去的。"

"林雪也是你们的同学吧？"

"是的，我们四人都是小学同学。"

"如果说，段民贵煤气中毒是人为造成的，你会怀疑谁？"

"我谁都不会怀疑，因为我与段民贵有几年都不曾见面了，我根本不知道他的社交范围，让我去怀疑谁？"

"你是什么原因疏远了段民贵？"

"我和他本来就不是同路人，不在一个磁场中，谈不上疏远不疏远。他过去是大老板，后来又嫖又赌又吸毒，我只是个穷教书匠，连房贷都供不起，哪有钱到那种地方去挥霍？"

"据说你在大学时就与林雪相爱了，你们快要结婚时，段民贵从中插了一杠子，把林雪抢走了，你是不是很记恨段民贵？"

"如果说不记恨肯定是说谎，我肯定记恨他，当然也记恨林雪。

苍蝇不叮无缝的蛋，如果林雪不嫌贫爱富，也不会背叛我跟了段民贵。当然，恨过之后，随着时间的流逝，我也渐渐想开了，在这个物欲横流的社会里，女人爱钱没有错，林雪要是跟了我，要钱没钱，要房没房，她跟了段民贵，一夜之间，什么都有了，面对段民贵的追求，她怎能不动心？我想不光是林雪，换成别的女人同样会动心。从另外一个角度讲，在林雪没有正式成为我妻子的前提下，谁都有追求的权利，包括段民贵，也包括王北川，谁追到手都在情理之中。这个世界本来就是物竞天择，你没有竞争到手，那只能说明你无能。所以，我不抱怨任何人了，要抱怨只能抱怨自己无能。段民贵与林雪结婚不久，我也找到了自己的所爱，与同校老师赵蕾结了婚。"

"据说你与你的妻子离婚了，当然这是你的私生活，我们不应该过问。"

"离了。没关系，我又不是什么名人，私生活也没有什么新闻价值，有什么事你们尽管问。"

"你们是因为什么原因离的？"

"她的前男友回国了，又来追她，她心里很乱，忘不了前情，又舍不得丢下我，最后我还是放手了。离婚后，她去了省城，前两天她与前男友又分手了，打电话向我哭诉一阵，听她的意思是想与我复婚，我想如果可能，复婚也不失为一件好事，毕竟我与她生活了两三年，有感情基础，况且，离婚后她什么都没有带，还寄钱给我还房贷。至少，在我的心里，觉得她不是一个见利忘义嫌贫爱富的女人。"

"你的前妻叫什么名字？"

"刚才说了，叫赵蕾，她现在在省城凯达公司做翻译。"

"谢谢夏老师的开诚布公。"

"没事，你要是有什么问题尽管问。"

"宋所长，你有什么问的？"老警察看了一眼宋元说。

"请问夏老师，你最后一次见到林雪是在什么时候？"宋元突然问。

"哦……"我迟疑了一下，便说："林雪与段民贵结婚六年多，我只与林雪见过三次面，都是在街头巷尾偶尔相遇，最后一次是在上个星期几来着？我想想，具体日子我记不清，那天，我是去体育中心游泳馆，在路口碰到了她，大热天的，她也匆匆忙忙的，我们也没有多说什么，就各走各的路了。"

"是在段民贵死之前吗？"

"好像是，对对对，我想起来了，她带着女儿说是去参加什么集体活动。"

"是参加她孩子的夏令营活动，应该是段民贵死亡的前一天中午，8月23日，对不对？"

我想了一想，道："对，应该是那天。"

宋元看了一眼李建国。李建国说：

"夏老师，我们今天的交谈就到这里，耽误了你不少时间，谢谢你的理解。"

"没事，以后如果有什么事需要了解，你们尽管来找我。"

"好。有你这句话，以后少不了要叨扰。"李建国说着站了起来，我也站了起来。李建国说："夏老师还记得吗？二十年前，我们因为甄初生的案子，还对你们班里的好多同学叫来谈过话哩，没想到时间过得真快，你们一个个都成了国家的栋梁，我也老了。"

"原来你们就是当年的李警官和宋警官，时间真的过得快，你刚才不说，我还真的想不起来了。当年甄初生的那个案子，没有查出什么来吧？"

"没有。"李建国摇了摇头说，"也许我们当初从根本上就找错了方向，所以才毫无结果。好了，夏老师，就此别过，再次表示感谢！"

　　看着一胖一瘦两个背影渐渐地在我的视线中消失，我似乎感觉他们还会来找我的。老警察刚才说甄初生的案子，他们找错了方向，难道段民贵的案子，他们就找对了方向？

李建国的自叙

罪恶的种子，只能开为无比凄美的花，结出人世间最苦涩的果。

1

与夏风谈完，我突然感到，如果此案与夏风有关，我肯定遇到了真正的对手。

宋元说："师父，从他的身上，好像看不出任何破绽。"宋元是我过去的徒弟，过去他在市局刑侦队，后来调到基层当了派出所所长。现在他依然叫我师父。

我摇摇头说："没有任何破绽，也许就是最好的破绽。"

宋元疑惑地说："你的意思是说，他已经露出了破绽？"

我说："我问他与前妻怎么离的，他回答完了，又讲了我没有问到的，说前妻与他离婚后现在后悔了，想与他复婚，他也有复婚愿望。他讲这些，你不觉得有意要表达什么？"

"他是想告诉我们，他心有归属了。"

"是的，他是想证明他对林雪根本没有什么想法了，这种欲盖弥彰说明了什么？这是其一；其二是，8月23日，他与林雪在体育广场旁边的路口相遇，知道林雪要陪女儿到川县去，而就在这天夜里，段民贵遇害了，这是不是一个巧合？"

"这种推理虽然能讲得通，但是，还是缺乏足够的说服力。"

"哦，是吗？其实，我也觉得说服力不够，但是，我相信会找到更有力的证据。"

段民贵的这个案子，很容易让人觉得就是一次意外的煤气中毒事故，派出所的两位先到场的民警已经做出了这样的结论，如果不是宋元及时赶到，也许就这样结了案。

宋元在现场发现了两个疑点，便在第一时间打电话告诉了我。他知道我一直没有放弃二十年前发生在区三小的那场火灾事故案，而且，也知道我的注意力与死者有关，之所以如此，他才没有放弃任何的蛛丝马迹，从而发现了问题，并及时告知了我。

我到现场后，经查看，与宋元的判断一致：一是，液化气灶的半壶水没有溢出的痕迹，火不像浇灭的。二是，死者口腔眼睛都有淤血，而且眼球有些凸出，嘴巴鼻腔有被挤压的痕迹。

我立即让法医去验尸，初步判断死者是窒息身亡，并非煤气中毒而死。我们又对液化气灶上的那半壶水做了检测，发现壶中的水是冷水，根本没有浇开过。既然没有烧开，怎么会溢出来扑灭灶上的火，造成煤气泄漏？这一切都有可能是人为制造的假象。接着，我们对屋内的门窗做了细致的检查，没有发现任何疑点，门锁也完好无损，没有撬扭的痕迹，对死者水杯中的残水，也做了化验，没有发现问题。除了以上勘查得出的两个疑点外，再没有发现什么异常情况，就这两点，足可确定死者是他杀，并非运用煤气不当而中毒。

于是，派出所上报市局，刑侦队正式立案，由我负责"8·24"案件的侦破。在小组案情分析会上，我向组员讲述了案发现场的大致情况后，接着说："根据我初步掌握的情况，死者段民贵早已涉嫌黄赌毒，而且他的毒瘾很大，家里所有值钱的东西几乎都被他又抽又赌折腾完了，对这样既没有工作单位，又没有个人资产，同时欠着不少外债的一个人，谁会冒着极大的风险去杀害他？杀害他的目的和动机又是什么呢？我个人觉得，不外乎三种可能：一是仇杀，他曾经混迹于三教九流之中，是不是得罪过什么人，欠了别人的债赖着不还，只好结果了他。二是，他是不是知道了什么人的内幕，以此为把柄对别人的生存构成威胁，惨遭杀人灭口。三，也有可能是情杀。他的夫人林雪长得很漂亮，又是大学生，且与他的关系一直不好，如果林雪在外面有了第三者，第三者为了扫清障碍，利用林雪带孩子外出的机会，趁机制造了一个煤气中毒的假现场，将段民贵杀死。从侦破方向来讲，我觉得除了从作案动机的这三种可能性入手外，还不能放过两条线索：一是，我们在现场勘查时，发现他家的门窗都紧闭着，门锁也完好无损，那么，犯罪嫌疑人是怎么进入屋内作案的？那就是说，嫌疑人手中有段民贵家的钥匙。而他又是从哪里得到这把钥匙的？二是，从段民贵家煤气泄漏的时间来算，是凌晨四点半到五点钟。莲花一村没有装摄像头，查不到这个时段有谁进出过，但是，我们可以从周围的摄像布控中调出录像，看看能不能找到可疑的人。鉴于这种情况，我从作案动机方面做外围调查。李多星和赵大志你们两位负责调查监控录像，老汪和白小燕对全市所有配钥匙的摊点进行盘查，看看有没有人配过类似段民贵家门的钥匙。"布置完毕，我把我的手机拍照的钥匙照片分别发给了他俩，我则去了广州路派出所，看看能否从段民贵的社交范围入手，盘查出有价值的线索。

就这样，在我的安排下，三路人马开始分头行动。

我在宋元的协助下，先接触了一次林雪。说实在的，当她出现在我的面前时，我还是有些惊讶，她高绾发髻，素面朝天，衣着朴实，人也显得有些憔悴，尽管如此，还是掩盖不住她那超然脱俗的俊美，眼里散发着一抹淡淡的忧伤，反而显得凄美绝伦。我不由自主地联想到了二十年前的那个目光纯净的小女孩，扎着一束马尾巴，出门时说了声警察叔叔再见。那样子，恍若昨日。时间真是个有趣的魔术师，它轻而易举地将一个小女孩催化成了一位成熟的少妇。时间却也很公正，它的催化从不任意篡改，总是遵循着一个人的特质，让她在不同时期散发出不同的美。我与她的交谈时间不算太长，从她的回答中，我确认了她不在场，从她提供的情况中，我们又找到了与段民贵有过来往的歪瓜。

"是的，那天我约了段民贵去打麻将。"歪瓜一听我问到段民贵，他就马上回答说，"对，就是 8 月 23 日。快十一点钟我开车出的门，十一点五分左右到了莲花一村的马路边接上了段民贵，然后到杜家湾接了杜三炮和冯油条，我们四人一起去了马家岸。我们去做什么去了？嘿嘿，我们能做什么？闲着也是闲着，就去消遣消遣。对对对，是玩麻将，在马家岸赵得财羊肉馆。我们玩得也不大，就是提提兴趣而已。我们也不常玩，偶尔聚聚，记得那天段民贵是赢了点，不过赢得也不多。我们到羊肉馆时，快到十二点钟了，到达后，不一会儿羊肉就上桌了。我们吃过后，差不多一点半开始打麻将的，我们一直打到了晚上十点多，段民贵怕他赢到手的钱再输掉，就说，不管谁输谁赢，玩到十一点钟结束吧，太晚了回去又要挨老婆的骂了。我们就开玩笑说，你段民贵何时成了怕老婆？段民贵说，最近惹恼过她，她口口声声要跟我离婚，如果再不注意点，闹大了就不好收场了。我们也不知段民贵说的是真是假，玩到晚上十一点钟后就结束了，他们依然坐我的车，路过杜家湾放下了杜三炮和冯油条，然后把段民贵放到了莲花一村的马路边，我就走了。谁知道到了第二天中午，听到杜三炮说，段民贵煤气中毒死了。我听了很惊奇，昨天还与我们一起打麻将，没想到一夜之间，说走就走了。"

"你们几个与段民贵的关系怎么样？"

"关系嘛，只能说是一般。我们也是偶尔凑到一起玩一玩。前一阶段，他好像很穷，到处借钱，他也来向我借过钱，我没有借给他借。我过去借给他的钱他还没有还回来，又来向我借，哪有这种道理？那个阶段我们就没有来往过。后来不知咋搞的，他好像突然发了一笔小财，还了我的钱，我们才又玩到了一起。其实，我们都知道段民贵吸毒上了瘾，谁也不愿意与他多接触，怕影响了自己。"

"他发了一笔什么小财，你知道吗？"

"我也是听说的，他曾经偷偷把他女儿卖给了人贩子，他刚收了一半的钱，他老婆赶来把女儿抢走了，人贩子追过去要抢人时，横穿马路被车撞死了，他就把那一半钱私吞了。"

"竟然还有这种事？你是听谁说的？"

"我也是听杜三炮说的，不知道是真是假。"

"你们几个有没有接触过毒品？"

"没有没有。"歪瓜马上摇着头否认说，"那种玩意儿，谁沾了谁倒霉。听说段民贵不光吸毒，好像还从别人那里拿点货，然后偷偷卖给其他吸毒人员，从中获点小利，来维持他吸毒。"

"你知道不知道，他是从哪里拿的货，又把货处理给了什么人？"

"这个我真的不太清楚，这都是听杜三炮说的。"

"段民贵平时得罪过什么人，你知道不知道？"

"我们平时只是打打麻将而已，别的我还真不知道。"

"段民贵如果是他杀，你会怀疑谁？"

"这个……我还真没有怀疑的对象。"歪瓜摇了摇头说。

我和宋元又找了一趟杜三炮，杜三炮说，段民贵把自己女儿卖给人贩子的事，他也是道听途说的，不过有那么几天段民贵好像有了钱，经常叫他们去打麻将。从杜三炮那里，我们又得知，段民贵曾经通过黄存和的关系，进点毒品，以贩养吸。段民贵也曾经向杜三炮推销毒品，杜三炮对段民贵说，你要是吃不上饭了，我可以请你吃个一顿两顿的，你要是向我推销那种东西，就请你走远一点。此后，段民贵再没有向他提说过毒品的事。

我们又顺着杜三炮提供的线索，去看守所查看了有关黄存和的预审卷宗。黄存和在6月份因贩卖毒品被公安局抓获，案子还在进一步审理中。我们在卷宗里查到，他只交代了他的上线和几个下线，上线已经逃跑，现在正在通缉中，下线有好几个，都是吸毒人员，皆被送到了戒毒所进行强制戒毒。但是，在黄存和的交代材料中，始终没有提到过段民贵。究竟是杜三炮提供的线索有误，还是黄存和有意回避？

　　于是，我们又提审了黄存和。

　　"你就是黄存和？"

　　"是的，我是黄存和。"

　　我用目光盯着他，这是一个五十岁左右的男人，光头，有些秃顶，相貌猥琐。我足足盯着他看了几分钟，看得他有些慌了，就开始躲避我的目光。

　　"你知道段民贵吗？"

　　"段民贵？"他显然有些惊慌，迟疑了一下说："知道。"

　　"既然知道，为什么你在上次交代中没有说到他？"

　　"我……我……我当时忘了。"

　　"你真的忘了？"

　　"是……"

　　"现在想起了吧？"

　　"我……想起来了。"

　　"你不是真的忘了，是怕交代出了他的事，会加重你的罪行，是不是？我可以明确地告诉你，如果你拒不老实交代，我们要是从别的地方知道了事情的原委，后果要比你主动交代出来的要严重得多，量刑上也要加重，孰轻孰重，你可要掂量清楚。"

　　"我……知道，知道的。"

　　"既然知道，你还不赶紧向组织老实交代！"

"我交代。段民贵也吸毒，因为时间久了，与他的关系处得不错，我就低价给他批过一点货，让他以贩养吸。"

"就这些？"

"就这些。"

"你没有说实话。"

他的手有些哆嗦，我明白，我的话戳中了他的要害。

"你打算老老实实地交代，还是想蒙混过关？"

"我交代，老实交代。段民贵曾经欠了我两包毒品，他没钱还，毒瘾犯了又来找我。我不答应，他就死乞白赖地求我。我早就看中了他的老婆，就提出了一个交换条件，如果他帮我说通他的老婆，让我睡一次，我不但可以免了上次所欠的两包，还额外再给他三包。他不答应。我说你不答应就算了。他后来又向我提了个条件，让我批发一笔货给他，他可利用过去的人脉关系挣点差价，从而维持以贩养吸。如果我答应了他，他就答应我。就这样，我答应了他，到了晚上，我跟着他一起到了他家，他的孩子已经睡了，老婆还没有睡，他就把老婆交给了我，我们做了一次交易。"

"段民贵的老婆没有反对，她会心甘情愿地当你们交换的筹码？"

"他老婆当然不愿意，段民贵把他老婆叫到卧室里做了一番工作，然后叫我进去，我还没有来得及动手，他老婆就拿起桌上的一把水果刀要自杀，当时我害怕了，叫来段民贵，才制止了。段民贵说她不会自杀的，要自杀她早就自杀了。然后威胁他老婆，说她心里还装着一个人，他老婆就骂他不是人，说恨不得一刀子捅死段民贵。段民贵说捅死了我你也得死，到时候就让女儿来为你收尸。段民贵又威胁他老婆，说到什么双排扣，还说他为了你，可以冒那样大的风险，你难道就不能为了他，牺牲一次自己吗？段民贵说的那个人，可能就是他老婆心里的那个人。段民贵说着就把他老婆推倒在床上，扒她的衣服，段民贵还叫我去帮忙，我过去搭了个下手，把他老婆衣服扒光后，段民贵就交给了我，他就到客厅里抽烟去了。"

"段民贵到客厅后，你对他老婆做了什么？"

"在那种情况下，我实在没有把持住，就把她睡了。"

"睡了，说得倒轻巧，你这是强奸，知道不知道？"

"我知道我做错了，不应该那样做。"

"所以，为了掩盖罪行，你上次交代时，故意隐瞒了强奸林雪这一事实。"

"我当时真以为那是我与段民贵的交易，没想到会是强奸，这个罪名我担得真有些冤枉。"

"冤枉？既然你与段民贵做交易，为什么要牵扯到他的老婆林雪？那样做，你知不知道会给林雪造成多大的伤害？还说冤枉！"

"我……"

"你再好好想想，段民贵所说的那个人，是指谁？还有双排扣，又是怎么回事？"

"当时，我就听到这么多，我也不知道段民贵说的那个人是谁，双排扣又是什么。事后我也没有多问，段民贵也没有告诉过我。"

审过黄存和，让我感到十分震惊。我知道凡是吸毒者什么残暴的事都会做得出来，但是，唯独没有想到段民贵能做这样泯灭人性的事，而且，一身傲骨的林雪竟然屈辱地咽下了这口恶气，这需要多大的忍受力？难道，她真的为那个冒险救过她的人心甘情愿牺牲一切？而那个曾为林雪冒风险的人，会是谁？双排扣，又是怎么回事？

这一系列的疑问就像一个巨大谜团，纠结在我的脑海。

我的思绪又一次回到了案发现场，凶手已经杀死了段民贵，他完全可以全身而退，为什么还要制造一起意外事故做假象？他这样做的唯一目的，无非就是混淆视听，掩盖真相，麻痹警方，好逍遥自在地逃脱法律的制裁。由此可以看出，此人的智商很高，也有一定的反侦查能力，难道这个作案者，就是段民贵所说的，曾经冒险救过林雪的人？

这不得不使我又想起了二十年前发生在区三小的那场火灾事故案，那个案子也是一样，人死了，现场留给人的假象也是意外事故。这两起案件虽说时隔二十年，作案手法各不相同，但是却有两个共同点：一是，都制造了一个假象，让人误以为是遇害者自己不小心造成事故而身亡。二是，作案时间都是凌晨四点到五点钟。我知道，仅凭这两点，把这两个相隔二十年的案子联系起来是有些牵强，但是，如果再从人物关系这个链条上来梳理的话，我可以认定，这个案子就是二十年前甄初生火灾案的延续。因为，这两起杀人案的死者都与林雪受害有关，林雪自然成了焦点，嫌疑人可能就是与林雪相关的人。

2

二十年前的那场纵火案，成了我解不开的一个心结。我从事警察工作几十年，侦破了不少大案要案，唯独那件发生在区三小的火灾案，成了我警察生涯中的一个耻辱。这些年来，每每想起那个案子，总是心有不甘，我也暗暗地查问过当时有关的人和事，掌握了一些蛛丝马迹，可是，还是没有理出一个完整的头绪来。现在，当我把二十年前的那个案子与现在的案子联系起来后，我终于找到了一个答案，我想，在我明年退休之前，终于能给我自己一个交代了。

二十年前的那个案子，以及有关那个案子的卷宗，我不知翻阅过多少遍，几乎烂熟于心了。我清楚地记得当时的情景，那是1998年的9月14日，凌晨六点十分，我接到新华路派出所的报案电话，说区三小发生了一场火灾，烧死一人，火势已经扑灭，根据现场勘查，有故意纵火嫌疑。我带着刚刚分到我们刑侦队的宋元赶到区三小。区三小地处城北郊，相对比较偏僻，设施相对落后，操场和马路铺的还是泥土和石沙，校舍都是低矮的平房，教师办公室和宿舍合一，在操场面对的第一排，发生火灾的是那一排的104室。

我带着宋元来勘查现场，到104室门口，看到门窗早已被烈火烧成了一个黑洞，进了屋中，室内的桌椅、书本作业、床铺都化成了灰烬，靠墙边的一辆自行车烧得只剩下了一个铁框架。死者被烧死在离门两步远的地方，趴着，从形体上判断，死者发现火灾后，从床上翻下来想夺门逃生，但是，因为火势太大，已经封住了他的路，他无法逃出，最后丧身在火海之中。再看门口和地下，已经被烧成黑炭色，我蹲下身子，用小刀刮起一团黑焦，凑到鼻子下嗅了嗅，有一股汽油味，我装到了塑料袋中密封了起来。然后到门口和窗台上，用同样的方式提取了被烧过的黑焦，同样嗅了嗅，感觉还是有汽油味，我分别装到了另外的两个袋子中，然后用油笔在上面标明了地下、门口、窗台。这才回过身来问旁边的校长：

"死者是谁？多大年纪？"

"死者叫甄初生，是六年级一班班主任，算术老师，男，四十四岁，西州市东县人，妻子和一个儿子还在老家农村，他住校，只有到了周五才回家，星期天晚上回来。他离家大概有四十里地，来去都是骑自行车。"

"这是他杀。"我毋庸置疑地说。

校长吃惊地看着我说："不可能吧？甄老师好像没有得罪过什么人，怎么会他杀？"

我抖了抖手中的塑料袋说："地上和门口被烧焦的泥土，有汽油的味道，估计有人从门外倒进了不少汽油，然后点了火，正在熟睡中的甄老师发现大火后，已经来不及脱身了。遗憾的是，救火时现场遭到了破坏，查不到别的证据。除非谁能证明，甄老师的宿舍里存放着大量的汽油，否则，很难排除他杀的可能。"

校长扶了扶近视眼镜，说："好像没有发现过他宿舍里存放汽油。赵老师，你过来一下。"

"李校长，你叫我吗？"旁边的一位年轻老师马上赶过来说。

"他是我们的赵老师，叫赵开明，他就住在甄老师的隔壁。"李校长介绍完之后，我马上问赵老师：

"你有没有发现过，甄老师房间里存放汽油？"

"没有呀，昨天晚上十一点钟，我还去过甄老师的宿舍，没有闻到屋里有汽油味儿。我鼻子很灵，要是屋里有汽油，哪怕就是放着一点儿，我也能闻到。"

"你昨天晚上到甄老师房间里干什么去了？"我问。

"嗨，我想抽烟，没火了，就去甄老师那里借了个火。我们俩没事的时候也相互串串门儿。"

"甄老师也抽烟？"

"抽，他的烟瘾也很大。我到他房间里给他让了一支烟，聊了一会儿天，抽完烟我就回来睡了。"

"你感觉到他有什么不正常吗？"

"没有，跟平常一样。"

"你是什么时候发现他的房子里发生了火灾？"

"我已记不清确切的时间了，反正我在沉睡中突然醒来，感到味道不对，从窗户一看，好像有火光在闪，我马上下床，打开门，一股浓烈的烟火味就冲进了我的屋，我心想一定发生了什么事，一个箭步冲出来，才看到甄老师的房间着火了，当时火势很大，浓烟滚滚，我大喊了几声救火来，救火来！然后急忙跑到门卫处，敲开门，给110打了一个电话。门卫的张大爷随我赶回甄老师的门口，火势已经有所减弱，还好，这些平房都是水泥砖墙结构，没有烧到我的宿舍里来，也没有烧到林老师的宿舍。林老师他是城里人，一般回家住，他的宿舍紧靠着甄老师的宿舍，是103室，我是105室。"

我又问了门卫张大爷，他说晚上九点钟他就锁上了校门，晚上没有发现过有人进出大门。

我又查看了校园四周，正南方是校园大门，出门就是大街，东侧紧靠区卫生防疫站，西侧是气象局，北面是一块大操场，操场的外围是旧城墙，城墙的边角上，开着一个豁口，本来是用土块挡着的，后来不知被什么人拆除了，家住学校北面的同学，有的为了简便，就把这个豁口当成了通过学校的捷径，从豁口中来去自如。我特意到豁口处仔细观看了一番，那个豁口不大，只能容下一个孩子进出。再看旁边的踪迹，都是一片杂七杂八的小脚印，没有发现什么异常。

勘查完毕，我让宋元带着我在事故现场采集的黑焦泥回到市局去做检测，我则留在学校，对其他几位老师进行问询。住校的老师不多，加上甄初生，一共才五人，而且，住在甄初生隔壁的赵开明老师我已经问过，剩下的几位老师，也说不知道事情的原委，他们听到校园里乱哄哄的声音后，才知道发生了火灾。

我又向他们询问了甄初生平时与外面哪些人有什么交往，或者说得罪过什么人。他们都说，甄老师几乎没有与外界有什么接触，更没有得罪过什么人。

下午上班后，宋元那边有了结果，经过检测，我提取的三处焦土都含有汽油成分。这就进一步证明，甄初生不是自己不慎引发火灾而死，而是有人故意纵火，是他杀。

一个普普通通的小学老师，从来没有得罪过什么人，为什么会引来杀身之祸？或者说，凶手是出于什么目的用这样残忍的手段将他杀害？究竟是情杀，还是仇杀？

要揭开这个谜，我想得从两个方面入手：一是，要摸清甄初生的社会关系，从学校内部和他的学生入手，看看能否发现有价值的线索；二是，要从汽油的来源上查起。根据现场烧过的火势痕迹推断，灌进甄初生房间的汽油不会少于五公斤，而这些汽油又是从哪里来的？汽油的来源就成了这个案子的一个重要线索。

在接下来的几天里，我们对有关老师和甄初生班里的学生做了盘查，并没有发现什么可疑之处。我们对汽油的来源也做了盘查，发现家住学校附近的刘师傅丢失过汽油。刘师傅叫刘兴德，他告诉我们，他的汽车就停在他家小院外面，9 月 14 日早上他开车去开登水泥厂拉水泥，在返回的半道发现没有油了，他这才知道昨天夜里汽车放在外面被人偷了汽油。我问他：

"你估计丢失了多少汽油？"

"五公斤左右。"

"你有没有线索，或者怀疑是谁偷的？"

"没有线索，也没有怀疑对象。我估计是谁的摩托车没油了，偷了油去加摩托了。"

刘兴德的怀疑不是没有道理，但是，我更相信那些油并不是加了摩托，而是用来行凶。

案子迟迟没有进展，教育局领导就向市公安局打了招呼说，要是案子没有结果，就以甄初生本人用火不当引发火灾结案吧。如果你们公安局确认是他杀，又找不出纵火凶手，搞得人心惶惶，会影响到学校的稳定。再说了，我们也不好给甄初生的家人一个交代。市局领导对此也很不满，就对我说，找不到线索就按教育局说的结案吧，别自己给自己找麻烦了。

就这样，这个案子最终以甄初生用火不慎引发火灾而结案。

破案是警察的天职，我没能破此案，不能埋怨别人，只能怪自己能力不及。在很长的时间内，我虽然破了不少大案要案，由此也获得了许多殊荣，但是，一想起发生在区三小的"9·14"纵火案，就成了我的一块心病，成了解不开的一个结，也成了一种说不出的耻辱。

　　大概是十二年之后的一个阳光正暖的冬日下午，我在办公室一边晒着太阳一边看着报纸，在"文摘荟萃"的版面上，突然看到一则消息，讲的是甘肃某县一位李姓的小学老师，利用教学之便，强奸、猥亵二十六名幼女，其中最小的四岁，被执行枪决。看着这样的消息，令我心痛，更令我震惊，世上竟有这等畜牲不如的老师，因了这种人的存在，才给这二十六名幼女以及她们的家人造成了一生抹不去的心理创伤。这样的恶行校方和学生家长为什么没有在他侵害第一个学生时发现？如果早一点发现，也不会造成这样大的恶果。究其原因，主要是被侵害的幼女怕羞，不敢声张，即使家长知道了，也怕给孩子的将来造成影响，只好忍气吞声，这样反而助长了这个畜牲老师的恶行，让他得寸进尺，一直祸害到了二十六名。如果再深究下去，这不光是一个校园犯罪的问题，更是一个严肃的社会问题。如何加强防范，应该引起学校、家长们的高度警惕。然而，也就在这时，这一信息像一道亮光，忽然在我的脑海里一闪，我便不由自主地联想起了发生在区三小的"9·14"纵火案。当时我们在调查时得知甄初生特别喜欢给班里长得漂亮的女学生补课，男生对此意见很大。而那几个女学生也都承认甄初生叫她们单独去补过课。难道……与猥亵、性侵有关？当我想到这个层面时，脑子一下被打开了，如果甄初生的死亡与这层意思联系起来的话，死因就不难解释了，或许就是被他性侵的某个女生的家长得知内情，为了保全他女儿的声誉，不得不采取极端措施，将他活活烧死。

　　我立即驱车来到了广州路派出所，把这一猜测告诉了我的徒弟宋元，希望能得到他的认同，或者提出异议。宋元当时已经是派出所的副所长了，他听完后，过了半天才说：

"师父的分析很有道理，如果有这种可能，甄初生的死因就有了一个合理的解释了，看来我们当初的调查方向出现了偏离。"

"是的，我们当初没有找出他的死因，调查也就偏离了方向，进入了一个盲区。如果现在从这方面入手，我或许能揭开这个谜底，找到真相。"

宋元一听我有查下去的想法，便说：

"师父，你不会还要继续查吧？这个案子当年已经结案了，如果旧案再提，你就不怕招来局领导的不满？再说了，当年要是趁热打铁也许会查出真相，可现在毕竟时过境迁十多年了，再去翻历史的旧账，难度很大，只怕吃力不讨好，反而招来非议。"

"这些我都想过了，不怕的，明查不行，我就来暗的。你也知道，师父我这些年来一直有个心结，好像不把我经手的案子搞个水落石出我就不甘心。"

宋元看我决心已定，只好说："既然师父决定要暗查，我也不能袖手旁观，有什么地方需要我做的，您尽管吩咐好了。"

"好，有你这句话我就够了。"

告辞宋元出来，当我的心又回到了"9·14"的旧案上时，不免有些纠结，我若继续查下去，会不会伤害到无辜的人？为了弄清楚甄初生的死亡真相，这样做值得吗？可是，我现在明明有可能接近事情的真相，如果就此放弃，是不是有愧于警察的职责？我就在这种矛盾和纠结中，权衡再三，最终还是决定查下去，一定要查个水落石出。

回到局里，我又翻阅出当年的卷宗，经过重新查看，找出了曾经被甄初生单独叫去补课的几个女生，分别是赵小云、林雪、吴春花、魏彩云、田华华。然后，我又找到了当年与她们分别谈话的记录，她们的确承认被甄初生叫去单独补过课。

这五个女生，现在的人生轨迹各不相同。林雪大学毕业回来参加了工作；吴春花去年不知何故自杀了；魏彩云已经成了家，她的丈夫是市委机要秘书；田华华嫁给了一个做家电生意的老板，当上了家电商场的老板娘；赵小云大学毕业后去了深圳，现在是否结婚还不知道。如何从她们身上打开缺口，这的确是一件令人难以启齿的话题，几十年过去了，你再向她们提问这样的事，倘若她们没有发生过，会觉得你这个老头儿实在无聊，有窥隐癖；如果她们真的被性侵过，你无疑是在人家的伤口上撒盐，觉得你这个老头儿实在太可恨。

我明白，这种事儿，要是不注意好分寸，就会落得个里外不是人。我权衡再三，最终觉得还是先找找吴春花的家人合适些，毕竟她已作古，家人不会顾忌太多。

3

吴春花自杀后，她的母亲也去世了，父亲还在，退休在家。我在宋元带领下，找到了吴春花的父亲，他正在小区的一棵老槐树下面与几个老头下象棋。宋元本来要上去打招呼，我伸手拦住了他，示意他不要去打扰。我凑上去看着他们下。棋已经到了残局，吴父已处劣势，却不肯认输，对方已经有些洋洋得意地说，老哥哥，认输吧，你就是请来许银川大师，恐怕也救不活你的这盘棋了。吴父正要交子，我突然伸过手说，慢着，我走一步看看能否救活？说着，将车白白让给了对方吃，也等于逼他的老将上顶，也打开了自己的炮路。吴父突然叫了一声好！对方一下难住了，吃了车，吴父这边就解开了套，只能是活棋，不吃车，反倒致他为死局。思考半天，只得交棋言和。两位老人这才抬头来看我，吴父说，这位高人是谁？宋元说，吴师傅，他是我的师父。吴师傅高兴地说，原来你是宋所长的师父呀，失敬失敬。

有了这层关系的铺垫，接下来的谈话就顺利了许多。

在吴师傅的家里，当我把话头小心翼翼地扯到了当年区三小的那场火灾事故时，吴师傅突然有些警觉地说："你们不会怀疑是我放的那把火吧？"

他的突然警觉，让我感到有些突兀，也产生疑惑，就说："你怎么会这么想？"

"不瞒你们说，当年我是说过要杀了姓甄的这个畜牲老师，可我也是一时的气话，并没有真杀他。"

我点了点头说："吴师傅，你别紧张，你放心好了，如果真不是你放的，我们绝不会冤枉你的。但是，你必须要把当时知道的情况一五一十地告诉我们。"

吴师傅这才叹了一声，点了一支烟，吸了几口，便说：

"这事儿过去十多年了，当时的情况我还记得很清楚。那年，春花还在上小学，一日放学，女儿很晚了才回来，她像是得了什么大病，面色蜡黄，神情痴呆。她妈妈问她怎么啦，什么地方不舒服？不问还罢，一问，女儿就哇的一声哭开了。在她妈妈的一再劝说下，女儿才说，她们班主任甄老师叫她去补课，结果被那个畜牲老师给糟蹋了。我当时气急了，就说我非宰了这个畜牲不可。她妈妈一把拉着我的衣服说，你别莽撞，你宰了他你就成了杀人犯，你成了杀人犯让我和姑娘怎么活？让儿子在部队上怎么抬得起头来？经孩子妈这么一说，我冷静了下来。我觉得不能冲动，要通过法律的手段来解决。可是，这种事不像别的事，要是通过法律来解决，必定要把事情张扬出去，这样的话，我的女儿不也跟着那个畜牲老师身败名裂了吗？女儿还小，我们还要为她的将来考虑。连续几天，我一想起女儿那双泪汪汪的大眼，心里就疼得难受，总觉得不能咽下这口气。后来我又问了女儿，甄畜生是不是还叫过别的女生补课？女儿说，还叫过赵小云、林雪、魏彩云、田华华等好几个女生哩。姓赵的、姓林的和姓魏的三个孩子我不知道是谁家的，我只知道田华华是田多财的女儿，田多财原来在我们公司安装队干过，我想找找他，商量个对策，我总不能眼睁睁地看着这个甄畜生来糟蹋我们的孩子。孩子她妈就劝我说，老吴呀，你就别张扬了，你要张扬出去，以后让孩子怎么活呀？我们的老脸往哪里放？要不，等哪天抽个空，我们一起去找找那个畜生老师，单独把他臭骂一顿，警告警告他，让他以后不要再欺负我们的女儿。我觉得这也是个办法，为了女儿的声誉和将来，我们只能这样做了。"

吴师傅说到这里，仍有些愤愤不平，他拿过茶杯，喝了几口水，接着说：

"就在那天，我们准备要找甄畜生算账时，女儿放学回来高兴地说，她们的班主任甄老师死了，被大火烧死了，烧成了一个黑焦棒棒。我看到了女儿脸上露出了难得一见的笑容。听了这个消息后，我们也很开心。我估计肯定是哪个学生家长咽不下那口气，不得不下了狠手。不管他是谁，我都很赞赏，他为我们大家除了一个大祸害。我本以为这事儿过去就过去了，没想到却给我的女儿带来了一生的伤害。也许你们只听到我女儿自杀了，但是你们并不知道她是什么原因自杀的，我也从没有向别人提说过，我没脸说呀。"

老人说到这里，不由得长叹了一声，接着说：

"去年春花谈了一门婚事，我们全家人都很高兴，没想到新婚之夜女儿自杀了，我们自然要向男方家讨个说法。女婿说，新婚之夜因处女膜的事，两人发生了争吵，女婿一气之下说要离婚，说完了，他也没当回事儿，没想到一觉睡到天大亮，醒来后发现春花割腕自杀了。他也很后悔，早知如此，打死他也不会说出那两个字。我知道这事儿也怨不得女婿，是我丫头性子太烈了，才导致了那样的结果。说一千道一万，要说真正原因，还是那个畜生老师，要不是他，我的春花也不至于走上那条绝路。春花走后，她妈妈气血郁结，吃不下东西，不到几个月，也撒手人寰了。"老人说到这里，泪水就在他的眼里打起了转转。他抹了抹泪水，继续说："像那样的畜生老师早就该死，烧死都便宜了他，应该千刀万剐下油锅。现在，事情已经过去十多年了，你们怎么还揪着这件事不放？是不是想为那种人平反昭雪？我劝你们还是算了吧，别查了，要是查出来是谁放的火，惩办了放火的人，那不等于惩办了好人？"

走出了吴师傅的家，我的心情异常沉重。这个问题我不是没有想过，但是，当我聆听了受害者家属的这番话后，的确对我的冲击不小。

宋元见我不语，就道："师父，这个案子，您还要追查吗？"

"查！"我说，"当法律与道义发生冲突的时候，我只能选择捍卫法律的尊严，这是一个执法者义不容辞的责任。"

"那么，您不觉得这样做，会伤害更多的人吗？"

"我会尽量地保护她们的声誉不受侵害。"

我知道我的这句话说得有些苍白无力，但是，除此，我还能说些什么？

我不敢直接去接触林雪、魏彩云、田华华了。我真的不愿意戳破她们早已愈合了的伤口。我只好再从汽油的来源上做一些了解，也许会找到答案。

我又找到当年开卡车的刘师傅。他现在搬到了新家，是旧村改造后分的搬迁房，两房一厅，很不错的。刘师傅也早已退休了，没事了就带带孙子，养养花儿，逗逗鸟儿。在公园里，我找到了他，两个人又聊了起来。

"你问那年丢失汽油的事儿？嗨，我都忘了，你还记得？哦，对了，这事儿说来也奇怪，前几年，我、孙老头、王秃子，几个老头闲聊起我们年轻那会儿的事，王秃子才说起了他看到过偷油的小偷儿，不是大人，而是一个小男孩。"

"原来是个小男孩？刘师傅，你说详细点。"我马上插言道。

刘师傅又详细地说了一遍，末了说："李警官，这事儿就算了，不就是一小桶汽油嘛，最多五公斤，值不了几个钱，你就别查了，传出去让人以为我老刘头这么小气，为十多年前的几公斤汽油还要麻烦你们警察，多丢人。"

我笑笑说："好的，我只向王秃子证实一下即可，不会再查了。"

于是，我又找到了王秃子，他与刘师傅所说的大致无二，汽油是被一个小男孩偷走了，那个小男孩究竟是谁？却没有了答案。不过，这也让我确定了一点，作案人不是大人，而是小孩。

案子调查到这里，两个路径都被卡住了。一个是受害者的线索，一个是汽油的线索。

宋元看我一脸愁容，就宽慰说："师父，查不下去就别查了，这毕竟是十多年前的旧案了，何况又没有人敦促您非查不可，路不通时，就拐个弯收场吧。"

"拐个弯？"我突然打一个激灵，高兴地说："说得好，路不通时，拐个弯，如果拐个弯，真是别有洞天了。"

"您找到新的路径了？"宋元一看我喜形于色的样子，惊奇地问。

"是的，我找到了。"我说，"把这两个断头线索拼结起来，岂不畅通了？偷汽油的那个男孩如果是嫌疑人，他的犯罪目的是什么？就是为了保护这些女生中的其中一名。我们不妨用排除法推理一下：魏彩云、田华华都结婚了，她们两个，一个嫁的是市委机要秘书，另一个嫁的家电商场的老板，无论是秘书，还是商场老板，

182

他们都不是当年区三小六年级的学生，也就是说，他们当年根本不认识魏彩云和田华华，更不知道甄初生是何许人也，这就排除了他们纵火的嫌疑。赵小云大学毕业去了深圳，结没结婚，我就不知道了，这个暂且不要排除。还有一个就是林雪，她的男朋友你知道是谁？是夏风，他们俩当年是区三小六年级的同班同学，问题就出在了这里。"

"您是用排除法排除了田华华和魏彩云，谁与同班的男生相恋，那个被恋的男生，最有可能就是偷汽油的小男孩。"

"没错，就是这个道理。大致的情况应该是这样，有一个男孩，朦朦胧胧地喜欢上了一个女孩，后来他知道了他喜欢的那个女孩遭到了甄初生的性侵，为了保护那个女孩，就想到了报仇雪恨。当他发现了刘师傅的汽车停放外面，就产生了一个想法，到后半夜，他悄悄起床，拎着早已准备好的塑料油桶，偷了汽油，然后烧死了甄初生……"

宋元接着说："那个男孩应该就是夏风，那个女孩就是林雪，后来他们上了初中、高中，又双双考上了大学，他们的相爱水到渠成，大学毕业后，又双双回到了西州。如果不出意外的话，他们俩最终会走向婚姻的殿堂。师父的推理的确合乎情理，也在意料之中。只是现在还缺少有力的证据，无法证明那个偷汽油的男孩就是夏风。"

"是的。推理必须建立在符合事实的逻辑基础上，现在还缺乏有力的证据，我也只能像说书人讲的那样，预知后事如何，且听下回分解了。"我怪异地笑了一下说："说实在的宋元，当我推理到此，真的感到很纠结，我既渴望得到证实，又害怕得到证实。我是怕因为我的执着，从而改变了夏风和林雪的命运。如果那样，我会感到不安。"

"可是，让您放弃，同样会感到不安的，是吗？"

"应该是的。所以，既然我的路径被卡着了，我只能等待，让时间来疏通。"

4

没想到，这一等，竟等了好几年。期间所发生的一切，令人瞠目，也让我费解。我本以为夏风和林雪喜结连理已成了一种必然，可谁承想到半道上突然杀出来个段民贵，他就像黑道上飞驰而来横刀夺爱的蒙面大盗，把林雪轻而易举地从夏风手里夺了去，而林雪竟然心甘情愿地做了段民贵的老婆。这是怎样的节奏，又是怎样的套路？我的思路实在跟不上趟，更无法破开其中的秘密。

时间一直延续到段民贵意外身亡，随着案件的深入调查，原先卡在我脑海中的那两个路径也慢慢地有所疏通，二十年前的"9·14"案和二十年后的"8·24"案，就像木桌的卯眼和榫头，让它们严丝合缝相套后，所有的推理才能顺理成章，所有的谜底才能一一揭晓。可是，现在卯眼和榫头之间还有缝隙，缺的是胶水，再能粘一下，就牢固了，而这个胶水，应该就是证据。

我必须还得找林雪谈一次，许多新的发现我必须得到证实。

我们的谈话地点仍然放在了广州路派出所的小会议室里，仍然由宋元约了林雪。看着林雪进来，我微微点了点头。

"你好，李警官。"她微微向我笑了一下说。

"不好意思，又要麻烦你了。"我客气地说。看着眼前这位冰清玉洁的美人，知性、高雅，还有一种拒人于千里之外的冷漠，我很难想象到，她为了一个深爱的人，竟然忍受住段民贵那样非人的屈辱。

她似乎做好了一切准备，有点开门见山地说："没关系，你们要是想问什么，就问吧。"

"那我就不客气了。我想问问你，8 月 23 日，就是在你去体育中心集中前，你碰到夏风后，你们说过些什么？"

"那天，我是见到过他。"她想了想，才说："我好几年没有见到过他，都差点儿认不出他了，那天看到他，样子很憔悴，我就问他是不是生病了。他说没事的，可能经常失眠，没有休息好。然后他问我的女儿几岁了，我女儿接着回答说六岁了。他有些感慨，就说时间过得真快。那天天气很热，我要急着去赶车，也没多说什么。"

"他知道不知道你带女儿是去参加川县夏令营活动？"

"这个，他好像问过我，带女儿去哪里，我说去参加女儿的夏令营活动。"

"你有没有告诉他，你和女儿要去的地方是川县？"

"记不清楚了，他没问，我可能没说。"

"还有一件事，我想证实一下。你与夏风在大学时就已经谈恋爱了，毕业后，你们又双双回到了西州，他当了老师，你做了公司职员，两个人的感情与日俱增，应该说，你们的爱情基础很牢固，已经订婚了，你怎么突然放弃了他，跟了段民贵？这其中的原因是什么？这本来是你的私生活，我无权过问，当然，也是为了案子所需，才冒昧相问，请你理解。"

"没关系，我可以回答你。我和夏风过去关系的确不错，那时候毕竟还很年轻，不谙世事，上大学时觉得他的足球踢得好，就喜欢上了他。来到西州后，才觉得他越来越不适合我，这时候段民贵也在追求我，我在夏风和段民贵之间做了反复的权衡，还是觉得段民贵更适合我，毕竟段民贵的经济状况要比夏风优越得多，我要跟了他，房子车子票子什么都有，再也不用我发愁买楼还贷了。女孩嘛，都有点爱慕虚荣，我不否认，在这方面我也很难脱俗，正因为如此，我就放弃夏风跟了段民贵。谁知道，段民贵嫖娼事件被媒体曝光后，一贯争强好胜的他从此萎靡不振破罐子破摔，才发展到了后来的样子。"

"哦，也是，说得十分在理。不过，据我所知，你的心里，一直装着的是夏风，段民贵好像抓住了你的什么把柄，对你进行了胁迫，你才不得不放弃夏风跟了他。婚后，段民贵一直拿这个事来威胁你，是不是？"

"什么呀？"林雪的脸色突然有点发红，很快地，她便平静地说："我是心甘情愿嫁给段民贵的。至于后来产生了矛盾，并不是我心里装着什么人而引发的，而是他不自律，又是嫖又是赌后来又抽，作为妻子，向他发几句火，他就误认为我心里有别人，什么把柄？都是无稽之谈。"

"那么，他曾经说过的双排扣，又是怎么一回事？"

"双排扣，什么双排扣？是做什么用的，我怎么不知道？"

"那我可以帮你回忆一下，就是今年4月份，有个姓黄的人，到过你的家，他亲耳听到段民贵对你说的。那个姓黄的人，你不可能没有印象吧？"

林雪的脸上一阵阵苍白，我知道，我不应该拿黄存和那样恶心的人来揭她的伤疤，但，为了查明真相，我又不得不拿黄存和当证人。

"请你不要再拿那样的人来侮辱我。"她突然有些生气地说，"如果你们认为段民贵是我杀死的，该逮捕就逮捕，该法办就法办，该做牢就做牢，该砍头就砍头，无须审来审去，更无须借查案来窥探别人的隐私。好了，警官先生，恕我不再奉陪，这些人在作恶的时候，我们母女多么渴望得到法律的保护，渴望你们出面来维护法律的尊严，可你们呢？何曾保护过我们？现在，谁也没有强迫你们为了一个拐卖亲生女儿、出卖老婆、吸毒贩毒的犯罪分子来申冤，你们却这么积极认真，就是为了争功邀赏吗？你们有本事能查就去查，查不出来就拉倒，省着些力去惩治那些犯罪分子，以后别来骚扰我。"说完，她突然站了起来。

"林女士，对不起……"我突然觉得有些对不起她。

"就此别过，各自安好！"林雪还是没有给我们留面子，她怒气冲冲地说完，转身离去。

5

我和宋元相对看了一眼，过了好久，我也站起来说："宋元，这次师父错了，不应该撕开她的伤口，她的反驳，让我感到惭愧，也引起了我的深思。的确，如果在段民贵走向无底深渊的过程中，我们及早出手相救，也许这样的悲剧就不会发生了。她的话，给我们敲响了警钟，如何更好地运用法律的武器，保护群众，惩治罪犯，这是我们每一个执法者不可忽视的问题。"

宋元说："当然，错并不完全在师父，伤口撕不撕都在痛，只是让她抓到了一个离开的机会，也趁机回避了我们的许多问题。"

"离开也罢，看来在她身上是问不出什么结果了。"

过了一会儿，宋元又说："什么时候我们去找王北川？应该说，除了林雪，最了解夏风和段民贵的人就是他，也许我们会从他那里得到一些有用的东西。"

"你安排时间吧，我现在还得回趟局里，有个碰头会。"说着，我拿起公文包，与宋元打了声招呼，告辞而出。

所谓的碰头会，实际上也就是汇总一下案子的进展情况。调查监控录像的李多星和赵大志并没有查出实质性的结果。李多星说，他们从交警队调取了8月24日凌晨三点钟到六点钟的录像，以莲花一村为圆心，对周边的各个路口进行了细致的查找，仍然没有发现可疑的目标。老汪和白小燕与各辖区派出所取得了联系，对市区所有配钥匙的摊点进行盘查，也没有发现有人配过那种钥匙。

听完两个小组的汇报，我只好做了新要求："一、李多星小组的搜寻范围可以集中一些，把目光集中到市一中到莲花一村这个路段，以莲花一村和市一中这两个地方为重点，时间也可再延长一些，从凌晨一点到早上八点，认真地查找，不要放过任何一个细节。二、老汪这个小组，也要扩大范围，从市区扩大到郊区，不要放过任何一个摊点，尤其是没有在公安局登记过的黑摊点，更要引起警惕。我再找一找几个有关人员，从人物关系链上发现疑点。大家看，还有没有需要补充的，或者有什么建议？"

老汪说："李调，你是不是已经有嫌疑目标了？如果有，我们不妨从他的活动范围入手，以他惯用的交通工具为线索，这样，调看交通录像、查找钥匙来源又会多了一个特征。"

我说："老汪讲得十分有道理，我现在还不能完全确定嫌疑目标，对他的这些特征还不十分了解，为避免误导诸位，只好先查吧，等有了眉目，我们再进一步锁定目标。"

李多星说："这把钥匙只是一张照片，比较平面，配钥匙的师傅不好辨认，鉴于这种情况，我们能否配几把真钥匙，这样拿着钥匙查找，效果会更好些？还有一个问题，我们不妨推测一下，嫌疑人配钥匙时，是拿着真钥匙去配，还是拿着橡皮泥做的模型去配？还是拿着照片去配？这很关键，如果搞清楚了这个问题，查找起来会更方便。"

"这个问题的确很关键，李多星提得好。"我说，"我可以肯定的是，死者的家门钥匙孔以及门缝边都完好无损，没有撬裂的痕迹，这就表明，嫌疑人是有备而来的，而且，他是用钥匙打开了门。我们不妨设想一下，如果嫌疑人拿着真钥匙去配，试问这把真钥匙是从哪里来的？既然他手里有真钥匙，为什么还要去配？我估计嫌疑人拿着真钥匙去配的可能小。如果拿着照片去配，这样配的钥匙会出现很大的误差，严格地说，这是不可行的，应该排除。这就是说，拿着模型去配的可能性很大。这里便出现了一个问题，如果嫌疑人拿着模型去配，说明他与钥匙的持有方很接近，也很熟悉，这就是说，他是趁对方不备时偷偷拓下模型，然后再到摊点去配的钥匙，是不是这个道理？"

说到这里，我的脑子里突然一闪，想起了林雪上幼儿园的女儿，想起林雪说过，夏风曾问到过她女儿几岁了。我突然说："这样吧，白小燕，给你分一项新任务，你到春蕾幼儿园查访一下，林雪的女儿是不是在那家幼儿园上学。然后通过幼儿园的老师暗暗查问一下，有没有外人接触过林雪的女儿。监控录像那边，就辛苦老汪一个人去查了。"

白小燕说："好的。"

老汪说："没问题。"

布置完毕，各自分散。

我刚吃过午饭，就接到了宋元的电话，说他约好了王北川，还是在派出所小会议室。我匆匆赶了过去，他俩已经等候在那里。

王北川一见我，就迎了上来，又是握手，又是敬烟，热情得好像见到了他多年没见的舅爷。待落座后，我就直言不讳地说：

"你就是王北川王老板？"

"老板不敢当，不敢当，小公司，只是混口饭吃，李警官你就叫我小王，或者王北川好了。"

"好，我一看你就是个痛快人，那我也不跟你兜圈子了。听说你和段民贵、夏风，还有林雪是同班同学，是吗？"

"是是是，我们四个在区三小上学时就是同班同学，当年我们的班主任老师被火烧死了，李警官和宋所长还到我们学校对我们班的学生挨个儿进行了谈话。我还记得当时李警官和蔼可亲的样子，当时宋所长还很年轻，只坐在旁边做记录。"

"那就先从你们上小学时谈起，在小学时，你们几个人的关系怎样？"

"嘿嘿，想起小学时代，我还真怀念，那时候我们都很纯朴。我和夏风都喜欢踢足球，我们一起加入区少年足球队，所以，相对来讲，我和夏风关系要好些。段民贵当时也不太起眼，学习和我差不多，都很一般。要说学习，还是林雪最好。那时候，她就很孤傲，不太喜欢跟班里的其他同学来往，她也不像其他女生那样喜欢说说笑笑。"

"你说说看，当时林雪和夏风的关系怎么样？"

"他俩嘛，我看当时的关系也很一般，平时也没见过他们有什么来往，也很少说话。不过，他们是邻居，在放学的路上，他们俩也没有一起走过，还是保持着一定的距离。倒是段民贵，我看他那时候挺喜欢林雪的，在我们快要小学毕业时他悄悄跟我说过，他做了一个梦，梦到林雪。我问啥梦，他就不说了。"

"当时夏风和段民贵的关系怎么样？"

"他们的关系不算多么亲密，还算可以。有一次，段民贵欺负了外校的一个同学，那个同学纠集了几个人把段民贵截在巷道里要打他，夏风看到后出手救了段民贵。夏风很仗义，当时他在我们班特擅长体育，田径和球类样样领先，尤其到了球场，特别敏捷灵活，出手很快，打起架来，他能一个顶俩。要说他们俩有矛盾，应该是参加工作之后了。"

"那好，你就从他们怎么发生矛盾讲起。"

"夏风和林雪大学毕业后一起回到了西州，他们俩本来是可以留在省城的，夏风的父亲是个残疾人，夏风怕父亲老了没人照顾才回到了西州，那时候他已经与林雪恋爱了，林雪就跟着夏风回到了西州。他俩的关系一直很好，没想到被段民贵从中插了一杠子。段民贵那时候生意做得很不错，也差不多有一两千万的资产，他就仗着自己有点钱，财大气粗，把林雪从夏风的手里抢走了。夏风当时很沮丧，我还劝夏风想开些，可是，没想到夏风还真是想得很开，说这个社会本来就是物竞天择，林雪在没有成为他妻子之时，谁都有追求她的权利。既然段民贵追到了林雪，说明段民贵比我厉害，我没有什么好抱怨的。后来，段民贵和林雪结婚了，大概时隔不久，夏风与他同校的一位英语老师也结婚了。夏风来给我送结婚请帖，恰巧段民贵也在我那里。顺便说一下，当时我正开着桑拿中心，段民贵常到我这里消费。这事儿恐怕你们都知道，后来出事了，段民贵被网络曝了光，我因为涉黄被判了三年有期徒刑，这是后话了。就说当时吧，夏风只给我带了一张请帖，段民贵一看没有他的，脸上就有些挂不住，就说了一些不太尊重人的话，说完刚下楼，夏风就跟着下了楼，我怕他们打起来，也跟着下了楼，夏风好像教训了段民贵几句，说你既然爱林雪，把她从我手里抢走了，你就应该对她负责，别经常到这种风月场所来伤害他。段民贵就说，我的老婆不用你管，两个人争吵得很厉害。我怕他们打起来，马上拉开了夏风。"

"当时你觉得是不是夏风还在爱着林雪？"

"当然看得出来，夏风还是爱着林雪，要不然，他也不会教训段民贵。不过话说回来，段民贵在这方面的确做得很差，后来他被网络曝光，我有责任，当然也怪他段民贵，他要是像夏风那样洁身自好，也不会有事的。我被判了三年有期徒刑出来后，一切都发生了很大变化，夏风离婚了，段民贵又赌又抽，家财折腾光了，整个人也不成样子了。这次段民贵出了这样的事，我觉得对他来讲也是个解脱，对家人来说，也是个解脱。"

"据你所知，段民贵平时和谁有仇？"

"这个我倒不知道。过去我开桑拿的时候，段民贵常来我这里消费，两人接触还算多些。到后来，他染上了毒瘾，我们唯恐避之不及，哪里再敢接触他？所以他有没有仇人，究竟仇人是谁，我根本不知道。"

"听说你和夏风一起去参加了段民贵的遗体告别仪式？"

"是的，段民贵虽然活着时口碑不好，但是，他毕竟是我们从小玩儿到大的伙伴，我们还是一起去了。参加告别仪式的人不多，除了他的家人，就是我们三五个同学，说明段民贵活着的时候真没有交下几个朋友。当时我看到林雪哭得那个伤心，真让人心痛。不论怎样，毕竟也是夫妻一场，这都可以理解。"

"你估计一下，现在夏风和林雪都成了单身，他们有没有再度和好的可能？"

"我觉得没有这种可能，夏风恐怕很难接受林雪当年对他的背叛。"

"是不是夏风向你透露过什么？"

"我问过他，说你们俩现在都落单了，有没有可能重归于好？夏风说，不可能再有这个机会了，还说过了那个村就没有这个店了。"

"你觉得夏风是故意这么说着让你听，还是说的真心话？"

"听他的语气，好像是真心话。再说了，如果他真的想与林雪重归于好，也没有必要在我面前说谎。"

听到这句话，我的脑海里突然打了一个大大的问号，难道我前面的推理都是错误的？"不可能再有这个机会了"，夏风的这句话到底是什么意思？如果真是这样，那他就根本没有犯罪动机。如果不是这个意思，那又会是什么意思？

"夏风和林雪分手之后，他们俩来往得多不多？"

"他们几乎没有见过几次面，夏风对他们的情况知道得还没有我多。"

"如果说林雪心里还有别的男人，他会是谁？"

"这个我就不知道了，我与林雪毕竟接触得很少，再说了，我还在监狱里待了几年，她即使有了新的朋友，我也不知道。"

"你不会认为他就是夏风吧？"

"不会的。如果说林雪真的心里有夏风，也不会甩了夏风跟段民贵了。再说了，自从林雪与段民贵成家后，夏风和林雪几乎没有见过几次面，怎么会是夏风？如果林雪在单位上有了什么人，这倒没准儿。"

"段民贵中毒死亡的头天晚上，你是不是和夏风一起吃饭的？"

"是的，那天我们俩在'陇上人家'吃的饭，八点多之后我们就分开了，夏风好像生了病，身体不太好，吃得也很少。"

"他生了病？什么病？"

"他说他感冒了，我觉得他好像不是感冒，可能有什么别的病，这半年来他憔悴多了。"

"哦，那好，我们今天就聊到这里。"

6

与王北川交谈完，我一下子对我之前所有的推测产生了怀疑。宋元也看出了我的困惑，就说：

"师父，王北川的话可信吗？"

"我觉得可信。"

"如果可信，那么，在区三小时，暗恋林雪的人并不是夏风，而是段民贵。那么，偷汽油的男孩就不能完全确定是夏风，也有可能是段民贵。或者，是林雪和段民贵的合谋，偷了汽油后，共同制造火灾现场，杀死了甄初生。后来，林雪考上了大学，与段民贵差距拉大了，经不住夏风的追求，两人由此好上了。大学毕业回来，段民贵眼看林雪有可能成为夏风的新娘，他不得不使出杀手锏，拿出他们当年合谋杀害甄初生的事来要挟，林雪怕事情败露，只好放弃夏风跟了段民贵。段民贵后来一直拿这件事作把柄，即使林雪被黄存和凌辱了，也不敢声张，也离不了婚，这样一来，一切都解释通了。至于段民贵所说的林雪心里面的那个人；也许是林雪单位上的人，或者是林雪的秘密情人，应该不是夏风。因为夏风始终记恨着林雪，更谈不上与林雪重归于好，他也没有必要冒险去杀害段民贵。我们与夏风、林雪、王北川三人的分别谈话也证明了这一点，这就从犯罪动机上彻底排除了夏风。"

我点了点头，说："你的推理从逻辑上讲没有问题，完全合乎情理。经你这么一分析，我对自己最初的判断也产生了怀疑。不过，那也仅仅是怀疑而已，现在，我不妨从前提上考究一下，推理的前提是否正确？如果前提正确，结论必然正确，如果前提错了，就会差之毫厘，谬之千里。"

"前提？"宋元疑惑地看了我一眼说，"您是说，区三小暗恋林雪的男生不是段民贵？"

"这一点我倒不怀疑，但是，也不能排除夏风在暗恋。"

"这倒是，像林雪那么出众的女孩，班里的男孩可能大部分有暗恋的倾向。但是，九九归一，最终谁得到林雪，恐怕谁才是那个偷油的男孩。否则，最初的合谋就成了他们的定时炸弹，随时会被引爆。"

"试想一下，如果是第三者知道了内情，加以要挟呢？恐怕结果是另一种。我们不妨再论证一下，如果甄初生是林雪和段民贵合谋而杀的，那么，段民贵当着黄存和的面威胁林雪时，就不会说'他为了你，可以冒那样大的风险，你难道就不能为了他，牺牲一次自己吗？'这时所说的他，应该是指纵火烧死甄初生的那个人。

如果是段民贵自己的话，他就会说'我'，而不是'他'。另外，从林雪的个性来看，她的骨子里不光高傲，还很倔强，如果没有外力强压，她决不会轻易改变少女时的初心。况且，在她上大学的时候，段民贵经商的才能也已初露端倪，虽说没有考上大学，却已经有了自己的公司，应该算得上一个成功人士了，如果林雪和段民贵真是合谋者，他们的恋情就会顺理成章地发展下去，林雪不可能给夏风机会的。"

"按你的分析，三个人的关系应该是这样的，最初相爱的两个人不是林雪和段民贵，而是林雪和夏风，段民贵只是暗恋着林雪，后来段民贵发现了二十年前的纵火案与夏风和林雪有关后，以此威胁林雪，迫使林雪不得不放弃夏风跟了他。"

"你不觉得有这种可能吗？"

"有是有，也仅仅是可能。"

"虽然我对自己之前的推理产生了怀疑，但是，对后一种假设我同样不能确定。所以，现在还不能过早地下结论。现在，我们不妨把第一个案子暂且放下不提，再来分析第二个案子。如果按照正常的思维惯性来推理，林雪和夏风都落单了，他们完全有理由重归于好，但是，夏风却说不可能。这是为什么呢？如果确信夏风说的是真心话，不外乎两种可能：第一，说明林雪曾经真的伤透了夏风的心，夏风的确早就不爱林雪了，这样的话，他就没有必要也没有动机冒这个风险去谋杀段民贵，夏风的作案嫌疑就完全可以排除。第二，是不是有别的什么原因，比如说他的健康出了问题，这样，他所说的与林雪没有什么结果就好理解了。"

"你是怀疑他的身体出现了状况？"

我点了点头说："我们上次见到夏风时，就觉得他的身体不是太好。王北川也说，他吃的东西很少，不像是感冒。"

"这好办，我们应该上医院查查他的病历，了解一下他究竟得的什么病。"

"对，上医院。如果他感冒了，或者是普通的病，我们可能选错目标了。如果……他得的疑难病症，或者是绝症，我们就被他的那句话误导了。"

我们立即开车去了西州市第一人民医院，到病理科调取了夏风的档案，我和宋元都傻眼了，夏风原来患了癌症，脑袋里生出了一个瘤子，4月份来医院看病时，已经到了晚期。医生说，估计他的寿命超不过半年了。

出了医院，我和宋元默默无语。一直上了车，宋元才说：

"还是师父问题看得透。"

"我还是没有看透，他那样做，究竟出于何种目的？"

7

案情汇总时，有了新收获。

一是，白小燕经过几天的调查，找到了春蕾幼儿园，然后通过询问老师和院长，查到市一中的夏风老师曾经看过珊珊两次。一次是3月份，他买了几包孩子们爱吃的零食来看望过珊珊，说是顺路过来的，并说，他是珊珊爸爸妈妈的老同学。第二次是4月底，他给珊珊买了开发儿童智力的电子积木，那次他待的时间长一些，好像还教珊珊怎么玩。

二是，李多星那一组也有了结果，他们在城北郊区占家村那里找到了一家配钥匙修钟表的小店，那是个残疾人开的。我们出示了证件和钥匙之后，他端详了半天说，有个印象，好像有个人拿着一个橡皮泥做的模型来让他配，他费了老大的劲才配好。问他配钥匙的人多大年纪，是男是女，长得怎么样，他说时间长了，好像是5

月份的事了，他记得不太清楚。是个男的，高个子，戴着口罩，他说他感冒了。我问他，如果你再见到那个人能认出来吗？他说，时间久了，恐怕认不出来了。

我一听，心里有数了。虽然老汪查了好几遍监控录像，旮旮旯旯都搜遍了，还是没有找到可疑的人影，但有了配钥匙的这个链条，即便对方的反侦查能力再强，总能找到他的破绽。

下午，我随李多星又一次找到了配钥匙的那个摊点。摊主年过五旬，患过小儿麻痹症，腿脚不便，一生只干修钟表配钥匙这一行当，手艺很好，生意不错。我向他询问起当时配钥匙的情景，摊主说，当时他配完钥匙就走了，我也没有多注意他。我出示了一张照片，这张照片是在夏风原照的基础上，我让白小燕通过电脑技术为夏风戴上了口罩和太阳帽。摊主拿过照片，端详了半天，才说，有点像，不过，我还是不能完全确认是不是他，毕竟时间太久了。我说，你看看眼睛，从他眼睛上看，像不像？摊主又瞅了瞅，还是说，我还是不能肯定。我问他，那人大概多高。他看了我一眼说，好像比你高一些瘦一些。夏风的确比我高很多也比我瘦很多。我又问，他拿的是用橡皮泥拓的模型吗？他说是的，当时配完钥匙后，他把橡皮泥一并带走了。

总算有了一些收获，可是，我又觉得某个环节好像遗漏了什么，可又一时想不起来是什么。回来后，我站在小黑板前认真地思考了起来，小黑板上面标满了人物关系和事件图，在"9·14"案件后面，我分别排列着：段民贵、林雪、夏风、王北川，还有与之关联的甄初生、吴师傅（吴春花之父）、刘师傅（卡车司机）、王秃子。"8·24"案件后面排列出的人物关系是夏风、林雪、王北川、黄存和。关键词有：小男孩、汽油、双排扣、钥匙、监控录像、凌晨四点到五点、假象。我的眼睛盯着"双排扣"，突然觉得，上次少问了王北川一句。

我立即驱车来到了王北川的中介公司，把他叫出来，一边在临街的花园里散着步，一边问：

"你有没有听林雪或者段民贵说过双排扣？"

"双排扣，是什么东西？好像没有说过。"

"夏风呢，你听他说过没有？"

"他也没有说过。"

"双排扣，就是纽扣，衣服上的双排扣。你再仔细想想，从上小学开始到现在，谁的衣服上有双排扣？"

"哦，你这样一说，我倒想起来了，我们上小学的时候，夏风穿过一件双排扣的衣服，他穿上很神气的，我们都很羡慕。他说那是她姑姑从兰州给他买的。我不知道你说的双排扣，是不是指那种衣服。"

"算是吧。"我友好地拍了一下王北川的肩头。

"我想弱弱地问一声，你们是不是对段民贵的死有所怀疑？"王北川看我对他有了亲昵的举动，就大胆地问起了我。

"如果我们怀疑段民贵有他杀的可能，你会怀疑是谁？"

"不会吧？他是煤气中毒死的。要真是他杀，我还真不知道怀疑谁。物以类聚，人以群分，他那个人，结交的人不是吸毒的，就是赌博的，都不是什么好东西。如果真的是他杀，没准儿他得罪了这类人中的某一位，被对方做了。"

"你的想象力真丰富。"我笑了一下说。

"嘿嘿，其实我也是瞎想的。"

"好吧，十分感谢你的坦诚，我走了，有空再聊。"

真没有想到，在这个关键时候，我终于在王北川这里找到了我想证实的东西。双排扣！它的主人原来就是夏风。这样一来，一切都讲通了。

回到局里，我又调取了 8 月 23 日体育中心广场路段的监控录像，终于看到了林雪和夏风，他们对话时间不长，大概就是三分钟。录像倒回去，竟然把夏风倒进了路口旁边的一家冷饮店里，他一直在那里喝着饮料，待路口出现了林雪的影子之后，他突然起身从对面迎了过来。可见，夏风与林雪的相见，绝不是他们所说的偶遇，而是夏风早就等在了那里。

我觉得现在应该找夏风了，即使我现在还没有更有力的证据证明他就是两起杀人案的凶手，但并不妨碍我对他的摊牌，或许在摊牌的过程中他会露出一丝破绽，这正是我的目的所在。

8

学校已经开学了，我和宋元去了学校，才知夏风请了病假，在家休息。是的，他能坚持到现在才正式请假休息，已经很顽强了，从职业操守的角度上来讲，他应该是一名优秀的人民教师。

所谓在家休息，其实就是在他们学校的单身公寓里休息。他的新房还没有拿到钥匙，父母那里，他也是偶尔去看看，大多的时间还是待在学校里。

我敲了敲他的门，过了半天，他才打开了门，他的气色不是太好，脸色蜡黄，要比我们上次见到他时憔悴了许多。

"原来是你们？"他显然对我们的造访有些不愿意，但，还是把我们让了进去。

"听说你病了，过来看看。"我放下了手中拎着的一袋子水果。

"就是感冒而已，没什么。屋里很乱，随便坐吧！"他说着指指旁边的沙发。

屋里的确有些凌乱，不过光线很好，坐在沙发上，还可以看到窗户外面的体育场，以及体育场旁边的教学楼。刚才上楼前，我已做了观察，教师公寓原来在学校里面，后来才单独隔离了出去。这样，公寓住户就可以从两个不同方向的门进出，一个是侧门，可以直接进入学校；另一个门，通向外面的一个巷道。我突然明白了，老汪没能从学校的监控录像中找到可疑的线索，原因是公寓的另一个出口根本没有装摄像头。

"别兜圈子了，有什么需要问的就问吧。"夏风坐在我们对面的单人沙发上，看上去有些疲惫，他的头仰靠在沙发后背上，有点不耐烦地对我们说。

"段民贵是你杀的！"我冷不防说出了这样一个结果，就是想给他一个出其不意。

"哦！"他突然坐直了身子说："新鲜，证据呢？"

我从他这一细微的肢体动作上看到了他的惊慌，但是，随之，他又恢复了平静，我不得不佩服他的心理素质很强。

"甄初生也是你杀的！"我又说出了一个结果，想打乱他的方寸。

"天方夜谭。"他冷笑了一声说，"没想到警察也会开这种没有技术含量的玩笑。"

我看到他的冷笑很僵硬，仿佛脸上的哪根神经被抽着了似的，笑完了还放松不下来。

"那好，我现在就给你讲讲这个天方夜谭的故事，你只管听，听完了就会知道我是不是在开玩笑。"我先抛出了两个结果，想给他来个猝不及防，然后再抽丝剥茧，不紧不慢地讲了起来：

"还是从二十年前讲起吧。区三小五年级一班新学年开学，从南方转来了一个小女孩，她长得漂亮，能歌善舞，学习出众，她一下成了全班男女同学心中的偶像，倍受喜爱。她的邻居是一个男孩，和她在同班，一直默默地喜欢着她。后来，女孩被班主任兼数学老师甄初生叫去补课，男孩的心里极不平衡，女孩的学习本来很好，为什么老师要叫她去单独补课呢？后来他才知道，甄初生叫女孩去不是补课，而是猥亵、奸淫，男孩从此对他的班主任老师恨之入骨，决心要为女孩报仇雪恨。当他发现了刘师傅的汽车停放在外面，就产生了一个想法，到后半夜，他悄悄起床，拎着早已准备好的塑料油桶，来到汽车旁，然后打开油箱盖，把一根塑料吸管放进油箱中，深吸一口，把汽油吸出后，迅速地把塑料管插入塑料油桶，等汽油装满塑料油桶，然后，抽出吸管，拧紧油箱盖，提着油桶走了。就在他离开时，有人看到了他的背影，那个人叫王秃子，是个惯偷，那天他也刚刚偷东西回来，他怕前面的小男孩认出他，就没有跟上去。男孩偷了油后，没有回家，而是朝南走去，一直到了区三小的北面，他从城墙的豁口处钻了进去，然后来到了教师宿舍门前，那是一排平房，面朝操场，视野很开阔，他认准了甄初生宿舍的门，把汽油从门缝中倒了进去，他怕火着了甄初生从窗户里逃走，又把剩余的一些油从窗户里灌了进去。这时候，校园里一片寂静，他擦了一根火柴，扔过去，汽油呼的一声被引燃，顷刻间，门和窗子变成了火海，男孩怕被人发现，拎着塑料油桶顺着来路仓皇而逃了……这个男孩应该叫夏风，那个女孩叫林雪。"

"精彩，真是个精彩的推理故事，要比当下流行的那些狗血电视剧强多了。遗憾的是，李警官早年入错了行，要是不做警察，说不准凭你虚构故事的天赋，会成为一个不错的作家。"夏风不无嘲讽地说。

"谢谢夸奖，精彩的还在后面呢。"我仍然不急不恼地说，"那时，你常穿着一件双排扣的衣服，就是在 1998 年 9 月 14 日的凌晨，你的那件双排扣衣服给另一个同样爱着林雪的男孩留下了把柄，或许他当时还不能确定是你纵火烧死了甄初生，没有把它当作把柄，或者是他看在你曾出手帮过他的分儿上，不想出卖你。这个男孩，就是段民贵，他也一直默默地爱着林雪。后来，你们长大成人了，你和林雪就要走进婚姻的殿堂时，段民贵为了从你的手中夺回林雪，不得不使出了他的杀手锏——双排扣。果然奏效，林雪为了保全你，不得不委曲求全，嫁给了他。"

"李警官应该明白，合乎逻辑的并不符合事实。双排扣，什么双排扣？如果你能讲得明白一些，比如段民贵抓到了什么把柄？双排扣怎么成了他的杀手锏？那样，故事岂不是更精彩？"

"既然是故事，总要留点悬念，这样才有吸引力，是不是？至于故事精彩不精彩，等你听完了我后面的讲述之后再下定论。"至于双排扣，我只能点到为止，所以，我选择了"悬念"这个专门术语，掩盖了证据的不足，然后继续说："段民贵和林雪结了婚，一切木已成舟，你也心灰意冷了，为了保持这种平和状态，也为了让林雪不再为你担心，你也匆匆与本校老师赵蕾结了婚。如果生活照此发展下去，应该会有不错的结果，至少你们都会像普通家庭那样，生儿育女，相互迁就着白头到老，问题是，你们各自的婚姻并不牢靠，家庭生活中潜伏着各种可能性，生活一旦遇到波折，可能性就会随时发生。后来，你与赵蕾离婚了，林雪也因段民贵嫖娼事件曝光与他发生重重矛盾，段民贵由此染上了毒品，又迷恋上了赌博，他的一两千万家产很快就被折腾光了，不得不带着老婆孩子从别墅搬到了平民区，从受人尊重的富商变成了一个底层的小混混。毒品不仅吞噬了他的躯体，更扭曲了他的人性，他甚至不惜出卖老婆的身体，来获得毒贩子的一点小小的施舍，不惜向人贩子卖自己的亲生女儿，来维持他吸毒。当你得知心爱的女人为了保全自己，受到如此非人的折磨，心里不是个滋味，你仿佛又体会到了二十年前的那种感觉。当然，这个时候的你与当年不同了，那时年少气盛，凭着一时兴起，就让甄初生葬身火海之中。现在的你，很理智，你强压着怒火，不动声色地做着各种准备工作，你先后两次到春蕾幼儿园去看望林雪的女儿珊珊，你在教珊珊如何操作电子积木的时候，悄悄地用橡皮泥拓下了她身上的钥匙模型，然后到城北郊区占家村一家配钥匙修钟表的小店，让那个摊主给你配了钥匙。你当时称作是感冒了，故而戴着口罩和太阳帽，其实就是为了掩人耳目，不让对方认出你来。8月23日中午，你意外地在体育中心广场的马路旁碰到了林雪，事实上，那次见面一点儿也不意外，因为你早就在林雪必经之路的一家冷饮店等候着，当你看到林雪带着孩子出现后，假装偶遇，赶过去与她们打了个招呼，你的真实目的就是落实林雪是否陪珊珊一起去川县。当你证实了之后，晚上，你故意找到你的老同学王北川，两人到'陇上人家'餐馆里一起吃了晚饭。八点左右分手后，你故意从学校大门进入，让监控录像做证你回到学校公寓，到夜里三点钟，或者更早一点，你从公寓的另一道门里出去，避开了所有的监控摄像头，绕到小巷中，绕了小半座城，来到了旧小区莲花一村，进入了二单元，来到402号门前。你用早已配好的钥匙悄悄打开了门，然后来到卧室，借着路边投进来的灯光，你看到了床上熟睡的段民贵，轻轻掀过空调被，捂在了段民贵的头上，用手狠狠地捂住段民贵的口鼻，起初段民贵还在挣扎着，过了一会儿，他无力挣扎了，你才松开手，把被子恢复到了原样。你当然不喜欢让警察一看就知道是他杀，这样会引起一系列的麻烦，也会给林雪造成不好的影响，所以，你又制造了一个假象，故意灌了半壶水，把壶搭在液化气灶上，然后打开了液化气，造成一个煤气中毒的假象，你这才不慌不忙地从原路返回去了。你以为这一切做得很完美，其实有两点被你疏忽了：一是，段民贵的眼睛出现了瘀血，口鼻处出现了明显的被挤压的痕迹。二是，液化气灶上的半壶水不是开水，而是冷水，冷水怎么会溢出来浇灭煤气灶中的火？所以，表面上看段民贵是使用煤气不当中毒身亡，实则是你把他杀害的。故事讲到这里，你还有什么好说的？"

"李警官不觉得你的推理实在有些荒唐可笑吗？没有证据的推

理，只不过是一个虚构的故事而已，用来吓唬一下人倒是可以的，用来办案就不靠谱了。任何人的行为都有他的目的性，你说我杀了甄初生，杀了段民贵，不光没有证据，就杀人动机来论，也说不过去。你想破案的心情我理解，但是，不能因为想破案就捏造事实，诬人清白，说林雪被小学老师猥亵奸淫。谁能证明甄初生猥亵奸淫过林雪？谁又证明我发现了甄初生猥亵过林雪？因为你推理的起点错了，所以，你接下来的推理完全成了子虚乌有，说什么因为我喜欢林雪，发现甄初生猥亵林雪后，为了报仇雪恨，杀死了甄初生。退一步讲，即便我喜欢林雪，即便甄初生真的猥亵奸淫了林雪，那又怎样？大人们都管不了的事，我一个小孩哪有能力哪有胆量去杀害自己的老师？况且，当时我们班的好多男生喜欢林雪，是不是他们都有杀害甄初生的嫌疑？这样的推理，你不觉得太荒唐了吗？这是第一点，说的甄初生的死。第二，再说段民贵的死。你同样犯了一个致命的错误，就是给我假定的杀人目的性太幼稚了，又是为了林雪，为了替她报仇雪恨，蓄意杀了段民贵。这样的推理，离事实很远，离逻辑也很远。你做了这么长时间的调查，应该知道，当年林雪嫌贫爱富跟了段民贵，我也结了婚，她的生活已经与我没有半毛钱的关系了，所以，六七年来，我没有与她通过一次电话，发过一次微信，路头路尾见面也不过两三次，我根本就不知道她过得好与不好，即使她过得不好也是她自找的，是她嫌贫爱富的结果，是她活该，我怎么可能为了一个背叛过我的女人去杀她的丈夫？杀人总得有个目的吧，潘金莲杀害武大郎是想嫁给西门庆，武松杀死潘金莲，是因为潘金莲害死了他的哥哥武大郎。你说我杀死了段民贵，目的又是为了什么？要说报仇雪恨，我好像没有什么仇恨。要说是为了与段民贵的妻子林雪再续前缘，然后替段民贵抚养他们的女儿？这可能吗？我有病呀，是不是你以为我的脑袋进水了，才会这么做？"

我不得不承认，夏风的思维很缜密，辩解和反驳能力也很强，不过，这也说明了一个问题，就是他越辩解，越心虚。我还是不紧不慢地说：

"你的脑袋没有进水，思维还是很敏捷，但是，却生了肿瘤，已经到了晚期。你知道自己活不久了，所以，在你即将离开人世之时，你还是放不下心上人，要为她扫清生活道路上的障碍，不得不处心积虑地选择了这次冒险。你不可能不知道林雪为了双排扣，为了保全你，牺牲了什么。你也不可能不知道，段民贵对林雪做了什么，你为了保护她，选择了用你的几个月的时间，换取她后半辈子的安宁。"

夏风怪异地笑了一下说："谢谢李警官的谬赞，你把我说得那么高尚，几乎成了年度感动人物了，可以上央视了，这让我很惭愧。说实在的，我没有那么伟大，也没有那么高尚。你真不愧是一个好警察，找不到证据，就拿我的病历来当证据，也真是难为你了。如果所有的警察都像你这样，破不了案，还想立功，怎么办呢，来到医院，查查病历，看谁得了癌症，找个替死鬼，案子不就破了？"

"当然，在必要的时候，病历也可以当证据。当然，我也不是你所说的那样，随便找个癌症病人就来当替死鬼。这一点请你放心，我会找到让你无可辩白的证据。"我也轻轻一笑说。

"李警官向我说了这么多，我能不能向李警察提两个问题？"

"没有问题，你说吧！"

"你刚才说是我杀了段民贵，而我觉得，真正杀死段民贵的不是哪一个人，而是社会舆论、网络媒体，还有不健全的法制。的确，我对段民贵很厌恶，尤其是对他娶了林雪之后还沉醉在风月场所的行为很反感，一次在王北川的桑拿中心看到他，我还教训过他几句。后来段民贵在扫黄打非活动中被公安局逮了个正着，这也怨不得别人，是他咎由自取。但是，问题也恰恰出现在了这里，说到底，他不过就是嫖娼，是违犯了治安管理条例，并没有触犯刑法，不是犯罪。抓了之后，按管理条例做适当的罚款处理也就罢了，根本用不着把他丑陋不堪的镜头放到电视新闻里播放。把那样不堪入目的照片挂在网上任人唾骂羞辱，你们作为警方，不就是搞了一次扫黄活动，又不是打沉了钓鱼岛上的日本军舰，有什么好炫耀的？你们这样炫耀的目的，就是想彰显你们的扫黄成果，要杀一儆百。但是，你们想过没有，这样不经本人允许，把他的图像挂出去进行羞辱，本身就是违法行为，侵犯人权，执法者可以理所当然地违法，小老百姓违法一次就要让他生不如死，这实在不太公平。社会把一个可以教育好的人，推到了一边，让他自甘堕落，最终毁了他的一生，难道就没有责任？而这个公道，又有谁能讨回来？说实在的，段民贵在我们的那级同学中，最有经商的才能，如果社会给予他正确的引导，他很可能就是一个对社会对人民有益的人，也不至于破罐子破摔，从此自甘沉沦，走上赌博、吸毒贩毒的犯罪道路上去。同样的道理，我的另一个同学王北川，他是桑拿中心的老板，公安机关以组织嫖娼卖淫活动逮捕了他，后来法院判了他三年有期徒刑，经过劳动改造法治教育，最终把一个犯罪之人改造成了好人，出狱之后，他一改过去的陋习，开办了一家中介公司，为社会扩大了就业门路，成了一个有益于人民的人。同一案子牵扯到了我的两位老同学，王北川触犯了法律，段民贵违犯了治安管理条例，王北川被法院判的是有期徒刑，段民贵却被社会舆论判了无期徒刑，这个责任谁来承担？法律能讨回这个公道吗？"

听着夏风的质疑，我的心一阵阵地往下沉。说实在的，对于段民贵的人性沉落，我真的还没有夏风想得这么宽广、这么深刻，这的确是一个不容忽视的社会问题，也是值得我们法制部门和媒体注意的问题。我点了点头说："这的确是一个社会问题，值得我们深思与关注，但是，这毕竟是意识形态领域的问题，与段民贵被杀害是两个不同的概念。"

"我知道，这个问题你回答不了，既然是社会问题，就留给制造问题的人慢慢思考去吧。接下来，我再说一个问题。"

"好，你说。"

"再说甄初生，至于是谁杀死的，最终要以事实为依据，以法律为准绳。我现在说的是，校园犯罪问题，如果甄初生真的是你所推论的那样，利用老师的职务，猥亵诱奸糟蹋女生，那他就是一个十恶不赦的罪人。他利用特殊的岗位，玷污了受害者幼小的心灵，毁灭了她们对这个世界美好的向往，让她们的心从此变得阴冷潮湿，让她们的家人从此忧心忡忡，从而影响了与之相接触的每一个人。像这样的畜生老师活在世上就是一个祸害，一个污染源，他传播的不是美好和善良，而是丑陋与罪恶，他给社会给人类带来的是负面的消极的影响。被他的罪恶所波及的人，心灵必然会蒙上一层永远挥之不去的阴影，进而产生恶念，一旦遇到合适的时机，这种恶念就会变成恶行，走向犯罪。所以，我觉得，不论是谁，杀死了甄初生，都应该值得庆幸，这是为民除害，也为公安、司法部门做了一件好事，至少缩小了它的负面影响。也许你们警察会认为，应该交给司法部门惩办，让他得到法律的制裁。但是，你们是否考虑过受伤害儿童和当家长的感受？如果丑事曝光了，让她们怎么面对社会、面对人生？她们的家人又该如何面对亲友和社会舆论？是的，我不否认法律的公正性和透明性，也正是这种公正和透明，是刺向受害人的一把利器，让她们本来就像噩梦一样的耻辱曝光于天下，其结果，就是在惩治罪犯的同时，伤害了一大片受害人，法律不但没有保护她们，还把她们推到了极度残忍的被冷嘲热讽的漩涡之中。在这个意义上说，我还是奉劝李警官不要再纠缠二十年前的这个案子了，即便你找到了犯罪嫌疑人，其结果会牵一发而动全身，给曾经的受害者带来二度伤害，甚至还会让她们幸福美满的家庭产生动荡或者破裂，这难道就是你想得到的结果？"

夏风的话就像重锤敲在我的心上，说实在的，在多年前的那个冬日下午，我从报纸上看过那篇姓李的老师猥亵奸淫了二十六名幼女的报道后，我想过同样的问题，但是，说到底，这是法制教育问题，不是法制问题。我看着夏风说：

"任何一个人，都没有权利剥夺他人的生命，即使他有再充足的理由，即使被剥夺生命的那个人罪大恶极，他都不可以。犯罪的形式有多种多样，而惩治罪犯的唯一标准必须是依法办案。所以，我不会放弃甄初生的案子，也不会放弃段民贵的案子。"

夏风轻叹了一声，疲倦地靠在了沙发后背上，然后语气缓慢地说：

"我很佩服你的这种执着，可惜，你把这种执着用错了地方。当甄初生、段民贵这些社会垃圾危害社会的时候，当他们的行为对别人的生命构成危险的时候，你到哪里去了？你怎么不勇敢地站出来维护正义，以执法者的身份及时遏制他们的犯罪行为，为那些急需法律保护的弱小群体给予安全保障？如是，你才是一位值得我们大家爱戴和尊敬的好警察，可惜，在那些无助的生命需要保护的时候，你却缺席了，你们缺席了，让他们煎熬于那些社会垃圾的祸害，生不如死。现在，一切平息了，你又以维护法律尊严的身份出现，来为那两个垃圾寻找死因，为那两个祸害维护正义。警察先生，不知道你所谓的正义是站在什么立场上？法律究竟是在保护谁的权益？现在，此刻，还有像甄初生、段民贵那样的社会渣滓在危害着善良弱小的生命，还有许许多多无助的生命等着你们去拯救，你不去为那些人伸张正义，却纠缠着那两个祸害的死因不放，难道像甄初生、段民贵这样的恶人不该死吗？你让我说什么好呢？我只能说，请你办案去吧，我实在累了，需要休息。"

夏风的话实在太犀利了，每一句都触到我的痛处，让我尴尬无比。我理解他的偏执和极端，但不能认同他的观点，为了说服他，便呵呵一笑，虚晃一枪道："你就不怕我把你铐走？"

"你不会的，因为你没有足够的证据铐走我。"

我说："说得对，证据很关键，我没有证据，当然铐不走你，这就是我们执法者所秉持的原则。同样的道理，你说甄初生和段民贵在行恶的时候我们为什么不制止，因为没有人举报，我们没有掌握到他们犯罪的证据，自然无法及时地加以制止。法律不是万能的，它不可能把社会阴暗角落的方方面面都能照顾到，如果每个人都像你这样知情不报，又要埋怨法律的不公，这本身就不公，也不客观，你说是吗？法律是靠我们大家来维护的，在法律的边界出现一些疏漏也在所难免，它需要我们共同去完善。但是，有一条，是铁定的，以事实为依据，以法律为准绳。在对待你的问题上也是如此，我必须找到足够的证据，让你心服口服地跟我走。我不知道我这样说，你能认同吗？"说着，我站起了身。

"慢走！不送！"很显然，夏风已经无力反驳了。他没有起身，仍然疲惫地坐在沙发上。

9

说实在的，我还从来没有被嫌疑人这样质疑过，夏风是第一个。我不得不佩服他的敏锐和犀利，也佩服他对这些问题的深层次思考。尽管有些偏激，却也触摸到了社会的痛点，足可以引起我们的高度警觉和深刻思考。比如，如何从源头抓起，树立良好的社会公德，防微杜渐，把恶念扼杀在萌芽状态之中。比如，网络媒体的管理问题，社会的责任问题，等等。

"看来，师父这次是遇到了真正的对手。"一直没有插话的宋元，上了车才对我说。

"夏风的反侦查能力真是太强了，他很聪明，也很有见识。虽说言辞有些偏激，但有一点他说得没错，罪恶就是一个污染源，它会像瘟疫一样传播。如果少年的他没有遇上甄初生这样的品德恶劣的老师，就不会在他幼小的心里种下罪恶的种子，他就不会纵火烧死甄初生，长大之后也不至于受到段民贵的要挟，更不会痛下杀手要了段民贵的命。而段民贵的恶念也是始于甄初生，要是不抓到夏风的把柄，也不会拿着这件事来要挟林雪，他的惨案也不至于发生。这就像一个怪圈，都是从甄初生这个恶源中滋生出来的，让他们从小就产生这种恶念，才导致了后来发生的一切。这既是他们个人的悲剧，又何尝不是社会的悲剧？"

"是的，这是一个令人深思的问题，让我感触很深。两期杀人案的背后，不光反映了一些不可忽视的社会问题，还隐藏着一个凄美动人的爱情故事。我敢相信，夏风与林雪的爱情，已经超越了当下所有文学作品中的爱情，守护与牺牲，他们共同将爱推向了极致，也将人性推向了极致，散发出来的人性光芒，足可以照亮人生的幽暗。"

我也不由得长叹了一声说："他们，真是一对难得的苦命鸳鸯，让我很佩服，也很同情，更让我感到惋惜。"

"这就是悲剧的力量，既是他们个人的，也是时代的。"

"还有，宋元，你不觉得我的推理还有漏洞吗？"

"您是说，双排扣？"

"是的。那是一个关键的证据，我从黄存和那里得知，段民贵曾经拿双排扣威胁过林雪，林雪又借机回绝了这个问题，王北川说，夏风小学时曾经穿过一件双排扣的衣服。于是，我断定，双排扣，就是夏风纵火的重要证据。但是，却不知道段民贵是怎么发现的，并当成了要挟林雪和夏风的重要证据。我曾经猜想可能有两种可能：一是，夏风纵火后，不小心把双排扣的衣服烧了一个洞，次日穿着上学时被段民贵发现了。二是，是不是夏风的衣服扣子落在了一个重要的犯罪场地，被段民贵捡到了。"

"除此之外有没有第三种可能？比如，夏风在偷汽油或者纵火的时候被段民贵发现了，黑夜里认出了他穿的衣服是双排扣。"

"从时间上看，凌晨四点到五点半，段民贵不可能在那个时候出现在那种场所，除非他也是去作案，如若不是，秘密的发现很可能是第二天早上上学时。你刚才说到偷汽油，我倒觉得有可能是夏风不小心把双排扣落在了那里，被早上上学路过的段民贵捡到了，然后就成了段民贵一直要挟林雪的利器。"

"如果仅仅是这样，段民贵也不能确定是夏风偷了汽油，估计还有我们没有想到的，否则，他也无法要挟到林雪。"

"正因为我对这证据的出处不确定，在夏风面前没敢多说，怕露出马脚，我的目的就是投石问路，当夏风听到双排扣时突然怔了一下，从他那小小的表情中，我看到了他的心虚。只是我还要继续寻找证据，要做到让夏风心服口服。现在唯一的两个点，一个就是双排扣，牵扯到'9·14'案，一个就是钥匙，关联着'8·24'案，这两个证据，只要落实一个，我就能正式批捕夏风。"

"如果让夏风戴上口罩和帽子，请那个配钥匙的老头儿来指认，这样不行吗？"

"老头儿已经表明，时间久了，他确认不了。如果真的没有办法找到别的证据，只能到最后一试了。我想，我会找到有力的证据。"

回到办公室，我立即打开刑侦笔记本，记下了刚才脑海里突然冒出的两句话：

　　　　人性中的恶源，就是一个污染源，它会波及周围的
人，为他们的心灵蒙上一层永远挥之不去的阴影，一旦放

大了他们的恶意，就会变成恶行。

罪恶的种子，只能开出无比凄美的花，结出人世间最苦涩的果。

次日，综合了各组的消息，没有出现新情况。我只好把目标再次放到春蕾幼儿园。幼儿园应该有监控录像的，我想调出他们的录像看看，就是不知道四个月前的录像，他们是否还保存着。

这次，我叫了白小燕一起去。白小燕上次认识了春蕾幼儿园的园长，经说明，园长说，我带你们去问问保安，不知道还保存着没有。她带我们来到监控录像室，保安说，我们原来用的是录像带，只保存一个多星期，然后自动洗掉重录，5月份我们更换成数码监控录像，保存的时间长一点。不知道你们要查看的是几月份的？我说，4月份的，那些录像还保留着吗？保安说，幸好那盘录像带被淘汰后还保留着，不过上面只有一个星期的监控。他找出了4月份的录像带，白小燕有些欣喜，看着我问，能不能借回看？我说，就看园长是否愿意借给我们。园长说，没问题，这次真是赶得巧，要不是5月份更换数码监控录像，你们想查也查不到了。

带着录像带，回到局里，我们就查看了起来。一直查到深夜，反复查看了几遍，没有从录像中找到夏风的影子，白小燕失望地看着我摇了摇头。我说，辛苦大家了，都回去休息吧。

钥匙这条线索还是没有拿到有力的证据，案子又陷入了僵局，下一步怎么办呢？我不免有些茫然。

一连几天，我冥思苦想，终没解开这个局。宋元说，我们明明可以断定段民贵就是夏风杀的，可又拿不出有力的证据，这个夏风实在太狡猾了。我说，再狡猾，也会留下痕迹的，只是我们没有找到而已。

回到家里，想着案子上的事，夜不能寐，总觉得哪些方面被我疏漏了，可又一时想不起来。朦胧中，突然冒出了一个想法，我立马翻起身，穿上衣服，背着家人悄悄出了门。我要从莲花一村步行到市一中公寓楼，绕开所有的摄像头走一趟，看看能不能有所发现。

我看看表，时间已经到了凌晨四点十分，便骑了路边的单车到了莲花一村，然后再步行去一中。深夜的西州市很安静，闪烁在高楼大厦上的霓虹灯早已疲倦地睡去，幽静的小巷一片昏暗，只有主街道上的路灯还在坚守着自己的职责，为偶尔路过的车辆和行人提供着方便。灯是黑夜的眼睛，我尽量避开眼睛对我的监视，以一个行凶者的身份选择着我所走的路线。嗅着黑夜的气息，避开灯光和行人，走了好一阵，我才进入了角色，似乎把自己真的当成了一个刚刚行过凶的嫌疑人。

莲花一村在南区，市一中在东城区，我穿过南区的一片破旧街道，在通过主街道地下通道时，看到里面竟然睡着一个人，看他肮脏破旧的衣衫，便知不是流浪汉就是乞丐。等我到了跟前，才看清他就是在古楼那里常碰瓷的陈胡子。我故意大声咳嗽了一声，陈胡子一惊，睁眼看着我。我说，陈胡子，你不碰瓷躺到这里做甚？陈胡子坐起说，原来是李警官，我早就不碰瓷了，现在改为算命了。我说，改行了，不错。他很勉强地嘿嘿笑了一声说，这大半夜的，你不好好在家睡大觉，跑到这里来做啥？我说，来查案。陈胡子说，不会是查我吧？我说，查的就是你。我说着蹲在了他的面前。他咻地一笑说，那你把我带走吧，我觉得睡在号子里要比睡在这里舒服多了。我笑了笑说，想得美，那个地方不是谁想去就能去的。说着，掏出烟，给他点了一支，我点了一支，抽着，接着又说，问你一件事，十天前的夜里，你有没有发现有人从这里路过？陈胡子说，来来往往的人肯定有，谁能记清楚？我说，上个月24日，凌晨三点到六点。他摇了摇头说，想不起来哪天是24日了。我说，那你说说，有没有看到一个瘦高个子的青年男子从这里走过？陈胡子想了想说，你这样说我倒想起来了，那天我吃坏了肚子，半夜里跑了一趟厕所，回来躺下不久，就看到一个青年男子从那个口下来了，他和你走的是相反的方向，大概也就是这个时辰。我本来也没有兴趣看他是谁，主要是他穿着一身黑衣，还戴着一顶黑色的太阳帽，一看这身着装，就忍不住多看了一眼，结果让我给认出来了，那不是夏成东的娃子吗？这么晚了他不好好睡觉跑到这里做啥来了？

我一听，马上来了精神，你能确定是夏成东的儿子吗？陈胡子说，嗨，我看着他长大的，咋能不确定？他现在不是在市一中当老师吗？我点了点头说，没错，他叫夏风，是在市一中当老师。当时你与他打招呼了没有？陈胡子摇摇头说，没有，我还躺着哩，只眯了眼睛看了他一眼，他未必认出我来。再说了，像我这种人，看到了也要假装没看到，哪会主动去跟人家打招呼？我说，老哥，你再想想，是哪一天的事？陈胡子说，这我真记不清楚了，应该就是十几天以前的事了。我又给他让了一支烟，点上，他哦了一声说，对了，好像见过他的第二天下午，我听有个算命的人说南区有人煤气中毒死了。我说，是不是你夜里见了他，天亮你离开了通道，下午听到有人中毒的事？他说，对，就是那天夜里见过他，天亮了应该就是第二天，下午听到煤气中毒的事。我说，那天是 8 月 24 日，你当时看着他从这里过去后，有没有发现他什么时候再从这里返回？他说，后来我睡着了，不知道他有没有返回。我说，好，明天我来接你到公安局做个笔录，可以吗？他说，行。

走出了通道，我心里一下明亮了起来。有了陈胡子这个人证，看他夏风还有什么可说的。我没有中止我的计划，还是循着既定路线走完了全程，除了陈胡子这个人证外，我再没有发现什么新线索。

次日早上，我们对陈胡子做过笔录，心里的一块石头终于落地了。

我开出了逮捕证，正要带人去抓捕夏风，刚出门，没想到夏风竟然出现在了我的面前。我不觉愕然，他怎么会来这里？

夏风缓缓伸出双手，说：

"我来向你自首，是不是感到很吃惊？"

夏风的自首，真的让我感到很吃惊，他为什么偏偏在我准备去逮捕他的时候来自首，是因为他提前得知了消息，还是因为我上次的推理让他觉得纸包不住火了？

我说："是有一点儿吃惊。你两天前不是还说，你等着我吗？"

他怪异地笑了一下说："我怕你着急，还是主动来投案吧。"

10

我根本没有想到，夏风早上主动来自首，林雪下午竟也主动来投案。

"段民贵是我杀的。"林雪一进门就对我说。

我吃惊地看着林雪，一身素装，一脸肃穆，看不出有一丁点儿开玩笑的迹象。

"坐，坐下慢慢说！"我指了指旁边的沙发，客气地说。

"我是杀人凶手，没有资格坐，你们抓的人应该是我！"她果断地说。

"段民贵是你杀的？"

她点了点头。

"那天你不是去了川县吗？怎么会是你？"

"不错，我是 8 月 23 日中午去了川县，但是，在我离开家门时，悄悄在段民贵的茶杯里加了过量的安眠药，那些药足可以要了一个人的命。我知道段民贵的生活习惯，他每次晚上回来，做的第一件事，就是拿起他的专用茶杯喝一杯水，要是喝酒回来，他要连着喝两三杯水。我就是抓着他的这一生活习惯，巧妙地毒死了他。"

"你杀害自己丈夫的目的和动机又是什么？"

"我的目的和动机不是明摆着吗？一个染上了黄赌毒的人，不仅让我和女儿在众人面前抬不起头来，活得毫无自尊，更主要的是，他的存在，极大地威胁到了我们母女俩的生存安全。我恨透了他，他不配做我的丈夫，更不配做女儿的父亲，为了不让我的女儿永远活在他的阴影里，活在黑暗的无底洞里，我只好设计毒死了这个王八蛋。"

"据我们现场勘查，液化气灶上放着半壶水，液化气开着，总不会说这也是你设计的吧？"

"这有什么不好解释的？段民贵喝完水之后，肚子可能饿了，想煮方便面吃，他只好去烧水，水壶搭在液化气灶上之后，药物在他身上发生了反应，他只打开了液化气开关，还没注意是不是着火了，就开始发晕，他只好去了卧室，倒头睡下后，造成液化气的二次中毒。"

"你能确定是你杀了你丈夫？"

"我确定！"林雪的眼睛眨都不眨一下，说得十分坚定。

"如果是你杀了段民贵，可能也会判你死刑或者有期徒刑。"

"我知道。"她还是斩钉截铁地说。

"你不后悔？"

"不后悔！"她面不改色，决绝地说。

"可是，林女士，段民贵不是你杀的。"我说。

"什么？明明是我杀的，怎么说不是我杀的？你们不相信，可以化验一下他用过的杯子，里面还有残水。"

"我们早就化验过了，就在 8 月 24 的早晨化验的，根本没有安眠药。如果现在有，那也是你后来加进去的。所以，你的这些所谓的杀人证据根本不成立，你还是回去吧。"

"你们怎么会是这样？"刚才还视死如归的林雪，突然像一只泄了气的皮球，带着哭腔刚说了这一句，眼泪就忍不住滚落了下来，随之以手掩面伤心地抽泣了起来，两个瘦弱的肩膀一抖一抖的，仿佛受了莫大的委屈。少顷，她拿开手，流着长长的清泪，哭诉道："你们这些警察是怎么当的，明明是我杀了人，不抓我，反而把无辜的人关了进去，你们怎么会这样？"

我抽出了几张面纸，走过去递给了她说："坐，坐下吧，孩子，你听我慢慢地解释。"

她固执地摇了摇头，还是站在我的对面，身子却不停地颤抖着，我知道她的内心正在忍受着一个巨大的伤痛，我唯一能做的，就是劝慰开导她。

"想开些吧，孩子！"我说。当我说出了这句话后，我的心里一阵酸楚。我想起二十年前的她，扎着一个马尾巴，站在我面前的样子，那时的她，目不染尘，一片明净。十二岁，正是含苞待放的季节。她出门的时候说了一声——警察叔叔再见，从那脆脆的童音中，从那离去的背影中，我想象着她的未来，一定充满阳光，一路幸福。可是，我万万没有想到，那时的她，已经遭受到了禽兽班主任的凌辱，那段不堪回首的耻辱，不仅成了她一生挥之不去的噩梦，也成了段民贵一直要挟她的利器，她的命运从此被改变。为了夏风的自由与安全，她不得不放弃个人的尊严和幸福，屈辱地苟活在黑暗的阴影中。现在，为了再次保全她心上人的安全与自由，她不得不又一次以命相换，换不成，就像一个淘气的小孩被大人揭穿了把戏后耍起了赖。我真的，真的为她的不幸感到惋惜，也为她的人生感到难过，我语气缓慢地说："孩子，我知道你想为夏风顶罪，你的心情我完全理解，你的痴情也让我感动，但是，孩子，法律是公正的、无私的，也是神圣的，是来不得半点虚假的。你没有犯罪，硬说你犯了罪，法律也不认可。相反地，如果你真的犯了罪，想逃避也逃避不了。这就是法律，我们谁也无法抗拒！"

我说着，不由得，眼睛湿润了。

尾　声

秋天来了，秋天总是一个令人伤感的季节。

听着秋风瑟瑟，看着落叶萧萧，曾经翠绿欲滴的杨树叶，婀娜多姿的柳树叶，一片一片地老去，在秋风的摇曳中，依依不舍地离开了树枝，飘落于地，随着一阵风来，又被吹起吹落，在沙沙的哭泣声里翻着跟头，打着滚儿，有的被卷到了树沟里，有的被吹到了马路边。林雪正走着，一片残叶飘来，落在了她的肩头，她顺手拈来，是一片金黄色的杨树叶，放在手心里，感觉很轻，枯萎了的叶，没有了昔日的水分和光彩，也没有了生命的依托和重量，轻风掠过，随之被带走，不知将要飘向何处。

林雪不觉一阵感叹，一花一世界，一叶一枯荣，这树叶，如人生，有兴也有衰，该走时终归要走，想留也留不住，这是天意，也是必然。无论曾经有多美，在时间的漫漫长河中，只不过是昙花一现的瞬间，谁也奈何不得。

这条道，是通往看守所的必经之路，林雪不知道来来回回走过多少次，每次，她都感受着一种无处不在的悲凉。她从树上飘下了第一片叶子起，到了满地落叶，始终没有见到想见的人。她多次向公安机关申请探视，都没获准，警方说，必须等到夏风判刑之后才可以探视。她明明知道，这样的探视注定毫无结果，但是，她还是要来试一试，即使见不到人，至少也能在离他最近的地方，感受到他的气息。

是的，是气息。就像那日她收到包裹一样，她就感受到了他的气息。她没有急于打开，她怕这种惊喜来得太突然，让她猝不及防。她想平静下来，等做好了各种应对的心理准备，才慢慢地打开，原来，里面装着的，是她熟悉的那件列宁装。看着明晃晃的双排扣，睹物思人，往事如昨，那一刻，她什么都明白了。匆匆打开信笺，只见上面写道：

> 雪，这件双排扣衣服你先替我保管着，等我走了，你就把它烧在我的坟前，愿它化作一场梦，带我到从前……请不要为我悲伤，好好活着，你若安好，我便开心。
>
> 夏风

顷刻间，一阵钻心的痛刺向了她，不由得泪如雨下……

罪恶的真正来源，不是双排扣，也不是夏风，而是那些行恶的人，是甄初生，是段民贵，他们才是罪恶之源，是泯灭人性、戕害道德、传播恶念、污染灵魂的真正元凶，世界正因了这些人的存在，才使许多地方变得肮脏、龌龊、丑陋、灰暗，他们就像一个恶源，不但污染了健康的心灵，还对周围的人造成了严重伤害和生存威胁。对此，社会为什么不对他们加以惩治，却要对除恶者施以法律的制裁？这一切的恶果，为什么要让他一个人去承担？

她知道，她无力改变这些，但是，她只知道，夏风所做的一切，又都是为了她。她不能这么自私，她应该要为他，做出一次牺牲，用她的全部努力，留住他的生命，换回他的自由。

于是，她制造了一个假象，在段民贵常用的水杯里加了几片安眠药，溶化到杯中不多的残水中。下午一上班，她便毅然决然地去公安局投案自首。然而，没想到的是，她的这小小的伎俩，被李警官一眼就识破了。也就是在这天，她才从李警官的口中得知，夏风得了癌症，已经到晚期了。

　　这一消息，如雷轰顶，让她肝肠寸断。他才三十三岁，怎么就得了这种病？她真后悔，如果当初她不向段民贵妥协，人生的结局也许不会如此悲惨。可是，人生没有如果，生命就像一条长长的河流，你可以向后看，却无法再回头！

　　她唯一的希望，就是在他离开人世之前能再见他一面，她一直等着，盼着，度日如年，一直等了三个月，判决才下来，当她从李警官那里得到结果后，她没有再流泪，因为她的泪已经流完了。她也不再惊奇，因为这种结果她早就预料到了。她安顿好了女儿姗姗，一个人急匆匆地赶去探监，她只希望在他弥留之际能尽快见到他。

　　说是探监，其实是上医院探望。穿过医院里长长的走廊，走进监护病房。林雪终于见到了夏风，他正躺在白色的病床上，形若槁木，蜡黄的脸上挂着一抹淡淡的笑容，那个在小学时就一直跟在她身后保护着她的懵懂少年，那个曾经在绿茵场上矫健如飞的足球8号，那个在西站货运站为她挣钱背麻袋的英俊大学生，难道就是他吗？泪水一下涌出了她的眼眶，模糊了她的视线。

　　躺在病床上的夏风，已经病入膏肓了。

　　暑假结束后，他就向学校请了一个月的病假。

　　那天，他在公寓里与李警官、宋元进行了一次长谈后，顿感身心疲惫，一下子瘫在了沙发上。时间仿佛凝固了，四周突然静得有些出奇，窗外的白杨树在微风中沙沙作响，抬眼看去，一串挂满绿叶的枝头正探向窗口，轻轻摇曳着，那不紧不慢的样子，似乎在向他挥手道别。

人生中有许多东西到了一定的时候，不得不向现实妥协，比如生命的长度，比如事情的真相，再比如，人世间的分离。

　　他知道，上帝留给他的时间不多了，这不仅是他的癌症到了晚期，更重要的是，警察的推理已经把他逼到了死角，他预感到死亡与危机正一步步向他逼近，他已经无路可逃了，必须争取时间，尽快处理好后事，然后再去投案，这样，也许可以挽回他仅有的一点尊严。

　　他从行李箱中拿出了那件儿时穿过的小衣服，双排扣，列宁装。看着林雪曾为他添加上的那枚假纽扣，不觉感慨万千，曾经的过往，就像一道闪电掠过了他的脑海，温暖也悲凉，美好却无奈。他伸出手来，摸了摸，仿佛纽扣上还残留着林雪的体温，感觉很暖心，而那枚丢失的真纽扣，没想到却与二十年前的一场纵火案有了某种关联，不但彻底改变了他、林雪、段民贵三个人的命运，而且成了解开二十年后另一个案件的一把钥匙。世间的事，总是这么诡异，也是这么地令人不可思议，但无论怎样，在面临生存、死亡与爱的选择时，他从不后悔他所做的一切，即使生命能够倒流，他也如此，决不更改。

　　他拿过纸和笔，写了几句话，就把便条放到双排扣衣服中，折叠好，装在了袋子里，然后交给了取包裹的快递员。

　　次日，他就投案自首了。

　　法院判了他死缓。他很平静地接受了这个结果。法官问他需要不需要上诉，他摇了摇头说，这个结果很好，不上诉。所有的一切，无论美好，还是悲伤，都将随风飘逝，一如昨晚的雨，淋过，湿过，走了，远了。就像他与林雪的那段情，就像他与段民贵的那场恨，到了该结束的时候就结束。

　　人生至此，他唯一想见的人就是林雪，现在她终于来了，还带着珊珊，他觉得再没有什么遗憾了，就微微地向她笑了一下说："我就知道，你会来的，我一直等着你们。"

她伏下身子，抓起了他的手，贴在她的脸上，哽咽着说："你……为什么……为什么这么傻？"

"不为什么，因为，我答应过你，在小学的时候就答应过你，要好好保护你。可我……还是让你受了那么多的委屈。"

"我……不值得你，做出这么大的牺牲。"

"值得，值得的。"他握了一下她的手，"半年前我就……就发现得了癌症，已经到晚期了，我做了这样的选择，值得的。来这里……你看多安静，要比外面安静多了，这样走了，更好。你要……好好活着，别为我难过。"

她一下哭出了声。然后将头埋在了他的臂弯里，身子哭得一抖一抖的，嘴里却说："你真傻，小学的时候，你就傻，傻得让我心疼。当了老师还这么傻，傻得让我揪心。"

他轻轻拍了拍她的后背，说："你不……也傻？为了保住一个双排扣，值得你……做出那么大的牺牲吗？"

她泪眼婆娑地说："值得！为了双排扣，做什么我都值得！"

"听李警官说，你还到他那里，为我顶罪，这罪，是随便能顶的吗？你真傻，傻得让我心痛。"

她连哭带笑地说："这，你都知道了？"

他伸过手来，为她擦了擦泪，说："知道了，以后，可别再犯傻了，为了珊珊，你也要好好活着。"

他说："如果有可能，再成个家，毕竟，你的路……还长着哩。"

她泣不成声地说："你都这样了，还在替我着想。"

他苦笑了一声，说："我……怕时间不长了，所以才……扯心。"

她说："我也扯心，为你，扯得我心里好痛，好痛。"说着，转过身去，一下哭出了声，身子就痉挛般地颤抖了起来。

他想伸过手去，在她的后背上抚一抚，可是，他抬了抬手，有些吃力。

少顷，她擦了把泪，才转过头来说："我……给你带了一样东西，你……再看一眼。"

说着，她拿出了那件双排扣衣服，她早已拆除了那枚假纽扣，换上了真的。她铺开了衣服，将双排扣展现在了他的眼前。

双排扣，列宁装，他看着它，记忆的闸门仿佛"哗"的一下被打开了。他第一次看到这件衣服，还是二十年前，在兰州亚欧百货商场儿童服饰专柜的衣架上，他想起了老电影《列宁在十月》，列宁就是穿着这样的衣服，走上冬宫大厅，振臂一呼，正式宣布了十月革命的胜利。那个镜头，就像雕塑，刻在了脑海，让他挥之不去。他喜欢领袖的风采，他崇尚英雄，自然也就喜欢这款衣服。当他看着少儿版的列宁装挂在眼前，蓝色的，金黄色的双排扣，他的脚步不由自主地停了下来，想象着，要是他穿上了，该有多神气？

姑姑过来问："是不是看上那件衣服了？"

他点了点头，"嗯"了一声。

姑姑就让服务员拿过那件衣服，让他穿着试一试。

他穿上后，站在镜前一看，果然很好。

姑姑说："我们的夏风真神气，喜欢吗？"

他点了点头，说："喜欢。"

姑姑说："那好，姑姑就给你买了。"

这个世上，他觉得姑姑对他最好。放了寒假，姑姑正赶上轮休，就带他来省城兰州玩。姑姑早就答应过他，要给他买一件过年的新衣裳，果然兑现了她的承诺。他当时就想，等将来长大了，挣了钱，要好好地报答姑姑。可是，这个愿望最终落空了，姑姑在多年前移居到了南方，生活比他好多了，他还没有来得及报答，却要先离姑姑而去了。

他清楚地记得，那年春节，他正好十三岁，他穿着这件双排扣的列宁装，认识了十二岁的林雪，正因为如此，他才觉得人生很美好，才觉得那个春节过得要比以往任何一个春节都愉快。

往事如烟，不堪回首。他伸过手来，轻轻地摸着她钉上去的那枚双排扣，就是这枚双排扣，因为它的丢失，彻底改变了他、林雪，还有段民贵三个人的命运。曾经的过往，温暖也悲凉，美好也无奈。当生命到了尽头，他剩下的，只有一颗清凉的泪珠，从他那干涸的眼里溢了出来，过了许久，才微微启动着嘴唇说：

"双排扣，真的，这枚才是真的。"

"是的，是真的。"

"为了它……让你受尽了折磨……"

"一切都过去了，可是，我们却再也走不到一起了。"

她说着，鼻子一酸，泪水就滚了出来，掉下一颗，正好与他脸上的泪珠融合到了一起。她伏下了身，伸出手，一边轻轻地擦着，一边哭诉道："如果有来世，我不再希望，会是这种结局。如果有来世，我还等着你，在小巷口，在黄河边……"

他翕动着嘴唇说："如果，今生我……来过这个世界，是因为你。如果……有来世，我依然会……穿着双排扣，保护你……"

用小说的形式来发言

　　用小说的方式来发言，这是我对文学的一种态度，更是一种选择。有人热衷于抒发心中的块垒，有人喜欢描摹身边的琐碎，也有人善于探究心灵的幽微，更有人想用文字重构历史再现未来，这都是小说家个人的选择，无关高下，更无关对错。我只是想说，我选择的这种形式，极有可能存在一定的写作风险，也会造成与现实正面对抗带来的紧张和焦虑，唯其如此，才使这种选择充满了挑战意味，更使我对这种表达方式产生了浓厚的兴趣。20世纪法国著名的文学家萨特曾说："文学应该具有社会责任，是一种行动的方式，不应该脱离社会和政治。通过语言、文字去行动，可以对人们产生引导和影响，小说不能言之无物，空洞没有思想。"诺贝尔文学奖获奖者秘鲁作家马里奥·巴尔加斯·略萨在青年时期很崇尚萨特，他曾说："萨特的书对我就像《圣经》一样。"略萨由此认为，文学应该以一种批判的眼光去看待社会和现实，以批判的眼光去进行创作，因为文学是一种行动的方式。他在诺贝尔奖获奖感言里还说过："我是作家，同时也是公民。在拉丁美洲，许多基本的问题如公民自由、宽容、多元化的共处等都未得到解决。要拉丁美洲的作家忽略生活里的政治，根本不可能。"事实上，社会现实、社会政治是与人类有着密切关系的，介入社会、介入现实，是文学最主要的使命，真正的和不朽的文学，都是生根在社会生活事务之中的。

文学是一种行动的方式，这一提法虽然听起来还有点不习惯，但细一思量，这与我们传统的文以载道并不矛盾，甚至说是一脉相承的。中国文学历来崇尚用现实主义精神和浪漫主义情怀观照现实生活，用光明驱散黑暗，用文字传递真善美，摧毁一切阻碍人类文明和社会进步的陈规陋习，构建美好的未来。这就是文学行动的方式，也是一个作家的责任和担当。有了这种责任感，才如铁凝主席所说的"创造出闪耀着明亮光芒的文学作品，照亮人心，照亮思想的表情，也照亮和雕刻一个民族的灵魂"。

近年来，我一直在思考着这样一个问题，随着校园性侵案的频频发生，它已不再是某一所学校或者是某一个国家的问题，它几乎成了全球化的问题。从小学到大学，甚至到读研读博，类似的问题在不同的国度时有发生，它就像一根刺，深扎在人们的心里，总也拔不掉。这究竟是什么原因？在全国的"两会"上，人大代表建议：性侵女童致严重身心伤害应判无期徒刑或死刑。这是从法律的层面而言，需要严惩。那么，如何从人心和道德层面防微杜渐，构建重围？这又是意识形态领域的话题。既然事关思想意识层面，作为行动方式的文学，没有理由缺场。

我就是在这种思想动因下写了这部《双排扣》，我想为那些曾经的和当下的受害者鼓与呼，我想为那些孤立无援的弱势群体讨回一份公道，我更想呼吁整个社会对青少年多一份关注，我想提高全民的防范意识，将这种恶行扼杀在萌芽状态之中。完稿后，我让某文化公司的策划兼美编尤艺潼作几幅插图，不日她回微信："新作读完，还在为男女主人公的命运感到遗憾和痛心。一开始以为是悬疑破案的故事，中间觉得是个虐心的情感故事，全部读完，才知道这部小说的核心是社会问题。真相出其不意，真相之外的思考让人无法释怀。它有穿透人心的力量，给人带来灵魂的震颤，值得这个社会深思……"一看她的回信，便知她读懂了我的小说，说出了我想要表达的。推理侦破，只是一种迷惑人的形式，它的内容不是这些，而是反映社会现实。

我在写这部小说之前，读过几部东野圭吾的作品。东野圭吾的推理小说很大程度地颠覆了中国传统推理断案小说的套路，也改变了读者对这一类型小说的阅读习惯，他总是让人在小说设计的诡计外围打转转，无法触及案件核心。他的叙述主场不是警察如何破案，而是嫌疑人的情感，深埋在案件背后的是一个令人无法想象的故事，折射出的却是人性的光芒。这是他的高明之处，也是国内同类作家无法企及的地方。在写作之前，我还读了福克纳的《我弥留之际》，全书由十五个叙述者的五十九段独白组成，无其他旁白，无叙事主导者，这种叙事模式新鲜巧妙，让人耳目一新。我终于找到了《双排扣》的表达方式，借推理的外壳，以四个人的自叙为结构，装上了我需要的内容。或者说，我在推理的背后，隐藏了一个震撼人心的爱情故事，在爱情的背后，又隐藏了一个发人深省的社会故事。表面上看是一锅大杂烩，但是，一旦进入细微，小说所蕴藏的多义性便会一一再现出来。这样的结构和方式，正是我的追求。当然，这种简约的叙事方式，也是我有意为之。读者已经坐上高铁进拉萨，作家为什么还要骑着牦牛上西藏？我不想为了所谓的文学性故意拖慢节奏，无事生非地缠绵出一地鸡毛，来浪费读者的时间。节约文字，有时是对读者的一种尊重。

推理是从二十年前的一场纵火杀人案而始的。夏风和段民贵同时爱上了校花林雪，经常给林雪补课的小学老师意外葬身火灾，警察破案无果。时光一晃而过，十多年后，夏风和林雪相爱了，段民贵发现了一个惊天秘密，迫使林雪放弃夏风跟了他。婚后，两人并不幸福，段民贵嫖娼曝光，成了千夫所指，从此自甘堕落染上了毒品，后因煤气中毒死在老屋里。警察现场探案，笃定此案与二十年前的火灾案有着惊人的相似之处，貌似事故死亡，实则是他杀，当警察拨开层层迷雾，结果出人意料……

爱情似乎也是始于那场火灾。双排扣，既是一个相对模糊的物证，贯穿了全书的始终，又隐喻了两个年轻男女心心相印的爱情。在长达二十年的岁月里，他们就像相对应的双排扣，只能守护、遥望，却又无法相聚。夏风曾对林雪承诺说，他要好好保护她。可是，当他发现他所保护的人受到了班主任的伤害，仇恨的火焰就在他的心里熊熊燃烧了起来，最终变成了一场火灾。在爱、生存、死亡之间，他从不后悔他的选择。即使长大成人，当林雪又一次面临危险时，他依然用自己的生命，来维护爱的尊严。在他的价值观里，爱，并非占有，更是守护。就像爱蓝天、爱白云、爱花草、爱树木、爱高山大川、爱日月湖泊，谁都不可能占有，只有守护。守护，才是最好的爱。"如果我来过这个世界，也是因为你。如果有来世，我还要保护你。"同样，林雪为了她爱的人，为了守护那个秘密，心甘情愿地牺牲自我，选择了没有尊严地屈辱地苟活。面临生离死别，她只期盼如果有来世，她还等着他，在小巷中，在黄河边……这是怎样的一种情怀？这又是怎样的一种爱？

当把人性推到了极致，没有丝毫的回旋余地时，散发出来的人性光芒才是最耀眼的，也是最能震撼人心的，这正是悲剧的力量所在。悲剧，不是为哭泣，而是为了醒世，不是用来催泪，而是用来思考。认清悲剧产生的原因，才能遏制悲剧的发生。

我所说的社会问题，就像一幅写意画。我刻意地留出了许多的空白，就是想让读者去想象，用他们的智慧去填补。虽是草蛇灰线状的结构，但一旦连接起来，不仅令人惊愕，更能发人深省。林雪、吴春花、田华华，在她们的人生最灿烂的花季，本该享受阳光雨露，却意外地遭受到了来自校园的恶风苦雨。吴春花的哭诉，让她的父母痛心不已，却又深感无奈；挂在林雪脸上的泪水，是何等的绝望，消逝在小巷中的背影，又让人目不忍睹；踽踽独行在黑夜里的夏风，回望着远处的亮光，却不知道人生将要承受怎样的煎熬。这一切，根源还是班主任甄初生。他就是一个罪恶之源，伤害了天真的孩子，污染了他们幼小的心灵，在他们刚刚入世时，就种下了恶念的种子。如果说夏风以恶制恶的行为有点侠肝义胆，段民贵却是纯粹的自私自利，为了达到自己的目的，不惜把甄初生的死当作要挟他人的工具。恶性不改，必留后患。嫖娼事发，没想到一夜之间，他的那些丑陋的照片未经本人许可就挂到了各大网站，成了千夫所指。虽说段民贵自食恶果，但社会也有责任，不该让舆论判了他无期徒刑，一下把他推到了无底深渊，从此自暴自弃，染上了黄毒赌。当他的行为对别人的生存造成严重威胁时，社会却又撒手不管。这场悲剧的背后，引起深思的东西实在太多了，有人性的，也有社会的。

恶念就像一粒种子，一旦种植于生命，就会生根发芽，结出罪恶的果实。它就像潜伏在人体中的肿瘤，有的潜伏期只有两三年，有的可能十几二十年，一旦遇到变异，就会蔓延扩散，最终不可救药。人体如此，社会亦如此。对那些危害人类社会的肿瘤，应早加防范，把它们扼杀在萌芽状态，或者从根子上加以割除，才能避免社会肌体遭受侵害，才能遏制类似的悲剧再次发生，才能让世界变得更加美好。

无独有偶，在我写作过程中，陕西米脂县三中发生了一件震惊全国的恶性事件。2018 年 4 月 27 日下午六点放学，从巷道中突然冒出一个手持匕首的青年男子，挥刀袭击毫无防备的学生，造成十人受伤，九人死亡。嫌疑人赵某，原在米脂三中上学时备受同学欺负，校园暴力极度扭曲他的内心，遂记恨学生，记恨学校。十年后，潜藏在他心中的恶非但没有消除，反而越发膨胀，由恶念变成恶行，将他的恨意报复在比自己更弱势的群体上。校园安全问题又一次用血淋淋的惨痛代价，回到了人们的视野。青少年本就是极度叛逆的群体，成长过程中的任何不利因素都可能影响到他们的心理健康。如果每一个学生都能在一个阳光明媚进取向上的环境中生长，必定会为他们树立正确的三观，不至于走向社会的对立面。

这一事件的因果相连虽说与我的小说有了某种暗合，但我并没有因此而高兴，反而感到有一种深深的忧虑，担心这十九名受害者的家属以及十名受害者本人，他们需要多长的时间才能化解内心的伤痛？担心他们会不会因此而种下仇恨的种子，而影响他人？

2018年6月20日，甘肃庆阳一位十九岁的女孩跳楼自杀了，究其原因，主要是她在上高三时，遭受到了班主任老师的性骚扰，从此，在她的心灵上留下了一道抹不去的阴影，一直伴随着她行走在无边无际的黑暗中。她多次自杀，多次被救。她也进行过艰难的自救，找过心理医生，到上海、北京接受过心理治疗，然而，她还是没有走出心里的恐惧，最终选择了死亡。

学校本是教书育人的场所，如果一旦播下了罪恶的种子，殃及的，就是受害者的一生，或者，是她年轻的生命。

对此，我能做的，就是用小说的形式向社会发言。我之所以把这个唯美伤感的爱情故事放置在推理悬疑的框架之中，并不完全是为了取悦读者，而是想让这个故事的内涵更丰富，更能折射出人性的光芒，照亮人心的幽暗，引发出许多社会问题，让我们共同思考解决。

肖洛霍夫曾说："我愿我的书能够帮助人们变得更好些，心灵更纯洁，唤起对人的爱，唤起积极为人道主义和人类进步的理想而斗争的意向。如果我在某种程度上做到了这一点，我就是幸福的。"我相信，他说出了许多作家的心声。用文学温暖人心，用文学之光照亮前行者的路，是我一直追求的崇高目标。如果我的这部作品能够为读者，即便是为一个读者，提供某种启发和警示，从而改变他的命运，或者能让另一个他放弃恶念，向善而行，我就感到很满足了。

图书在版编目（CIP）数据

双排扣 / 唐达天著 .—北京：作家出版社，2020.4

ISBN 978-7-5212-0748-4

I . ①双… Ⅱ . ①唐… Ⅲ . ①长篇小说—中国—当代

Ⅳ . ① I247.5

中国版本图书馆 CIP 数据核字（2019）第 251139 号

双排扣

作　　者：唐达天
责任编辑：田小爽
装帧设计：祝玉华
出版发行：作家出版社有限公司
社　　址：北京农展馆南里 10 号　　邮　　编：100125
电话传真：86-10-65067186（发行中心及邮购部）
　　　　　86-10-65004079（总编室）
E-mail:zuojia @ zuojia.net.cn
http://www.zuojiachubanshe.com
印　　刷：中煤（北京）印务有限公司
成品尺寸：145 × 210
字　　数：180 千
印　　张：7.5
版　　次：2020 年 4 月第 1 版
印　　次：2020 年 4 月第 1 次印刷
ISBN 978-7-5212-0748-4
定　　价：38.00 元